A Filha do Rei Pirata

Tricia Levenseller

A Filha do Rei Pirata

tradução
Marcia Blasques

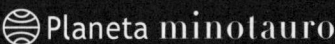
Planeta minotauro

Copyright © Tricia Levenseller, 2017. Publicado em acordo com Feiwel & Friends, um selo do Macmillan Publishing Group, LLC.
Copyright © Editora Planeta do Brasil, 2023
Copyright da tradução © Marcia Blasques, 2023
Todos os direitos reservados.
Título original: *Daughter of The Pirate King*

Preparação: Ligia Alves
Revisão: Tamiris Sene e Maitê Zickuhr
Projeto gráfico e diagramação: Márcia Matos
Composição e ilustração de capa: Dark Stream

Dados Internacionais de Catalogação na Publicação (CIP)
Angélica Ilacqua CRB-8/7057

Levenseller, Tricia
  A filha do rei pirata / Tricia Levenseller; tradução de Marcia Blasques. - São Paulo: Planeta do Brasil, 2023.
  288 p.

  ISBN 978-85-422-2246-3
  Título original: Daughter of the Pirate King

  1. Ficção norte-americana I. Título II. Blasques, Marcia

23-2410   CDD 813

Índice para catálogo sistemático:
1. Ficção norte-americana

Ao escolher este livro, você está apoiando o manejo responsável das florestas do mundo

2023
Todos os direitos desta edição reservados à
EDITORA PLANETA DO BRASIL LTDA.
Rua Bela Cintra, 986 – 4º andar
01415-002 – Consolação
São Paulo-SP
www.planetadelivros.com.br
faleconosco@editoraplaneta.com.br

*Para Alisa,
irmã, amiga e primeira leitora*

NÃO DEVEMOS, CAROS AMIGOS,
ESQUECER NOSSAS AMIGAS, AS LULAS.
Capitão Jack Sparrow
Piratas do Caribe: No fim do mundo

CAPÍTULO
1

ODEIO TER QUE ME VESTIR COMO UM HOMEM.

A camisa de algodão é larga demais, o culote é muito grande, as botas são desconfortáveis. Meu cabelo está escondido no alto da cabeça, mantido em um coque embaixo de um pequeno chapéu de marinheiro. Minha espada está presa com firmeza no lado esquerdo da cintura, e tenho uma pistola do lado direito.

A roupa é desajeitada porque fica solta em todos os lugares onde não devia. E o cheiro! Dá para pensar que os homens não fazem nada além de rolar em tripas de peixes mortos enquanto espalham os próprios excrementos nas mangas. Mas talvez eu não devesse reclamar.

Tais precauções são necessárias quando somos atacados por piratas.

Estamos em menor número. Temos menos armas. Sete dos meus homens estão mortos. Outros dois saltaram do barco assim que viram a bandeira negra do *Perigos da Noite* no horizonte.

Desertores. São os covardes mais imundos. Merecem o que quer que o destino lhes traga. Seja se cansarem e se afogarem ou serem atacados pela vida marinha.

O aço vibra no ar. O navio balança com os tiros de canhões. Não vamos aguentar por muito mais tempo.

— Mais dois caídos, Capitã — diz Mandsy, minha imediata temporária, espiando pelo alçapão.

— Eu devia estar lá, enfiando meu aço entre as costelas deles — reclamo. — Não aqui me escondendo, como se fosse um filhote indefeso.

— Um pouco de paciência — ela me diz. — Se queremos sobreviver a isso, você precisa ficar quieta.

— Sobreviver? — pergunto, ofendida.

— Reformulando: se queremos *ter êxito*, você não pode ser vista realizando feitos impressionantes com a espada.

— Mas talvez se eu matasse alguns deles... — digo, mais para mim mesma.

— Você sabe que não podemos arriscar — afirma ela. E então acrescenta, abruptamente: — Mais homens embarcaram no navio. Acho que estão vindo para cá.

Finalmente.

— Ordene que se rendam.

— Sim, Capitã. — Ela sobe os degraus que faltam para chegar ao convés.

— E não deixe que a matem! — sibilo atrás dela.

Ela confirma com a cabeça antes de passar pelo alçapão.

Não deixe que a matem, repito mais uma vez, mentalmente. Mandsy é uma das únicas três pessoas em quem confio neste navio. É uma boa garota, muito inteligente, otimista – e uma boa voz da razão, da qual precisei desesperadamente ao longo da nossa viagem. Ela se ofereceu para vir, juntamente com duas outras garotas da minha tripulação original. Eu não devia ter permitido que elas viessem comigo, mas precisava da ajuda delas para manter esses homens inúteis na linha. A vida nas últimas semanas teria sido muito mais fácil se eu estivesse com *minha* tripulação nessa aventura.

— Abaixem suas armas!

Mal consigo entender os gritos dela no meio dos sons da luta. Mas então as coisas se acalmam. Os sabres de abordagem caem no deque de madeira quase instantaneamente. Os homens atualmente sob meu comando deviam estar esperando a ordem. Até rezando por ela. Se eu não ordenasse que se rendessem, talvez eles mesmos tivessem feito isso por conta própria. Não dá para dizer que essa tripulação é o grupo mais corajoso que já vi.

Subo as escadas, esperando no porão, fora da vista de todos. Vou desempenhar o papel do grumete inofensivo. Se esses homens descobrirem quem eu realmente sou...

— Verifiquem o porão. Assegurem-se de que ninguém esteja se escondendo. — É um dos piratas. Não consigo vê-lo de onde estou escondida, mas, se ele está dando ordens, ou é o imediato ou o capitão.

Fico tensa, ainda que saiba exatamente o que vem a seguir.

O alçapão se abre, e um rosto horrendo aparece, com uma barba imunda e desgrenhada, dentes amarelos e o nariz quebrado. Braços musculosos me agarram com força, me erguendo da escada e me jogando no convés.

É um milagre que meu chapéu continue no lugar.

— Ponha-os em fila!

Eu me levanto e minhas armas são recolhidas pelo pirata feio. Então seu pé acerta minhas costas ao mesmo tempo que ele me obriga a ficar de joelhos, junto com o restante dos meus homens. Olho para a fila e relaxo ao ver que Mandsy, Sorinda e Zimah também estão ilesas. Ótimo. Minhas garotas estão em segurança. Que o resto da tripulação vá para o inferno.

Aproveito um instante para observar o pirata que dá as ordens. É um homem jovem, talvez com menos de vinte anos. Isso é pouco comum. Geralmente não são os homens jovens que dão as ordens, especialmente em tripulações como esta. Seus olhos brilham com a vitória. A postura dele é segura, seu rosto confiante. Provavelmente ele é uma cabeça mais alto do que eu em pé, e tem o cabelo castanho-escuro, da cor da pele da foca. Seu rosto é bem agradável de se olhar, mas isso não significa nada para mim, considerando que ele pertence àquela tripulação. Ele percebe Mandsy na fila. O chapéu dela caiu, revelando seu comprido cabelo castanho e seu rosto bonito. Ele dá uma piscadinha para ela.

Em suma, eu diria que ele é um idiota arrogante.

Minha tripulação e eu esperamos em silêncio pelo que quer que os piratas tenham em mente para nós. A fumaça sobe ao nosso redor, por causa dos tiros de canhão. Detritos estão espalhados por todo o navio. O cheiro de pólvora toma conta do ar, arranhando o fundo da minha garganta.

Passos soam quando um homem atravessa a prancha que conecta os dois navios. Ele mantém a cabeça baixa, revelando apenas um chapéu negro com uma plumagem branca se erguendo na lateral.

— Capitão — diz o mesmo pirata que gritava as ordens antes. — Todos os homens do navio estão à sua frente.

— Ótimo, Riden. Mas esperemos que não sejam *todos* homens.

Alguns piratas dão risadinhas. Alguns dos meus homens olham na minha direção com nervosismo.

Tolos! Estão me entregando com muita facilidade.

— Encontrei três moças até agora, mas nenhuma delas tem o cabelo ruivo.

O capitão assente.

— Prestem atenção! — ele grita, erguendo a cabeça para que possamos vê-lo pela primeira vez.

Ele não é muito mais velho do que seu imediato arrogante. Observo lentamente os rostos da tripulação pirata. Muitos deles sequer têm pelos no rosto ainda. É uma tripulação incrivelmente jovem. Eu tinha ouvido dizer que o *Perigos da Noite* não estava mais sob comando do pirata Lorde Jeskor – e que ele tinha sido sucedido por um jovem capitão –, mas não esperava que a tripulação toda fosse tão jovem.

— Todos vocês ouviram histórias sobre Jeskor, o Quebra--Cabeças — o jovem capitão pirata prossegue. — Sou o filho dele, Draxen. E vocês vão descobrir que minha reputação será muito pior.

Não consigo me conter. Dou risada. Será que ele acha que consegue criar uma reputação para si mesmo *dizendo* para todo mundo quão temível ele é?

— Kearan — diz o capitão, acenando com a cabeça na direção do homem atrás de mim. Kearan bate com o cabo da espada no alto da minha cabeça. Não tem força suficiente para me apagar, mas dói para caramba.

Já basta, penso. As palavras de precaução de Mandsy estão bem distantes agora. Cansei de ficar ajoelhada no chão como se fosse uma criada. Apoiando as mãos no convés de madeira, estendo as pernas para trás, enroscando o pé atrás do calcanhar do pirata feio que está parado ali. Dou um puxão para a frente, e Kearan cai para trás. Eu me levanto rapidamente, dou meia-volta e pego minha espada e minha pistola que estão com ele antes que ele consiga se recuperar.

Aponto a pistola para o rosto de Draxen.

— Saia do navio e leve seus homens com você.

Escuto barulhos atrás de mim que indicam que Kearan conseguiu ficar em pé. Dou uma cotovelada para trás, acertando sua barriga imensa. Ouço um grande baque que indica que ele está novamente no chão.

Está tudo em silêncio. Todo mundo consegue ouvir o clique da minha pistola sendo engatilhada.

— Saia agora.

O capitão tenta espiar por baixo do meu chapéu. Eu poderia me esquivar do seu olhar, mas isso significaria tirar meus olhos dele.

De repente, um tiro é disparado, arrancando a pistola da minha mão. A arma cai no convés antes de sumir de vista.

Olho para a direita e vejo o imediato – Riden – embainhando sua pistola. Um sorriso arrogante se abre em seu rosto. Embora eu sinta vontade de arrancar aquela expressão com minha espada, devo admitir que foi um disparo impressionante.

Mas isso não me impede de ficar zangada. Puxo minha espada e dou um passo na direção do imediato.

— Você podia ter arrancado minha mão.

— Só se eu quisesse fazer isso.

Rapidamente, dois homens me agarram por trás, cada um segurando um braço.

— Acho que você fala demais para um mero grumete que nem engrossou a voz ainda — diz o capitão. — Tirem o chapéu dele.

Um dos meus captores arranca o chapéu da minha cabeça, e meu cabelo se solta, chegando até a metade das costas.

— Princesa Alosa — fala Draxen. — Aí está você. É um pouco mais jovem do que eu esperava.

Quem é ele para falar? Podem faltar três anos para que eu complete vinte, mas aposto meu braço da espada que consigo superá-lo em qualquer desafio de astúcia ou habilidade.

— Eu estava preocupado em ter que desmontar o navio antes de te encontrar — ele prossegue. — Você vem conosco agora.

— Acho que logo você vai aprender, Capitão, que não gosto que me digam o que fazer.

Draxen bufa, apoia as mãos no cinturão e se vira na direção do *Perigos da Noite*. Seu imediato, no entanto, não tira os olhos de mim, como se antecipasse uma reação violenta.

Bem, é claro que vou reagir com violência, mas por que ele já esperaria algo assim?

Piso no pé do pirata que me segura à direita. Ele geme e me solta para massagear o ponto dolorido. Então bato com a lateral da mão livre na garganta do outro pirata. Ele faz um som de engasgo antes de levar as mãos ao pescoço.

Draxen se vira para ver o motivo da comoção. Enquanto isso, Riden aponta outra pistola na minha direção, e o sorriso continua em seu rosto. Pistolas de um só tiro levam um tempo para serem recarregadas com pólvora e munição de ferro, e é por isso que a maioria dos homens carrega pelo menos duas delas.

— Tenho condições, Capitão — digo.

— Condições? — diz ele, incrédulo.

— Vamos negociar os termos da minha rendição. Primeiro quero sua palavra de que minha tripulação será libertada e permanecerá ilesa.

Draxen tira a mão direita do cinturão e a leva até uma de suas pistolas. Assim que a pega, ele aponta para o primeiro dos meus homens na fila e atira. O pirata atrás dele dá um pulo para desviar quando o corpo do meu tripulante cai de costas.

— Não me teste — ordena Draxen. — Você vai para o meu navio. Agora.

Certamente ele está ansioso para provar sua reputação. Mas, se acha que pode me intimidar, está errado.

Pego minha espada mais uma vez. Então a passo pela garganta do pirata que se recupera do golpe que lhe dei no pescoço.

Os olhos de Riden se arregalam enquanto os do capitão se estreitam. Draxen pega outra arma da cintura e atira no segundo homem da fila. Ele cai como o primeiro.

Golpeio o pirata que está mais perto de mim com a espada. Ele grita antes de cair, primeiro de joelhos, e depois desmorona no chão. As botas que uso estão agora grudentas de sangue. Deixei algumas pegadas vermelhas na madeira sob meus pés.

— Pare! — Riden grita. Ele se aproxima, apontando a arma para meu peito. Não é de surpreender que seu sorriso tenha desaparecido.

— Se me quisessem morta, vocês já teriam me matado — falo. — Já que me querem viva, *vão* aceitar meus termos. — Em questão de segundos, desarmo Kearan, o pirata que me agarrou antes. Eu o obrigo a ficar de joelhos. Com uma mão puxo sua cabeça para trás pelos cabelos, enquanto a outra segura a espada contra seu pescoço. Ele não emite som enquanto mantenho sua vida em minhas mãos. Impressionante, se considerarmos que ele acabou de me ver matar dois de seus companheiros. Ele sabe que não sentirei culpa por sua morte.

Draxen para diante de um terceiro membro da minha tripulação, segurando uma nova pistola.

É Mandsy.

Não deixo que o medo transpareça em minha expressão. Ele tem que pensar que sou indiferente. Isso *vai* dar certo.

— Para quem pediu pela segurança de sua tripulação, você fica bem insensível quando eu os mato um a um — comenta Draxen.

— Mas, para cada homem que eu perco, você também perde um. Se pretende matar todos os meus depois que eu estiver a bordo, não importa se eu perder alguns enquanto barganho pela segurança dos demais. Você pretende me manter cativa, Capitão. Se quer que eu embarque em seu navio de livre e espontânea vontade, seria bom ouvir minha oferta. Ou vamos ver quantos de seus homens consigo matar enquanto você tenta me obrigar?

Riden se aproxima do capitão e sussurra alguma coisa para ele. Draxen segura a arma com mais força. Sinto meu coração bater acelerado. *Mandsy não. Mandsy não. Ela é uma das minhas. Não posso deixá-la morrer.*

— Declare seus termos, *princesa*. — Ele praticamente cospe meu título. — E seja rápida.

— A tripulação ficará ilesa e será libertada. Embarcarei em seu navio sem resistir. Além disso, você levará meus acessórios.

— Seus acessórios?

— Sim, meu guarda-roupa e pertences pessoais.

Ele se vira para Riden.

— Ela quer as roupas — diz ele, sem acreditar.

— Sou uma princesa, e serei tratada como tal.

O capitão parece prestes a atirar em mim, mas Riden fala antes:

— O que importa para nós, Capitão, se ela quer se arrumar para nós todos os dias? Não sou eu quem vai reclamar.

Risadinhas ecoam pela tripulação dele.

— Muito bem — diz Draxen, por fim. — Isso é tudo, *Alteza*?

— Sim.

— Então leve esse traseiro mimado para o meu navio. Seus homens... — ele aponta para dois brutamontes no fundo — ... podem levar os pertences dela a bordo. Quanto à tripulação da princesa, mande todos para os botes. Vou afundar este navio. É uma viagem de dois dias e meio até o porto mais próximo, se remarem com rapidez. E sugiro que façam isso antes de morrerem de sede. Assim que chegarem à praia, vão levar meu bilhete de resgate para o rei pirata e informá-lo de que estou com a filha dele.

Homens das duas tripulações se apressam para cumprir as ordens. O capitão dá alguns passos à frente e estende a mão pedindo minha espada. Relutante, eu a entrego. Kearan, o pirata que eu estava ameaçando, se levanta e se afasta o máximo possível de mim. Não tenho oportunidade de sorrir ao ver sua reação, porque Draxen acerta um golpe na minha bochecha esquerda.

Meu corpo todo balança com a força da pancada. O interior da minha boca sangra onde os dentes se chocam com a pele. Cuspo sangue no convés.

— Vamos esclarecer uma coisa, Alosa. Você é minha prisioneira. Embora pareça que aprendeu uma ou duas coisas por ser filha do rei pirata, ainda estamos diante do fato de que você será a única mulher em uma embarcação cheia de assassinos, ladrões e pessoas sem coração que não sabem o que é um porto há muito tempo. Você sabe o que isso quer dizer?

Cuspo mais uma vez, tentando tirar o gosto de sangue da boca.

— Quer dizer que seus homens não têm visitado bordéis ultimamente.

Draxen sorri.

— Se tentar me humilhar diante dos meus homens desse jeito de novo, posso simplesmente deixar sua cela destrancada à noite para que qualquer um possa entrar, e cairei no sono ouvindo seus gritos.

— Você é um idiota se acha que vai me ouvir gritar. E é melhor rezar para nunca cair no sono enquanto minha cela estiver destrancada. — Ele me dá um sorriso maligno. Percebo que ele tem um dente de ouro.

Seu chapéu fica sobre o cabelo negro que aparece em pequenos cachos. O rosto é bronzeado de sol. E o casaco é um pouco grande demais para ele, como se tivesse pertencido a outra pessoa. Roubado do cadáver do pai, talvez?

— Riden! — Draxen grita. — Leve a garota. Coloque-a na carceragem. E depois comece a trabalhar nela.

Comece a trabalhar nela?

— Com prazer — diz Riden ao se aproximar. Ele segura meu braço com força, quase o suficiente para doer. É um contraste marcante com sua expressão suave. Faz com que eu me pergunte se os dois homens que matei eram seus amigos. Enquanto me afasto, observo meus homens e mulheres em alto-mar, nos botes a remo. Eles remam em ritmo constante, para não se cansarem com muita rapidez. Mandsy, Sorinda e Zimah farão questão de revezar as posições com regularidade, para que cada homem tenha chance de descansar. São garotas brilhantes.

Os homens, no entanto, são descartáveis. Meu pai escolheu cada um deles a dedo. Alguns lhes devem dinheiro. Outros foram pegos roubando do tesouro. Alguns não seguem ordens como deveriam. E alguns não têm outro defeito além de serem um aborrecimento. Qualquer que seja o caso, meu pai reuniu todos em uma única tripulação, e eu trouxe apenas três garotas do meu navio para me ajudarem a mantê-los na linha.

Afinal, meu pai suspeitava que a maioria dos homens seria morta assim que Draxen me capturasse. Para sorte deles, consegui salvar a maioria de suas vidas miseráveis. Espero que meu pai não fique muito chateado.

Mas isso não importa agora. O fato é que neste momento estou a bordo do *Perigos da Noite*.

Claro, eu não podia fazer com que minha captura parecesse fácil demais. Tinha um papel a desempenhar. Draxen e sua tripulação não podem suspeitar de mim.

Eles não podem saber que fui enviada em uma missão para roubar seu navio.

CAPÍTULO
2

Eu invejo as botas de Riden.

Têm acabamento fino e são negras como os olhos famintos de um tubarão. As fivelas parecem ser de prata pura. O couro é bem firme. O material se dobra ao redor de suas panturrilhas em um ajuste perfeito. Seus passos ressoam no convés. Robustos. Altos. Poderosos.

De minha parte, tropeço o caminho todo enquanto Riden me puxa. As botas grandes demais quase saem dos meus pés. Sempre que hesito para poder reajustá-las, Riden puxa meu braço com mais força. Preciso me equilibrar várias vezes para não cair no chão.

— Apresse o passo, moça — diz ele alegremente, sabendo muito bem que sou incapaz de fazer isso.

Por fim, dou um pisão no pé dele.

Ele resmunga, mas, para seu crédito, não me solta. Fico esperando que me bata, como Draxen fez, mas isso não acontece. Ele simplesmente acelera o passo ainda mais. Claro que eu poderia acabar com ele facilmente se quisesse. Mas não posso parecer apta demais, em especial contra o imediato. E preciso que os piratas se acomodem ao meu redor depois da minha demonstração no outro navio.

Este barco está vazio, exceto por nós dois. Todos os homens de Draxen estão no meu navio, procurando alguma coisa de valor. Meu pai me deu moedas suficientes para deixar os piratas felizes, mas sem grandes lucros. Se eu fosse encontrada viajando sem dinheiro algum, Draxen certamente ficaria desconfiado.

Riden vira para a direita, onde deparamos com a escada que leva ao porão. A viagem lá para baixo é desconfortável. Tropeço duas vezes e quase despenco. Riden me segura ambas as vezes, sempre com mais força do que é necessário. Minha pele provavelmente terá um hematoma amanhã. Saber disso me deixa zangada.

E é por esse motivo que, quando faltam três degraus apenas, eu tropeço nele.

Riden claramente não estava esperando por isso. Ele cai, mas não levei em conta a força com que me segura. Então, naturalmente, ele me leva consigo.

O impacto é doloroso.

Riden fica em pé rapidamente e me puxa também. Então me empurra até um canto, para que eu não tenha para onde fugir. Ele me olha de cima a baixo com aqueles olhos castanhos, e uma expressão de curiosidade. Sou algo novo. Um projeto, talvez. Uma tarefa dada pelo seu capitão. Ele precisa aprender qual é a melhor forma de lidar comigo.

Enquanto ele me observa, eu me pergunto o que ele percebe a partir do meu rosto e da minha postura. Meu papel é ser uma prisioneira aflita e exasperada, mas, mesmo quando se desempenha um papel, pedaços do eu verdadeiro da pessoa podem escapar pelas frestas. O truque é controlar qual parte de mim eu quero que ele veja. Por enquanto são minha teimosia e meu temperamento. As coisas que não preciso fingir.

Ele deve chegar a alguma conclusão, pois diz:

— Você declarou que seria uma prisioneira voluntária. Estou vendo que sua palavra não significa muita coisa para você.

— Dificilmente — retruco. — Se você tivesse me dado a chance de vir para a carceragem sem a sua ajuda, em vez de machucar meu braço, seus joelhos não estariam doendo.

Ele não diz nada, mas uma expressão divertida ilumina seu olhar. Por fim, ele estende o braço na direção da carceragem, como se fosse um potencial acompanhante me apresentando a pista de dança.

Entro sem ele, mas, logo atrás, ele me diz:

— Moça, você tem o rosto de um anjo, mas a língua de uma serpente.

Fico tentada a me virar e dar um chute nele, mas consigo me conter. Terei muito tempo para derrotá-lo completamente assim que conseguir o que vim buscar.

Endireito o corpo e sigo o restante do caminho até a carceragem. Observo rapidamente as diferentes celas, escolhendo a mais limpa de todas. Na verdade, elas parecem todas iguais. Mas tento me convencer de que a substância escura no canto da cela que escolhi é somente pó.

Pelo menos a cela tem uma cadeira e uma mesa. Terei espaço para colocar meus pertences. Não duvido nem por um momento de que o capitão manterá sua palavra. É um benefício mútuo para todos os capitães piratas serem honestos entre si, mesmo que provavelmente matem um ao outro durante o sono. Nenhum acordo ou negociação seria possível entre senhores rivais sem algum voto de confiança. É um novo estilo de vida para cada pirata. Meu pai introduziu o conceito de honestidade no código de conduta pirata. Todos os piratas que querem sobreviver sob o novo regime têm que adotá-lo. Isso porque qualquer um pego sendo desonesto em seus acordos é rapidamente eliminado pelo rei pirata.

Inspeciono o assento da cadeira. Tudo é sujo demais para o meu gosto, mas vai ter que servir. Tiro o grande casaco de couro marrom dos ombros e cubro o assento e o encosto da cadeira com ele. Só então me sento.

Riden dá um sorrisinho irônico, provavelmente por causa do meu claro desconforto com as acomodações. Ele me tranca na cela e guarda a chave. Então puxa uma cadeira para si mesmo e se senta, bem de frente para mim, do outro lado das grades.

— E agora? — pergunto.

— Agora nós conversamos.

Enceno um suspiro dramático.

— Você já me fez prisioneira. Vá pedir seu resgate e me deixe aqui com meu mau humor.

— Receio que o dinheiro de seu pai não seja tudo o que queremos de você.

Agarro o colarinho da minha camisa de algodão, como se estivesse preocupada que os piratas pretendessem me despir. Essa parte é o ato. Seriam necessários *vários* homens para me conter; não tenho dificuldade em lidar com três de uma só vez. E nesta cela não cabe mais do que isso.

— Ninguém vai tocar em você agora que está aqui embaixo. Vou garantir isso.

— E quem vai garantir que *você* não vai tocar em mim?

— Posso lhe assegurar que nunca precisei forçar uma mulher a nada. Elas vêm por livre e espontânea vontade.

— Acho difícil de acreditar.

— Isso é porque ainda não usei meu charme com você.

Dou uma risada zombeteira.

— Como mulher pirata, criada por outros piratas, já tive que me afastar dos mais desprezíveis e persistentes dos homens. Não estou muito preocupada.

— E o que você faria, Alosa, se tivesse que se afastar de um homem que não fosse desprezível e persistente?

— Avisarei quando conhecer um.

Ele gargalha. O som é profundo e pleno.

— É justo. Mas vamos aos negócios. Você está aqui porque eu quero informações.

— Que bom. E eu quero uma cela limpa.

Ele se recosta na cadeira, buscando uma posição confortável. Talvez tenha percebido que isso vai demorar um tempo.

— Onde Kalligan atraca?

Eu bufo.

— Você é um péssimo interrogador. Acha que vou entregar a localização do esconderijo do meu pai? Você não deveria tentar abrir caminho até as grandes questões? E, já que ele é seu rei, você bem que podia se referir a ele com o título adequado.

— Já que estou com a filha dele trancada em uma cela, acho que tenho a liberdade de chamá-lo como bem entender.

— Ele matará você e todo mundo neste navio. E não fará isso rápido. — Sinto que já é hora de lançar uma ou duas ameaças. É o que uma prisioneira de verdade faria.

Riden não parece preocupado. De jeito nenhum. Ele usa sua confiança como se fosse meramente mais uma peça de roupa sobre sua pessoa.

— Vai ser difícil devolvê-la se não soubermos a localização do seu pai.

— Vocês não precisam saber. Ele vai me achar.

— Estaremos vários dias na frente dos homens do seu pai. Temos tempo mais do que suficiente para escapar para algum lugar onde ele nunca nos encontrará.

Balanço a cabeça.

— Como você é simplório. Meu pai tem homens que trabalham para ele por toda Maneria. Só será preciso que um deles localize vocês.

— Estamos bem cientes do alcance do seu pai. Embora eu não veja como ele pode pensar que isso o faz merecer o título autoproclamado de rei.

Agora é minha vez de me recostar na cadeira.

— Você está brincando, certo? Meu pai *controla* o oceano. Não há um único homem que navegue sem pagar portagem para ele. Todos os piratas precisam pagar uma porcentagem de suas pilhagens para ele. Os que não fazem isso são mandados pelos ares. Então me diga, intrépido Riden, imediato do *Perigos da Noite*, se ele mata homens que ficam lhe devendo dinheiro, o que acha que fará com homens que sequestram sua filha? Você e essa tripulação não são nada mais do que um bando de garotinhos se aventurando em um jogo perigoso. Em quinze dias, todos os homens dos mares estarão procurando por mim. — Claro que pretendo estar longe dessa embarcação antes disso.

— Garotinhos? — Ele se endireita na cadeira. — Você deve ser mais jovem do que quase todos os homens deste navio.

Depois de tudo o que falei, é nisso que ele se apega?

— Dificilmente. Quantos anos você tem? Quinze? — Estou provocando. Sei que ele deve ser muito mais velho do que isso, mas estou curiosa para saber sua idade de verdade.

— Dezoito — ele me corrige.

— Independentemente disso, minha idade não tem nada a ver com nada. Tenho um conjunto especial de habilidades que me tornam uma pirata melhor do que a maioria dos homens pode esperar ser.

Riden inclina a cabeça para o lado.

— E que habilidades podem ser essas?

— Você não gostaria de saber?

O sorriso dele aumenta ao ouvir isso.

— Como tenho certeza de que você já percebeu, essa não é uma tripulação qualquer. Podemos ser mais jovens do que a maioria dos homens no mar, mas a maioria de nós já viu o lado mais cruel da vida. Os homens são implacáveis, cada um deles já é um assassino. — Por um momento, a expressão dele fica séria, e uma pitada de tristeza toma conta de seu semblante. Está refletindo sobre algum momento passado.

— Se vai começar a chorar, poderia esperar até voltar para o convés? Não suporto ver lágrimas.

Riden me encara. Como se não olhasse para mim, mas através de mim.

— Você é realmente uma criatura sem coração, Alosa. Mata sem hesitar. Pode derrotar dois homens de uma só vez em uma luta. Vê seus homens morrerem sem pestanejar. Só posso imaginar o tipo de infância que deve ter tido sob a asa do mais notório pirata em toda Maneria.

— Não vamos esquecer o fato de que eu atiro melhor do que você.

Ele gargalha, mostrando um belo conjunto de dentes. Impressionante para um pirata.

— Acho que vou gostar das conversas que teremos durante um bom tempo. E, sinceramente, espero ter a chance de ver você atirar algum dia, desde que eu não seja o alvo.

— Não posso prometer nada.

Sons fracos de gritos vêm do convés. O navio balança quando mais tiros de canhão são disparados. Draxen está afundando meu barco. Bem, não é *meu* barco, é simplesmente o barco que meu pai me deu para essa missão. Meu navio verdadeiro, o *Ava-lee*, e a maior parte da minha tripulação verdadeira, estão a salvo no forte. Ainda que eu sinta saudade de ambos, também estou animada com o desafio que tenho pela frente.

Os degraus rangem quando alguém desce. Draxen aparece não muito tempo depois. Três homens o seguem, carregando minhas coisas.

— Já não era sem tempo — comento.

Os rostos dos três brutamontes que carregam minhas coisas estão vermelhos, suas respirações aceleradas. É provável que isso queira dizer que trouxeram tudo. Não economizo na bagagem.

Cada um deles bufa quando joga as malas no chão.

— Cuidado! — exclamo.

O primeiro pirata é bem alto. Ele quase tem que se abaixar para poder caminhar pelo convés. Agora que largou sua carga, ele enfia a mão no bolso e procura alguma coisa. Por fim, pega um cordão com o que parecem ser contas. Algum tipo de amuleto, talvez?

O segundo me encara como se eu fosse um saboroso prato de comida. Faz a pele da minha nuca arrepiar. Decido que é melhor ficar longe deste.

O homem atrás do grupo é Kearan. Caramba, ele é feio. Seu nariz é largo, seus olhos são afastados demais, sua barba muito comprida e malcuidada. Para completar, a barriga pende por sobre o cinturão.

Acho que minha opinião sobre ele não pode ser pior, até que percebo o que ele tem nas mãos. Ele joga alguns dos meus vestidos na pilha de malas no chão.

Ranjo os dentes.

— Você estava *arrastando* estes vestidos? Neste chão imundo? Tem alguma ideia de como foi difícil encontrar uma garota do meu tamanho para poder roubá-los?

— Cale a boca, Alosa — ordena Draxen. — Ainda estou propenso a jogar tudo no mar, e que se dane minha palavra.

Kearan pega um frasco de um dos vários bolsos do seu casaco. Dá um longo gole.

— Pode nos impedir de jogá-los, Capitã.

— Ah, fique quieto — digo. — Não é muito tarde para que eu o mate.

Ele tem a decência de parecer perturbado antes de tomar mais um gole.

Draxen se vira.

— Senhores, subam e preparem o navio. Quero partir imediatamente. Kearan, você vai para o leme. Espere meu retorno.

Quando eles deixam a cela, Draxen se aproxima de Riden e lhe dá um tapa nas costas.

— Como foi tudo, irmão?

Irmão?

O cabelo de Draxen é mais escuro, mas seus ombros têm a mesma largura dos de Riden. Os dois têm os mesmos olhos escuros, mas Riden é mais bonito. Não, não é bonito. Piratas rivais não são bonitos. São ratos de porão.

— Bem o bastante — responde Riden. — Ela é muito leal ao pai. Está confiante na capacidade dele de resgatá-la, já que o alcance dele nos mares é tão vasto. Suas palavras me levam a acreditar que ele vai procurar por nós em mar aberto, então recomendo permanecer perto da costa.

Repasso rapidamente nossa conversa, percebendo os erros reveladores demais das minhas respostas.

Riden é mais esperto do que parece. Ele dá um sorriso irônico ao ver minha expressão assustada, ou talvez seja para o olhar mortal que lanço na sequência. Então prossegue:

— Ela tem um temperamento feroz, que combina com o cabelo ruivo em sua cabeça. É inteligente. Acho que teve algum tipo de educação adequada. Quanto às suas habilidades de luta, aposto que foi treinada pelo próprio rei pirata, o que quer dizer que ele realmente se importa com ela e vai concordar em pagar o resgate.

— Excelente — diz Draxen. — Então o rei pirata sem coração realmente virá atrás de sua filha.

— É provável que venha pessoalmente — comenta Riden.

Tomo o cuidado de manter a mesma expressão. Para que eles continuem pensando que meu pai vai procurar por mim, em vez de continuar em sua fortaleza, esperando pelo relato. No entanto, Riden acertou na mosca sobre meu treinamento. Meu pai só confiaria essa missão a alguém que ele mesmo tivesse treinado. E ele só treinou uma pessoa.

— Mais alguma coisa? — pergunta Draxen.

— Ela é perigosa. Precisa ficar trancada o tempo todo. Eu não deixaria nenhum dos homens sozinho com ela, para o bem deles. — Riden diz essa última parte em tom de brincadeira, mas então volta a falar sério, respirando fundo enquanto organiza seus pensamentos.
— E ela está escondendo alguma coisa. Mais do que os segredos que já sabemos que ela mantém. Tem mais alguma coisa que ela realmente não quer que eu descubra.

Eu me levanto da cadeira e caminho até as grades, minha mente dando voltas. Ele não tem como saber meu segredo mais sombrio. Só meu pai e algumas poucas pessoas escolhidas sabem.

— E como você sabe disso?

— Eu não sabia.

Draxen ri.

Cerro meu punho com força. Tudo o que quero é socar o rosto arrogante de Riden sem parar, até que cada um de seus dentes caia desse sorriso.

Infelizmente, o rosto dele está longe demais. Então me contento em agarrar a manga de sua camisa. Já que ainda está sentado, ele voa de cabeça na minha direção. Ele apoia as mãos nas grades, para não bater o rosto. O que está bem para mim, porque me dá tempo de usar minha mão livre para tirar a chave da cela de seu bolso. Assim que consigo pegá-la, eu a guardo em meu próprio bolso e retorno para a parede de madeira da cela.

Riden resmunga ao ficar em pé.

— Talvez você também não deva ficar sozinho com ela — comenta Draxen.

— Posso lidar com ela. Além disso, ela sabe que, quanto mais tempo demorar para me falar o que eu quero, mais tempo terá que desfrutar da minha companhia.

Lembro a mim mesma que estou neste navio por escolha própria. Posso partir no momento em que quiser. Só preciso encontrar o mapa antes.

Eu mesma destranco a porta. Os dois homens permitem que eu leve minhas malas até a cela. Não se incomodam em me ajudar e esperam enquanto faço três viagens. Não que eu queira a ajuda deles, mas estou a fim de quebrar alguns ossos. Em especial os de Riden. Sem dúvida, meu pai ficaria admirado com meu autocontrole. Eu me tranco novamente na cela assim que termino.

Riden estende a mão, aguardando. Hesito só por um breve instante antes de jogar a chave para ele, que a pega sem esforço. Uma expressão de ceticismo cruza seu rosto. Ele segura uma grade da cela e a puxa. Ela permanece firme no lugar, trancada.

— Precisamos ser cuidadosos — Riden diz para Draxen. — Você verificou as coisas dela?

— Sim — confirma o capitão. — Não há nada além de roupas e livros. Nada que represente perigo. Agora, acho que já tivemos animação demais por um dia. Vamos lá para cima decidir qual é a melhor localização para atracar. E seria melhor não falar para a moça onde estamos. Não precisamos que ela tenha ideias.

Draxen sobe as escadas. Riden ergue o canto direito dos lábios antes de segui-lo.

Assim que estão fora da minha vista, eu sorrio. Riden não foi o único a reunir informações durante nossa breve conversa. Riden e Draxen são irmãos, filhos do pirata Lorde Jeskor. Ainda não tenho certeza do que aconteceu com Jeskor e sua tripulação original para que Draxen herdasse o navio, mas sei que descobrirei mais tarde. Riden é uma boa opção, e tem a confiança do capitão. De que outra maneira ele conseguiria convencer Draxen a não matar mais nenhum dos meus homens? Eu me pergunto o que ele sussurrou para o capitão quando estávamos no outro barco e, mais importante ainda, por que fez questão de interferir. Riden é preocupado com os homens de seu barco, e não só a preocupação normal que um imediato teria com os homens que estão sob sua responsabilidade. Lembro de quando ele me falou que todos os homens do navio são assassinos e como pareceu triste ao dizer isso. Ele se sente responsável por alguma coisa. Talvez esteja ligada ao que quer que tenha acontecido com a tripulação original do *Perigos da Noite*.

Há muitos segredos neste navio, e terei tempo suficiente para descobrir todos eles, começando esta noite. Balanço meu braço direito. Sinto o metal escorregar e o pego com a mão.

É a chave da minha cela.

CAPÍTULO
3

Tive oportunidades suficientes para roubar a chave de Riden. O truque era descobrir um jeito de me trancar na cela antes de trocar a chave pela outra que trouxe a bordo comigo. Imaginei que a chave da carceragem do meu próprio barco devia ser aproximadamente do mesmo tamanho. Rider não teria como notar a diferença.

Ele não é tão esperto quanto pensa. E eu sou muito mais esperta do que ele imagina.

Grande erro da parte dele.

Agora que estou sozinha, remexo nas minhas malas para encontrar alguma coisa adequada para vestir. Não aguento mais essa roupa de marinheiro. Vou precisar de um vidro inteiro de perfume para livrar minha pele do fedor do último dono. Quem sabe quando terei permissão para usar um balde de água para me lavar? Com o comportamento cruel do capitão Draxen, tenho certeza de que ainda vai levar um bom tempo.

Escolho um espartilho azul-escuro com mangas bufantes presas com fitas grossas. Visto-o por cima de uma blusa branca. O espartilho é amarrado na frente, então consigo me vestir sozinha. Nunca tive damas de companhia para me ajudarem como as filhas dos nobres proprietários de terras. Não há muitas mulheres dispostas a trabalhar para piratas. E as que são aptas para uma vida em alto-mar não são desperdiçadas como criadas. Minha própria tripulação na fortaleza é composta quase inteiramente por mulheres. Um fato do qual tenho muito orgulho.

Visto uma meia-calça preta com um culote limpo por cima. Minhas botas, perfeitamente ajustadas e confortáveis, vêm a seguir, subindo até a altura do joelho. Dou um suspiro de contentamento quando termino de me vestir. Ter uma boa aparência certamente faz a pessoa se sentir melhor.

Cantarolando enquanto trabalho, pego um livro intitulado *Profundezas do mar*, de uma das minhas bolsas. É um índice de todas as criaturas conhecidas que vivem no oceano. Decorei cada uma delas há muito tempo, e passei tanto tempo no mar que já vi mais criaturas do que as mapeadas no livro. É por isso que não tive problema em escavar o conteúdo encadernado para poder esconder uma pequena adaga lá dentro.

Vozes e passos alcançam meus ouvidos. Coloco rapidamente a adaga na bota direita e guardo o livro com as outras coisas. Estou sentada de uma maneira que espero ser discreta quando três homens entram na carceragem.

— Ela não parece grande coisa — um deles diz para os demais.

— Mas você viu o que ela fez com Gastol e Moll? — outro pergunta. — Mortinhos da silva.

O terceiro homem permanece quieto, me observando junto com os demais.

— Já terminaram de olhar? — pergunto. — Ou esperam que eu faça algum truque para vocês?

— Não ligue para nós — o primeiro pirata diz. — Não é todo dia que dá para ver alguém que é do mesmo sangue do rei pirata.

— E eu sou o que vocês esperavam?

— Dizem que o rei pirata é tão grande quanto uma baleia e tão feroz quanto um tubarão. Não esperávamos uma coisinha minúscula.

— Devo ter puxado minha mãe — comento. Não conheci minha mãe, então não posso ter certeza, mas meu pai diz que herdei meu cabelo ruivo dela.

O resto do dia é muito parecido com isso. Piratas vêm e vão, aproveitando qualquer chance que têm para ver a filha do rei pirata de perto. Depois do primeiro grupo, permaneço quieta a maior parte do tempo.

Está quase anoitecendo quando meu último visitante aparece. Embora todos os outros piratas tenham vindo em grupos, este homem vem sozinho.

Este aqui não chama muita atenção. Estatura e constituição medianas. Cabelo e barba castanhos. Parece mais velho do que a maioria dos outros piratas a bordo. Talvez não chegue a trinta anos, mas é difícil dizer, com a barba escondendo a metade inferior de seu rosto. Ele tem uma moeda de ouro na mão, que move entre os dedos com facilidade.

— Olá, Alosa — diz ele. — Meu nome é Theris.

Eu estava recostada na cadeira inclinada e apoiada em duas pernas, mas agora venho para a frente, endireitando o corpo.

— Devo ter visto cada um dos homens a bordo passarem por aqui hoje pelo menos uma vez. Por que eu devia me lembrar de você? Ou me importar com seu nome?

— Não devia — diz ele, erguendo a mão para coçar a testa. Seus dedos se movem rapidamente, mas o movimento é inconfundível. Ele desenha a letra *K*. — Não sou alguém muito interessante para se conhecer.

O *K* é de Kalligan. É o sinal que os homens sob as ordens do meu pai usam para se identificar. Theris deve ser o homem a bordo que trabalha para meu pai. Deve ter sido ele quem contou para meu pai que a tripulação do *Perigos da Noite* queria me sequestrar.

Nunca se sabe quando ouvidos pouco amistosos estão por perto, então mantenho a conversa casual.

— Dá para ver.

— Eu só queria dar uma olhada na filha do rei pirata.

— E deixar que eu desse uma olhada em você?

— Precisamente. Às vezes a sobrevivência não depende do que se faz, mas de quem se conhece.

— Bem observado — respondo, com frieza.

Theris assente antes de se retirar.

Eu não esperava que o homem do meu pai viesse se apresentar para mim. Temos tarefas diferentes no navio. A de Theris é garantir ao meu pai informações sobre o navio e seu capitão. A minha é desempenhar o papel de ladra. Não devíamos ajudar um ao outro. Na verdade, a expectativa é que possamos ser capazes de realizar nossas tarefas sozinhos.

Mas meu pai está contando com o fato de que não vou falhar. Talvez seu desejo de encontrar o mapa seja tão grande que ele ordenou que Theris fique de olho em mim. Por um lado, posso entender por que ele não quer correr nenhum risco, mas, por outro, estou profundamente ofendida. Posso lidar com essa missão sozinha, e não pedirei a ajuda de Theris.

Preciso esperar até que a noite caia para poder começar. Percebo quando o sol se põe, porque a maioria dos piratas vem para o porão. Não consigo vê-los da carceragem, mas consigo sentir o cheiro deles. Não devem estar muito distantes. Posso imaginá-los dormindo em redes ou no chão coberto de feno. De qualquer jeito, deve ser melhor do que o chão com essa cobertura marrom no qual vou ter que dormir. Me arrepio só de pensar.

Começo a cantarolar novamente enquanto coloco o casaco, que foi confeccionado de modo a se parecer com o que os homens usam, mas o meu foi feito para a silhueta feminina. Mandsy o costurou para mim. Ela consegue manejar uma agulha tão bem quanto uma espada, e esse é só um dos muitos motivos pelos quais a tornei parte da minha tripulação.

Ainda que o casaco me faça parecer com qualquer outro marinheiro quando sou vista de longe, espero não ter muita necessidade de me misturar assim que estiver no convés superior. Conto com a cobertura da escuridão para me mascarar.

Assim que destranco minha cela, paro de cantarolar. Me esgueiro pelas áreas internas do navio, só para ter a noção da sua forma. Uma despensa para comida e suprimentos, uma sala do tesouro para as pilhagens dos piratas, uma cozinha modesta e os dormitórios da tripulação principal ocupam o espaço no porão. Fácil de lembrar.

Agora preciso chegar ao aposento do capitão sem ser vista. Ainda não sei bem como é Draxen, mas, se eu estivesse tentando esconder algo importante, como um mapa, eu o manteria por perto.

Há uma possibilidade, no entanto, de que Draxen nem sequer saiba que o mapa está a bordo. Ele pertencia ao seu pai, que é descendente de uma das três linhagens antigas de senhores piratas. (Eu, claro, sou descendente de uma das outras.) Lorde Jeskor pode não ter falado sobre o mapa para os filhos. Não importa. O mapa precisa estar no navio. Jeskor devia mantê-lo por aqui quando morreu, e os aposentos de Draxen costumavam ser dele. Definitivamente, é o primeiro lugar onde devo procurar.

Espio por cima do último degrau da escada para observar o convés. É difícil ver qualquer coisa, já que é quase lua nova. Nada além de uma lasca de luz brilha no convés escuro do *Perigos da Noite*. O navio já foi uma caravela padrão, o tipo de embarcação usada para exploração marítima. A maioria dos piratas os rouba da própria armada do rei das terras. Depois fazem ajustes para deixar o barco de acordo com suas preferências. Consigo ver que Jeskor mandou refazer o cordame. Ele trocou a tradicional vela latina do mastro principal por uma vela quadrada. Inteligente, já que isso lhe dá mais velocidade. Também observei, enquanto estava no navio do meu pai, vendo o *Perigos da Noite* se aproximar, que Jeskor acrescentou uma figura de proa abaixo do gurupés. Duvido que o rei das terras tenha colocado grandes esculturas de mulheres na frente de seus navios. Ele é prático demais para isso.

Há poucos homens no convés superior. Alguém no leme, um homem no cesto da gávea e mais uns dois vagando pelo convés para se assegurarem de que está tudo bem. Consigo dizer exatamente onde estão, porque eles carregam lanternas diante de si.

Draxen e Riden já devem estar em seus aposentos. Provavelmente dormindo. Eles simplesmente fizeram uma captura impressionante – devem ter comemorado. Agora é quase certo que estão dormindo embriagados. Prevejo que a aventura desta noite vai transcorrer com suavidade.

Há dois níveis separados acima do convés da popa do navio. Provavelmente os aposentos de Riden ficam no nível mais baixo. Os do capitão devem ficar no castelo da popa.

Tudo o que eu preciso fazer é passar pelo homem que está no leme. Para minha sorte, ele parece sonolento. Se recosta preguiçosamente na amurada, enquanto segura o leme com uma mão.

É provável que a porta de Draxen esteja destrancada. Ele não precisa deixá-la trancada enquanto estiver lá dentro. A menos que seja paranoico ou não confie em sua tripulação. Ele não me parece ser nenhum dos dois, então acho que vou conseguir entrar.

Eu me agacho no convés ao lado das escadas que levam ao segundo nível. Espero até que a cabeça do homem penda para o lado. Fico na ponta dos pés e subo os degraus com todo o cuidado. Está tudo bem, até que chego ao último degrau, que faz um rangido tão alto preenchendo o silêncio que acho que eu teria sido capaz de ouvi-lo do porão. Sinto o corpo enrijecer com meu erro.

O marinheiro ao leme acorda rapidamente, virando a cabeça na direção do som. Na minha direção.

— Maldição! Você me deu um susto! Por favor, me diga que veio para assumir meu posto, Brennol.

Ele está cansado demais, e o céu está escuro demais para que ele perceba quem eu sou realmente. Rapidamente, eu entro no jogo, fazendo a voz mais grave que consigo.

— Sim. — Dou uma resposta curta. Não tenho ideia de como é a voz de Brennol, e não posso arriscar soar muito diferente.

— Graças às estrelas. Estou fora, então.

Ele segue para o porão, enquanto fico parada ali. Preciso me apressar, antes que o verdadeiro Brennol apareça para seu turno. Sem pensar duas vezes, entro nos aposentos de Draxen.

Imediatamente o vejo deitado na cama. Seu rosto está virado para o outro lado, mas posso perceber o subir e descer constante de seu peito. Ele está apagado. Uma vela queima suavemente perto da cama, dando ao quarto um pouco de luz e calor. O lugar não é imundo, mas tampouco é muito arrumado. Uma pequena bênção, pelo menos. É muito mais difícil disfarçar um roubo em um quarto limpo. É muito mais fácil para o proprietário perceber se algo foi mexido.

Agora entro em ação, começando pela escrivaninha, onde ele deixa vários papéis e mapas espalhados.

O mapa que procuro será diferente dos demais. É mais velho, para começar. Deve ser frágil e escurecido pelo tempo. Além disso, não é um mapa feito no idioma comum. O idioma dele também é mais antigo. Poucas pessoas o conhecem. Por fim, o mapa não está completo. É uma de três partes, separadas há muito tempo e dispersas entre os três senhores piratas da época. Com as três partes unidas, o portador será capaz de encontrar a lendária Isla de Canta, repleta de tesouros incalculáveis e protegida por suas ocupantes mágicas: as sereias.

Não está em nenhum lugar da escrivaninha ou de suas redondezas. Revirei cada gaveta em busca de fundos falsos e compartimentos secretos. Passo para a cômoda onde ele guarda suas roupas, remexendo em cada bolso de cada peça de vestuário. Sinto uma necessidade desesperada de lavar as mãos depois, mas me controlo.

Em vez disso, continuo a vasculhar o lugar. Cutuco cada tábua de madeira do piso, para ver se há algo embaixo. Bato levemente nas paredes, procurando irregularidades que denunciem uma abertura secreta. Acerto a última parede com um pouco de força demais, e Draxen se vira, ainda dormindo. Graças às estrelas, ele não desperta.

Dorme pesado este rapaz.

Por fim, verifico embaixo da cama. Ele tem algumas coisas ali. Meias grossas de lã, um sextante quebrado, um telescópio.

Quero suspirar de irritação, mas, em vez disso, engulo em seco.

Não está aqui. Não está em parte alguma desse quarto, nem no banheiro ou na sala de estar adjacentes. Isso quer dizer que está em outro lugar deste navio. Mas a embarcação é *enorme*. Há incontáveis esconderijos. E terei que verificar cada um deles, até encontrar o mapa.

Vou levar um tempo miserável para fazer isso.

Abro a porta do quarto do capitão em silêncio e espio do lado de fora. Passei metade da noite ali. Não adianta tentar continuar minha busca agora. Posso muito bem voltar para minha cela para tentar dormir um pouco.

    Brennol parece ter aparecido e aparenta estar bem desperto. Neste momento, está com as duas mãos plantadas com firmeza no leme. Como vou passar por ele? Se eu simplesmente sair andando, ele vai perceber que não sou o capitão. Sou baixa demais.

    Se eu pudesse descer pela escada, ele provavelmente não me notaria. Mas está a uns bons três metros de distância. Volto na ponta dos pés para os aposentos do Draxen e procuro alguma coisa que possa usar.

    Depois de um tempo, encontro uma moeda de cobre. Perfeito. De volta à porta, coloco a moeda no alto do meu polegar e a arremesso na direção a bombordo da proa. Brennol vira a cabeça naquela direção, se inclinando para a frente e apertando os olhos. Rapidamente, mas em silêncio, sigo direto até as escadas, e me lembro de saltar o degrau de cima quando desço.

    Quando chego ao convés, me encosto na parede atrás das escadas, saindo de vista. Acho que dei o último passo com força demais. E Brennol deve estar mais alerta agora. Eu devia esperar alguns segundos antes de seguir para o porão.

    A porta à esquerda se abre.

    A porta para os aposentos de Riden.

    Ele olha primeiro para a esquerda, depois para a direita.

    — Pensei ter ouvido alguma coisa. Tenho sono leve. Mas não esperava que fosse você.

    Só tenho um instante para registrar o fato de que ele está usando apenas um culote, antes que ele me alcance.

    Não tenho para onde ir. Entre a parede e as escadas, a única saída é passando por ele. E suponho que faça sentido simplesmente deixá-lo me capturar, ainda que meus instintos gritem para que eu não faça isso.

Eu quero estar aqui. Tenho um trabalho para fazer. Está tudo bem deixá-lo me capturar.

— Como conseguiu sair de sua cela? — ele pergunta. Não há nenhum traço de sono em sua voz, embora ele deva ter acabado de acordar. Ele me segura pelo braço, me mantendo no lugar.

Eu respondo:

— Parei o primeiro pirata que vi e pedi com educação.

O rosto dele está coberto pelas sombras, mas posso jurar que ouvi seu sorriso.

— Sou o único que tem a chave.

— Talvez você a tenha perdido. Que descuido de sua parte.

Ele toca a lateral do corpo, como se fosse enfiar a mão no bolso, mas então se lembra que não está usando uma camisa. Um fato que não fui capaz de esquecer.

Não seria tão ruim se ele não cheirasse tão bem. Supostamente, piratas deveriam feder. Por que ele tem que cheirar a sal e sabão?

Ele me puxa para a frente, e percebo que devia pelo menos tentar resistir um pouco. Então coloco as mãos no peito dele e o empurro. O ar da noite é frio, mas Riden ainda está quente dos lençóis da cama. Quente, sólido e cheira bem.

Com punhos de aço. Se ele deixar um hematoma no meu outro braço, serei obrigada a retaliar.

Ele me puxa até a porta de onde saiu. Está escuro como o fundo de uma caverna, mas Riden parece encontrar o que quer que esteja procurando sem problema algum. Ele me leva para fora novamente e segura alguma coisa no ar, para que eu possa ver.

— Essa deve ser a chave que eu fui tão descuidado em perder — comenta ele.

— Que estranho.

Ele suspira.

— Alosa, o que você está fazendo aqui fora?

— Você me sequestrou. O que *acha* que estou fazendo aqui?

— Os botes estão do outro lado. — Ele aponta para o lado oposto do navio. — Então, por que você estaria brincando perto da minha porta?

— Eu queria matar meus captores antes de partir.

— E deu certo?

— Ainda estou trabalhando nisso.

— Aposto que sim.

Descemos as escadas, passamos pela tripulação adormecida, até a carceragem. Riden me empurra para dentro da cela. Então experimenta a chave.

Obviamente, ela não entra na fechadura.

Riden a observa com mais atenção. A surpresa toma conta de seu rosto.

— Você as trocou.

— Como é? — pergunto, com ar de inocência.

Ele entra na cela comigo.

— Entregue-a para mim.

— O quê?

— A chave.

— Você está com a chave na mão.

— Essa não serve.

— Você não pode me culpar por tê-la quebrado.

Não espero que ele acredite em nada do que estou falando. Estou descobrindo que gosto de provocá-lo. Gosto da surpresa e... não é respeito, mas algo muito próximo a isso, que aparece em seu rosto quando ele descobre algo novo sobre mim. Mas não posso deixá-lo descobrir coisas demais sobre minha verdadeira natureza. Seria muito perigoso.

Para ele.

Porque não vou fracassar. Só posso imaginar o que meu pai faria se isso acontecesse. Mas não estou com medo. Não estou fazendo isso só pelo meu pai, mas também porque quero. Porque sou uma boa pirata e a caçada é emocionante. Porque quero encontrar a ilha das sereias tanto quanto qualquer outro pirata. Talvez ainda mais. Estou determinada a fazer *o que for* para conseguir o mapa. Se Riden se tornar uma dificuldade muito grande, vou tirá-lo do caminho usando qualquer meio que seja necessário.

— Vou lhe dar mais uma chance para me entregar a chave, princesa.

Está mais claro aqui embaixo. Várias lanternas estão acesas do lado de fora das celas. Consigo ver o rosto de Riden perfeitamente. Considerando o traje que ele está usando, consigo ver muito mais do que isso perfeitamente.

— Não tenho nada — respondo de novo.

Ele avança lentamente na minha direção, mantendo os olhos fixos nos meus enquanto faz isso. Eu recuo até encostar na parede, mas ele continua a avançar. Seu rosto está perto demais. Posso ver os tons dourados em seus olhos. São olhos adoráveis. Eu gostaria de estudá-los por mais tempo.

De repente, porém, as mãos dele estão nos meus quadris.

Acho que posso ter parado de respirar, mas não tenho certeza. Estou surpresa, certamente; eu deveria bater nas mãos dele, para tirá-las de mim, ou ficar quieta?

Ele leva as mãos ao meu estômago sem tirar os olhos de mim. Agora sei que estou respirando, porque acho que acabei de arfar. Tenho quase certeza de que devia dar um tapa nas mãos dele.

Mas não faço isso. Assim que alcança minhas costelas, ele move as mãos até meus braços, subindo até os ombros.

— Não sei o que você está vestindo — diz ele. — Mas gosto.

— Feito sob medida — respondo.

— E depois roubado por você.

Dou de ombros.

— O que você está fazendo?

— O que parece que estou fazendo?

— Você está me tocando.

— Estou tentando recuperar a chave.

— Parece mais uma desculpa para tocar em mim.

Ele sorri e se inclina para a frente, de modo que sua boca fique em meu ouvido.

— Não estou vendo você me impedir.

— Se eu impedisse, não poderia fazer isso.

Ele arregala os olhos, alarmado, mas não tem tempo suficiente para adivinhar o que estou prestes a fazer, até que eu já tenha feito.

Sim, dou uma joelhada nele. Bem entre as pernas.

Ele leva um tempo para se recuperar. O suficiente para que eu saia da cela e o tranque lá dentro.

Ele me encara fixamente.

— Isso foi baixo.

— Na verdade, acho que foi brilhante. Além disso, você disse que não ia tocar em mim. Estou vendo que sua palavra não significa muita coisa para você. — Devolvo as palavras que ele usou contra mim.

— E você disse que, se trouxéssemos sua maldita bagagem a bordo, você não ofereceria resistência.

— Não resisti. Saí da minha cela sem lutar.

— Moça, me deixe sair da cela.

— Acho que ela é mais adequada para você do que para mim.

Ele acerta uma das grades com o punho.

— Me deixe sair. Você sabe que não vai chegar longe. Tudo o que preciso fazer é gritar e metade da tripulação cairá sobre você.

— E mal posso esperar para ver as expressões nos rostos deles quando encontrarem o imediato preso na carceragem.

— Alosa — diz ele, com uma leve advertência na voz.

— Me responda uma coisa e pouparei você do constrangimento de ser encontrado pela sua tripulação.

— O quê? — Ele está claramente agitado. Suponho que eu também estaria, se tivesse sido enganada por um rostinho bonito.

— Quando nos conhecemos, e eu estava barganhando pela vida da minha tripulação, você sussurrou alguma coisa para o capitão. Algo que o fez parar de matar meus homens. O que foi?

Riden parece perplexo, mas responde.

— Eu disse que, se ele queria manter o apoio da tripulação, devia ser esperto e parar de encorajar você a matá-los.

— Você se importava com eles? Com os homens que eu matei?

— Não.

Hum, talvez eu estivesse errada sobre o quanto ele se importa com os membros de sua tripulação.

— Então por que se dar a esse trabalho?

— Eu respondi à sua pergunta. Agora me deixe sair.

Eu suspiro.

— Está bem. — Então me pergunto por que ele não quer falar sobre isso. Talvez eu tenha atingido alguma coisa aí. Se não tem a ver com os homens que eu matei, será que tem a ver com seu irmão?

As grades da cela fazem barulho quando destranco a porta, e entrego a chave para Riden.

— Você e o capitão são irmãos.

— Estou ciente disso.

— O que, exatamente, aconteceu com seu pai?

Riden me tranca na cela com um estrondo. Então guarda a chave no bolso sem tirar os olhos dela. Se vira para ir embora.

— Eu o matei.

CAPÍTULO
4

O CHÃO É NOJENTO, MAS, DE ALGUM MODO, CONSIGO DORMIR. QUANDO acordo, um rosto está a poucos centímetros da minha cabeça.

Dou um grito e viro para o outro lado. Ainda que agora eu perceba que ele está do outro lado das grades da cela, meu coração ainda está acelerado.

— Não havia necessidade disso — diz o pirata. — Eu precisava de um cacho do seu cabelo, mais nada.

Levo a mão à cabeça. De fato, vários fios foram cortados.

— O que você estava fazendo? Vou matá-lo.

— É melhor deixar a moça em paz, Enwen — diz outro homem. É Kearan. — Ela tem problemas com pessoas que tocam nela.

— Precisava ser feito — diz Enwen. — Vou falar uma coisa: cabelo ruivo é sinal de sorte. Você guarda um pouco e não fica mais doente.

Reconheço agora que Enwen é o homem alto que ajudou a trazer minhas coisas aqui para baixo ontem.

— É a coisa mais ridícula que já ouvi — diz Kearan. — Espero que você fique doente amanhã. Você precisa colocar juízo nessa cabeça.

— Espere só para ver. Na próxima vez que alguma praga nos pegar, eu vou ficar acariciando este cabelo, enquanto você vai ficar tossindo até morrer.

— Preciso de uma bebida.

— Que nada, Kearan. É cedo demais para isso.

— Se quero sobreviver ao dia de hoje, vou precisar começar cedo. — Ele tira um frasco do bolso.

— O que é isso? — pergunto enquanto me levanto para alongar o pescoço. Consigo sentir alguns estalos. E meu cheiro está pior do que no dia anterior. Maldito chão.

— Somos seus guardas, senhorita Alosa — diz Enwen. — O imediato diz que é bom deixar alguém vigiando você o tempo todo.

Encaro Kearan.

— E imagino que nenhum de vocês dois tenha sido voluntário.

— Essa é a verdade — diz Kearan.

— Ah, eu fiquei feliz em fazer isso — diz Enwen. — Desde que a vi ontem, estava esperando para colocar as mãos nesses seus cabelos. São muito raros.

— Posso garantir que eles não têm propriedades mágicas — digo, mexendo zangada na mecha que agora está mais curta que as outras.

— Não é mágica — diz Enwen. — Só traz boa sorte.

— Fico doente com a mesma frequência que as outras pessoas.

— Como é?

— Você disse que o cabelo ruivo protege contra doenças. Tenho a cabeça cheia deles, mesmo assim fico doente.

— Ah. — Enwen parece perturbado por um instante. Ele se inclina sobre minha mecha de cabelo, olhando fixo para ela. — Bem, suponho que não funcione em você porque é seu próprio cabelo. Precisa ser tirado de outra pessoa para a sorte funcionar.

— Então, se eu roubar a mecha de você, ela vai funcionar em mim? — pergunto, com sarcasmo.

Kearan gargalha e se engasga com o rum em sua boca. Algumas gotas caem no chão quando ele tosse. Ele suspira.

— Que maldito desperdício.

Eu me sento na cadeira, bastante ciente do lodo e do limo que cobrem tudo na cela, incluindo a mim. Preciso trocar de roupa e de um pouco de água para me limpar. Estou prestes a pedir um balde quando escuto alguém se aproximar.

Claro que é Riden. Ele carrega uma bandeja de comida e um sorriso perigoso. Ao ver esta cena, meu estômago ronca. Tenho quase certeza de que é uma resposta à comida, não ao sorriso.

— Enwen, Kearan, estão dispensados enquanto interrogo a prisioneira. Mas vão retornar ao posto assim que eu terminar.

— Certo, mestre Riden — diz Enwen. Kearan faz um aceno de cabeça, parecendo entediado. Os dois saem.

— Com fome? — pergunta Riden.

— Morrendo.

— Ótimo. Consegui alguns ovos para você. — Riden destranca a cela e coloca a bandeja na mesa, ficando o tempo todo de olho na minha perna. Tenho certeza de que é porque tem medo de levar um chute, e não porque simplesmente quer olhar. Ele sai e me tranca novamente, permanecendo em segurança do lado de fora das grades.

Começo a comer imediatamente, descascando os ovos cozidos e acrescentando uma pitada de sal antes de devorá-los. Empurro tudo para baixo com um pouco de água do copo que está na bandeja.

Riden parece estar de bom humor novamente. Pelo jeito não restaram mágoas pela noite passada.

— E então? O que teremos hoje? — pergunto. — Mais conversas sobre meu pai?

— Sim.

— Você espera que eu revele sem querer onde fica a fortaleza dele? Está desperdiçando seu tempo.

— O que você vai revelar sem querer é com você. O que eu quero é falar sobre a reputação do seu pai.

— O que quer que tenha ouvido, provavelmente é tudo verdade.

— Mesmo assim, vamos falar sobre isso.

— Quero um pouco de água — digo, limpando uma mancha de sujeira no braço.

— Eu encho seu copo novamente depois que terminarmos.

— Não. Eu quero um balde para me lavar. E um trapo. E sabão.

— Não acha que está pedindo demais para uma prisioneira?

— E — prossigo, praticamente cantarolando a palavra — quero um balde de água novo a cada semana.

No início, ele me olha de cara feia. Depois pensa melhor.

— Vamos ver como será nossa conversa de hoje. Se eu gostar do que ouvir, farei os arranjos necessários.

Cruzo as pernas e me recosto na cadeira.

— Está bem. Vamos conversar.

Riden pega uma cadeira e se senta. Hoje ele está de chapéu. Um tricórnio sem penas. Seu cabelo está preso na nuca. A camisa e o culote lhe caem bem. Branco na parte de cima, preto embaixo.

— Ouvi rumores dos feitos perigosos de Kalligan. Ele diz ser capaz de enfrentar vinte homens de uma vez em batalha. Diz que viajou por todos os mares, enfrentou todos os demônios marítimos, incluindo um tubarão, contra o qual lutou com as mãos limpas e embaixo d'água. Ele faz acordos com o demônio e encoraja o mal nos demais.

— Até agora você não está errado — comento.

— Dizem que ele é o único homem a sobreviver a um encontro com uma sereia.

Eu bufo ao ouvir isso.

— Ele chegou a dormir com ela — continua Riden. — Usou os truques da própria criatura contra ela mesma. Agora me parece que nosso querido rei é, na melhor das hipóteses, um manipulador e um contador de histórias criativo. Talvez não seja tão honesto quanto suas novas leis exigem.

— Ele não pode evitar o que as outras pessoas falam sobre ele.

— E o que você diria sobre ele?

— Ele é meu pai. O que mais precisa ser dito?

— Há tipos diferentes de pais. Aqueles que amam incondicionalmente, aqueles que amam com condições e aqueles que nunca amam de jeito algum. Qual deles você diria que ele é?

Pela primeira vez, sinto que Riden está tocando em algo que eu preferia deixar de lado.

— Dificilmente vejo como essa linha de conversa pode ser útil para você.

— Hum. Você está fugindo da pergunta. Deve ser com condições. Se ele nunca tivesse amado você, você não o teria em tão alta estima. Então me diga, Alosa: que tipo de coisa você precisou fazer para ganhar o amor do seu pai?

— O normal. Trapacear. Roubar. Matar. — Jogo cada uma das respostas de improviso. Espero que ele não perceba o incômodo que sinto.

— Ele transformou você em alguma coisa. Treinou você para se tornar algo que nenhuma mulher deveria ser. Você...

— Sou o que escolhi ser. Você fala sem saber. Acho que nossa conversa terminou.

Riden se levanta e se aproxima das grades. Então, pensa melhor e se afasta até ficar fora do meu alcance.

— Eu não tive a intenção de insultá-la, Alosa. Considere-se com sorte. É melhor ter um pouco de amor do que ter um pai que jamais amou você.

Eu sei que agora Riden fala de si mesmo. Mas ainda estou irritada. Sinto como se precisasse colocá-lo em seu lugar.

— Tudo o que meu pai fez foi por amor. Ele me fez forte. Ele me fez ser algo que pode sobreviver em seu mundo. Não importa o que ele tenha feito para me permitir chegar aqui. Sou uma lutadora. A melhor.

Não preciso bloquear as lembranças. É tudo o que são. Lembranças. Não podem me machucar. Já passaram. Não importa que meu pai me fizesse lutar com garotos mais velhos e mais fortes do que eu diariamente enquanto eu crescia. Agora posso derrotar todos eles. Não importa que ele tenha me dado um tiro uma vez, para me mostrar a dor de um ferimento a bala, para que eu pudesse treinar como lutar estando ferida. Porque agora eu posso fazer isso. Não importa que ele me deixasse passar fome e ficar fraca, para então me dar tarefas. Ele me ensinou a ter resistência. Agora posso lidar com qualquer coisa.

— E quanto a você, Riden? — pergunto. — O que o trouxe até onde você está? Você afirma ser aquele que matou seu pai, e mesmo assim Draxen é o capitão deste navio. Por acaso Draxen era o favorito? Ou era simplesmente o mais velho? De toda forma, por que você o deixaria ficar com algo que você mereceu?

A expressão de Riden endurece.

— Draxen é mais velho. E era o favorito do meu pai. Não importa agora. Você estava certa antes. Devíamos ter parado de falar. Suponho que não deseje me falar onde fica a fortaleza de seu pai agora.

— Não.

Ele assente com a cabeça, nada surpreso.

— Uma tempestade está se aproximando, e ainda não chegamos ao nosso destino. Esteja preparada para uma noite difícil.

— Eu sempre estou.

Limpo minha mente em vez de repassar nossa conversa. Estou exausta por ter ficado fora até tão tarde, então volto para o chão e cochilo. Não é como se eu tivesse algo melhor para fazer.

Um repique alto me desperta, fazendo meu coração acelerar pela segunda vez hoje. Alguém chutou as grades da minha cela.

Quando meus olhos focam, vejo Draxen parado diante de mim, com as mãos no cinturão, um chapéu emplumado sobre a cabeça. Ele me observa como se eu fosse algum prêmio conquistado. Ou alguma ferramenta nova que ele ganhou. Suponho que me veja como as duas coisas. Mas não me importo. No fim, serei a ferramenta que acabará com sua vida.

Meu pai não podia simplesmente tomar o *Perigos da Noite* pela força. O mapa podia facilmente ser destruído na batalha, se ele atacasse o navio. Ele precisava mandar uma pessoa a bordo para procurar. No entanto, quando tudo estiver acabado, levarei esta embarcação direto para meu pai, para que ele possa matar todos eles. O rei pirata não quer competição na busca pela Isla de Canta.

— Está gostando de suas acomodações, Alosa?

— O chão é duro e a cela fede.

— Adequado para uma princesa de ladrões e assassinos, não acha?

— Eu aceitaria uma cama.

— Você pode perguntar se alguém da tripulação quer dividir uma com você. Tenho certeza de que qualquer um deles se ofereceria.

— Se eu dormir na cama de alguém, é porque já o matei e assumi sua propriedade como minha. Já não perdeu membros da tripulação suficientes, Draxen?

— Você é muito cheia de si. Acho que devo ordenar que Riden adicione algumas surras às sessões de papinho com você. Pode fazer bem para vocês dois. As estrelas sabem como isso seria bom para ele.

Já que duvido que poderei voltar à minha soneca, eu me levanto e me acomodo na cadeira, ainda que esteja muito entediada com o confronto. Draxen não tem nada interessante para dizer. Ele espera me ver me contorcendo de medo. É um homem que se alimenta das dores dos demais. Até agora, nenhuma de suas intimidações funcionou.

— Dei permissão a Riden para trabalhar em você, mas, se continuar sem cooperar, darei a alguém com menos charme a chance de interrogá-la. Mantenha isso em mente enquanto fica sentada aqui embaixo.

— Melhor esperar que ele não baixe a guarda comigo. Eu odiaria colocar um de seus próprios homens contra você.

— Princesa, Riden já lidou com centenas de mulheres em sua vida. Ele nunca teve problemas em deixar nenhuma delas. Você não será diferente. — As botas dele ecoam no aposento vazio enquanto ele vai embora.

Draxen é uma figurinha difícil. Assim como Riden. Eles operam de modos diferentes, mas seus objetivos são os mesmos, o que torna os dois estúpidos. Que idiota pensaria em roubar do rei pirata? Em especial sem verificar sua tripulação o suficiente, em busca de espiões? Foi fácil arranjar meu "sequestro" assim que Theris conseguiu toda a informação da qual precisávamos.

Fico surpresa quando Riden vem me visitar novamente, desta vez carregando um balde de água, uma barra de sabão e alguns panos limpos.

Eu tinha certeza de que irritara Riden até levá-lo além do ponto da gentileza. Quase me sinto mal por todas as coisas terríveis que pensei sobre ele.

Quase.

— Você tem dez minutos antes que eu mande os homens a vigiarem novamente.

— Só preciso de nove — respondo, apenas para bancar a difícil.

Ele balança a cabeça antes de partir.

O barco balança um pouco mais do que o normal nesse momento. Realmente uma tempestade está se aproximando. Tenho muito equilíbrio no mar e não enjoo com facilidade. Me sinto mais estável no mar do que em terra firme. Estou acostumada aos seus movimentos, à sua linguagem. O mar lhe dirá o que vai fazer, se você escutar.

Eu me limpei e já me vesti com um espartilho limpo, desta vez vermelho, quando Kearan e Enwen retornam.

— Estou falando para você. Dá azar virar para a esquerda. Você sempre deve estocar e virar para a direita. Isso é boa sorte.

— Enwen, se estou esfaqueando um homem no coração, não importa se viro a faca para a direita ou para a esquerda. De toda forma vou conseguir matar o bastardo. Por que eu precisaria de sorte?

— Para o próximo homem que você for matar. Suponha que isso faça você errar o coração da próxima vez. Então você vai querer ter se dado o tempo de virar para a direita na vez anterior. Não dá para matar um homem direito se você erra o coração.

— Estou começando a achar que minha "próxima vez" não vai demorar.

— Não seja assim, Kearan. Você sabe que sou o único amigo que você tem neste barco.

— Devo estar fazendo algo de errado. — Kearan já está com seu frasco, mas, ao erguê-lo até a boca, ele franze o cenho. Vazio. Então ele enfia a mão no bolso e pega outro. Agora entendo o motivo para todos os bolsos no casaco que ele usa. Eu teria suspeitado de que era para um ladrão colocar os frutos de seus roubos. Mas não, são para guardar múltiplos frascos de rum. Eu me pergunto quantos ele carrega.

— Como está passando, senhorita Alosa? — pergunta Enwen, virando-se na minha direção, sem se perturbar com as palavras de Kearan.

— Pelo amor das estrelas, Enwen — diz Kearan. — A mulher é uma prisioneira. Como você acha que ela está passando? Cale a boca por um momento, pode ser?

— A mulher pode responder às perguntas que são feitas a ela — comento.

— Você tampouco devia estar falando — diz Kearan. — Não preciso de barulho de nenhum dos dois.

Enwen coça a têmpora.

— Mestre Riden só disse que "provavelmente" eu não devia falar com ela, já que uma mulher bonita tem jeitos de pregar peças na mente de um homem. Mas não foi uma ordem direta.

— Ele disse que eu sou bonita? — Dou um sorriso irônico com a ideia.

Enwen parece incomodado.

— Provavelmente eu não devia ter dito isso.

O navio balança cada vez mais rápido conforme o tempo passa. Entrar em uma tempestade é como entrar em uma discussão. Há alguns sinais de aviso. Tudo se agita. Mas então a coisa escala. A tempestade o atinge antes que você esteja pronto. E então você já está envolvido demais para fazer qualquer coisa a respeito exceto esperar que ela passe.

Tudo faz barulho. Não dá para ouvir nada exceto o vento e as ondas. Nada a sentir exceto o frio amargo. Visto o casaco mais pesado que tenho para afastar o gelo. De vez em quando escuto um grito no convés superior. Mas pode ser muito bem o eco do vento.

Preciso me contentar em me sentar no chão. Não dá para confiar que a cadeira não vá virar. Enwen também se senta e tira algo do bolso: um cordão de contas. Talvez pérolas.

Kearan começa a roncar. Sei que ele deve ter algum problema nos seios da face, porque consigo ouvi-lo por sobre o som da tempestade. Ele se sacode de repente.

— Me devolva isso.

Enwen deve ter visto a expressão estranha com a qual encaro Kearan. E explica:

— Ele fala muito enquanto dorme.

Kearan esfrega os olhos.

— Essa tempestade é das bravas. Pode afundar o barco.

Enwen estende suas pérolas.

— Não, não vai. Estou com nossa proteção bem aqui.

— Me sinto tão protegido.

— Pois devia. As tempestades são momentos perigosos para se atravessar. Alguns homens dizem que é quando os habitantes desagradáveis dos mares saem vagando de seus domínios aquáticos.

— Você quer dizer as sereias — comento.

— Claro que sim. Elas gostam de se esconder nas ondas. Não dá para vê-las nas águas quando o mar está borbulhando e agitado, mas elas estão bem ali. Chutando e batendo no barco, ajudando a tempestade a nos afundar. Elas nos querem. Querem comer nossa carne, fazer colares de nossos dentes, e escavar nossos ossos para fazer instrumentos para acompanhar suas canções.

— Que poético — ironiza Kearan. — E um monte de baboseiras. Alguém já lhe falou que não dá para ser atingido por algo no qual você não acredita?

A compreensão ilumina o olhar de Enwen.

— É por isso que todas essas coisas vêm atrás de mim.

Escondo o sorriso atrás da mão enquanto Kearan pega mais uma garrafa de rum.

As sereias conquistaram uma reputação e tanto ao longo do tempo. São consideradas as criaturas mais mortais conhecidas pelo homem. Contadores de histórias nas tavernas compartilham relatos de mulheres de extrema beleza que vivem no mar, procurando navios para destruir, homens para devorar e ouro para roubar. O canto da sereia pode enfeitiçar um homem, obrigando-o a fazer qualquer coisa. As criaturas cantam para os marinheiros, prometendo-lhes prazeres e riquezas se eles pularem no mar. Mas aqueles que fazem isso não encontram nenhuma das duas coisas.

Uma vez que uma sereia pega uma pessoa, ela nunca mais a larga. Ela leva o marinheiro consigo para o fundo do mar, onde dá um jeito nele. Rouba todos os seus bens valiosos e o deixa para afundar no abismo.

Há muitos mitos em torno das sereias. Quase ninguém sabe o que é fato e o que é ficção. Mas essa parte eu sei. Todas as sereias ao longo dos séculos levaram seus tesouros roubados para uma ilha, a Isla de Canta. Nesse lugar pode ser encontrada a riqueza da história, tesouros além da imaginação.

É isso o que meu pai procura. É por isso que estou aqui. É para isso que estou preparada: para roubar outro pedaço do mapa.

Cada uma das três partes foi passada de pai para filho ao longo de gerações. Uma delas seguiu pela linhagem Allemos, acabando nas mãos de Jeskor, e possivelmente agora nas de Draxen. Outra seguiu pela linhagem Kalligan, agora salvaguardada por meu pai. E a última pertence à família Serad. Esse pedaço deve estar na posse de Vordan.

Com os três pedaços unidos, o portador do mapa poderá encontrar a lendária Isla de Canta. A Ilha do Canto. Também chamada de Ilha das Mulheres Cantoras.

— Não há sereia nenhuma por aí — digo a Enwen. — Se houvesse, você já estaria enfeitiçado e iria pular do barco. Você escuta alguma música?

— Não, porque a tempestade está bloqueando o som.

— Então a tempestade é uma coisa boa?

— Sim... não. Quero dizer... — Enwen se debate com isso por um momento.

Enwen e até mesmo Kearan parecem ansiosos demais para dormir esta noite. Mesmo um homem que passou a vida toda no oceano tem motivos para temer quando o mar está zangado.

Mas eu não, durmo profundamente ouvindo seu canto. O mar cuida de mim.

Ele protege os seus.

CAPÍTULO
5

Os dias seguintes passam de modo muito parecido. Durante o dia, Riden vem me interrogar. Nós nos provocamos e nos cutucamos, tentando conseguir respostas. Raramente alguma coisa resulta disso. Ele também traz minhas refeições, mas, fora isso, sou sempre deixada sozinha na minha cela, com dois guardas me vigiando. Os guardas são trocados com frequência, mas Kearan e Enwen são, de longe, os mais divertidos.

Infelizmente para Riden, os guardas não são o impedimento que tenho certeza de que ele gostaria que fossem. Em algum momento eles precisam dormir, e, quando isso acontece, eu me esgueiro da minha cela e bisbilhoto o barco. Já que o mapa parece não estar no quarto de Draxen, decido começar minha busca no porão, da popa até a proa, e depois subir. Escolhi essa ordem porque presumi que assim começaria com os lugares mais fáceis para procurar, para depois seguir para os mais difíceis.

Mas nada prova ser rápido ou fácil.

Quando há quase quarenta homens dormindo no porão, sempre há pelo menos um a cada hora que precisa mijar, sem dúvida devido à bebedeira de antes de ir para a cama. Passo metade do tempo escondida, espremida em lugares apertados, ou me mantendo absolutamente imóvel enquanto eles correm para a borda do navio e depois retornam para suas camas.

Minha busca é tediosa e infrutífera, e a cada noite consigo terminar apenas uma pequena seção da embarcação.

Na minha quinta noite a bordo, Kearan está roncando alto, enquanto Enwen conta moedas de ouro em uma pequena bolsa.

— Você andou apostando? — pergunto.

— Não, senhorita Alosa, não gosto de apostar.

— Então de onde vem seu dinheiro?

— Consegue guardar um segredo?

Faço questão de olhar ao redor da cela.

— Para quem vou contar?

Enwen assente, pensativo.

— Suponho que esteja certa. — Ele olha para as moedas novamente. — Bem, esta aqui eu ganhei de Honis. Esta de Issen. Esta de Eridale. Esta de...

— Você está roubando deles. — Dou um sorriso.

— Sim, senhorita. Mas só uma moeda de cada sujeito. Se um homem vê que toda a sua bolsa sumiu, ele vai saber que alguém a pegou. Mas se só falta uma moeda...

— Ele vai presumir que a perdeu — completo.

— Sim, exatamente.

— Você é brilhante, Enwen.

— Obrigado.

— Você é muito mais inteligente do que deixa transparecer. Por acaso você só finge ser um tolo supersticioso para que o resto da tripulação não desconfie de você?

— Ah, não. Sou tão supersticioso quanto pareço.

— E a parte de ser um tolo?

— Posso exagerar um pouco.

Dou uma risadinha. Este é o tipo de homem que eu permitiria estar em meu navio, se ele conseguisse reservar seus roubos para pessoas que não fossem membros de sua tripulação.

— E quanto a Kearan? — pergunto. — Qual é a história dele?

Enwen olha para o companheiro roncando.

— Ninguém sabe muito de Kearan. Ele não fala sobre si mesmo, mas reuni algumas informações a partir do que ele fala dormindo.

— O que você descobriu?

— Por que a pergunta?

— Só curiosidade e tédio.

— Suponho que não fará mal lhe contar. Só não diga para Kearan que fui eu quem falou.

— Eu prometo.

Enwen começa a guardar as moedas na bolsa.

— Kearan já esteve em todas as partes do mundo. Ele conhece as Dezessete Ilhas de alto a baixo. Já conheceu muita gente, já fez tudo que é trabalho e coisas do tipo. Era um aventureiro.

Então Kearan não só conhece bem o oceano, mas a terra firme também. Pouco usual para um pirata. Nossas pequenas ilhas são tão próximas umas das outras que todo mundo viaja entre elas. Cada uma é rica em distintas fontes de alimentos. O comércio é frequente e necessário entre as ilhas. Por isso, quem quer que controle o mar controla o dinheiro do reino.

Meu pai tolera a existência de um monarca em terra firme porque não tem desejo de governar os proprietários de terras. Ele prefere a companhia dos brutos dos mares. O rei das terras paga um tributo ao meu pai todos os anos em troca da permissão para seus exploradores percorrerem os mares em busca de novos territórios.

Ninguém jamais conseguiu um monopólio tão absoluto dos mares até meu pai estabelecer seu reinado. E algum dia esse controle passará para mim, e é por isso que desejo provar meu valor várias e várias vezes para meu pai. Minha tarefa atual é uma em uma longa lista de feitos que realizei para ele.

Olho para o corpo gordo de Kearan, seu rosto feio e a aparência geral desleixada.

— Tem certeza de que ele não está apenas se aventurando durante o sono?

— Ah, sim. Ele pode não parecer muita coisa agora, mas é porque se transformou em um homem que já perdeu muita coisa. Imagine se nunca estivesse satisfeita com sua vida, senhorita Alosa. Imagine se tivesse viajado por todo o mundo em busca de felicidade, procurando emoções para passar o tempo. Imagine ver tudo o que há para ver e nem assim encontrar felicidade. Bem, isso lhe daria uma visão muito sombria da vida, não?

— Suponho que sim.

— Não há muito a fazer depois disso. Kearan ganha a vida neste navio. Bebe muito porque isso tira a dor. Não tem desejo de viver, mas não tem desejo de morrer tampouco. É uma posição difícil para estar.

— Mesmo assim, você é amigo dele. Por quê?

— Porque todo mundo precisa de alguém. E eu não perdi a esperança por Kearan. Acredito que algum dia ele acabará se recuperando, com o tempo certo. Com a motivação certa.

Honestamente eu duvido disso, mas não vou contradizê-lo.

— Por que você presume que ele perdeu tanta coisa assim? — pergunto.

— Eu o ouço chamar o nome de uma mulher à noite. Sempre a mesma mulher. Parina.

— Quem é ela?

— Não tenho ideia, e não pretendo perguntar.

Enwen se deita no chão, encerrando a conversa. Ele me deu muita coisa para pensar enquanto espero que ele durma, antes de começar minha busca noturna.

Todo mundo tem alguma coisa sombria no passado. Suponho que seja nossa tarefa superar isso. E, se não podemos superar, então tudo o que podemos fazer é aproveitar o presente ao máximo.

— Quer se esticar um pouco?

Riden está parado diante da minha cela, jogando a chave no ar e pegando-a. Já estou no *Perigos da Noite* há seis dias. É a primeira vez que ele se oferece para me tirar da cela.

— Você gosta de ostentar minha liberdade diante de mim? — pergunto, olhando para a chave.

— Sabe, eu realmente tenho uma estranha sensação de diversão com isso.

— Não deve ser fácil para você se divertir quando sabe que consigo sair daqui por conta própria. — Claro que estou me referindo à noite em que ele me pegou vagando por aí e não a todas as outras em que escapuli desde então.

Riden se aproxima, abaixando a voz.

— Tenho tomado muito cuidado com a chave depois daquilo. E, se eu fosse você, não mencionaria esse pequeno contratempo para ninguém. O capitão ficaria com uma ideia na cabeça se soubesse. E você não gostaria das ideias dele.

Inclino a cabeça para o lado.

— Quer dizer que você não contou para ele que tentei escapar?

— Melhor reforçar a noção. Quanto mais Riden não contar para o capitão, maior é a barreira que coloco entre Draxen e sua tripulação.

Quem sabe consigo usar essa distância entre eles mais tarde? Quem sabe o que mais vai acontecer enquanto eu estiver "cativa" em alto-mar?

Acrescento:

— Talvez você devesse ter algumas ideias sobre o que ele faria com *você* se soubesse.

— Acho que estou contando com o fato de que você estará mais preocupada em livrar a própria pele do que em danificar a minha. Agora, vou lhe dar uma folga da cela. Quer ou não?

Aprecio o gesto, mas não posso dizer que confio nele.

— Para onde vamos?

— Encontramos um navio que parece ter sido abandonado depois da tempestade. A embarcação está um pouco avariada demais para ser usada, mas podemos encontrar alguma coisa de útil a bordo. Estamos no meio do oceano, sem nenhum lugar para onde escapar. O capitão me deu permissão para levar você para a busca.

Percebo que ele pode me dizer que estamos no meio do nada, quando, na verdade, estamos só a um dia de terra firme. Impossível dizer. Ainda que não faça diferença. Mesmo assim, eu gosto de saber onde estou. A incerteza me deixa um pouco inquieta.

— Sempre estou disposta a roubar alguma coisa — comento.

— De algum modo, eu imaginei que estaria.

Ele me deixa sair. Então guarda a chave, desta vez colocando-a em um bolso no culote, em vez de na camisa.

— Vou ficar bem atento a ela, então não tenha ideias.

— Não sei do que você está falando.

Ele segura meu braço e me leva na direção das escadas.

— Precisa ficar me segurando? — pergunto. — Você mesmo declarou que não tenho para onde ir. Não posso ter a liberdade de andar sem sua ajuda? — Não consigo deixar de acrescentar: — Ou você simplesmente não consegue tirar as mãos de mim? Enwen me informou que você não resiste aos meus encantos femininos.

Riden parece despreocupado.

— Se está falando com Enwen, moça, então tenho certeza de que já descobriu que metade do que ele diz é bobagem.

Sorrio e me inclino em sua direção.

— Talvez.

— Pare de sorrir e suba logo essas escadas.

— Nem em sonho eu lhe daria uma vista dessas.

Agora é a vez de ele dar um sorriso malicioso.

— Você não tem a opção de andar atrás de mim. Não confio em você. Agora, a decisão é sua.

No convés, os homens estão amarrando as cordas, pegando suas armas, correndo de um lado para o outro. A animação pela aventura que se aproxima é quase tangível no ar. Eu mesma consigo sentir a antecipação da caçada. Não sou imune à perspectiva de uma boa diversão. Nenhum pirata é. Por isso que escolhemos essa vida. Porque somos bons nisso.

E não temos moral.

— Ah, Sua Alteza decidiu nos honrar com sua presença — diz Draxen. — O que vocês me dizem, pessoal? Devemos deixar a dama ir na frente?

Alguns gritos de concordância e uma boa quantidade de gargalhadas são as respostas que ele recebe. Olho ao redor da multidão masculina e localizo Theris no meio deles. Ele olha para mim, mas não presta nenhuma atenção especial. Esse é bom no que faz.

Ao meu lado, Riden não diz nada. Tampouco parece incomodado. Não que devesse. Ele não está aqui para cuidar de mim, e eu não preciso dele para isso. Ele está aqui para garantir que eu não fuja, e às vezes parece estar fazendo um trabalho muito bom. Não que eu tema algo. Ainda tenho alguns truques na manga.

— Se seus homens são covardes demais para se aventurarem por conta própria — digo —, então, é claro que ficarei feliz em ensinar como pilhar um navio adequadamente. — Um desafio e um insulto na mesma frase. Minha especialidade.

— Eu prefiro arriscar sua vida à deles. Vá logo. Riden, vá com ela.

Acho estranho que Draxen arrisque minha vida quando sabe que precisa de mim como vantagem. Suponho que esteja tentando se compensar pelo que aconteceu no meu navio. Ele preferiu me ensinar uma lição a proteger a vida de seus próprios homens. Agora está mostrando que me coloca em risco antes deles. É uma jogada esperta. Em especial, porque é muito improvável que alguém ainda esteja naquele navio. E, como uma última precaução, está mandando Riden comigo.

Nós prendemos a prancha entre os dois barcos. O navio danificado à nossa frente parece ser um cargueiro. Deve ter muita comida e água a bordo. Por aqui, isso é quase como se fosse um tesouro.

A prancha é grande o suficiente para se caminhar sobre ela sem precisar se equilibrar. Provavelmente eu conseguiria fazer isso de olhos fechados. Mesmo assim, ela tem uma largura estreita o bastante para que eu fique tentada a dar um empurrãozinho em Riden.

Como se percebesse minha intenção, ele diz:

— Nem pense nisso.

— Já pensei.

— Eu poderia fazer você levar um tiro.

— Sua arma vai ter dificuldade para funcionar depois que estiver molhada.

— Eu não disse que seria eu a atirar.

— Mas vamos encarar o fato de que você gostaria de reservar esse prazer para si mesmo.

Ele sorri.

O mastro principal do navio está partido ao meio. Tombou no convés e está apoiado na grade a estibordo. Isso certamente impediria que o barco navegasse. Todos os botes desapareceram, o que me leva a me perguntar quão longe de terra firme devemos estar. O navio ainda flutua. Os homens poderiam ter permanecido ali enquanto a água e os suprimentos durassem, então por que sair remando se não há lugar aonde chegar a tempo?

O convés está uma bagunça. Cordas largadas por todos os lados, algumas amarradas, algumas enroladas. Peças de roupa espalhadas aqui e ali, provavelmente caídas das malas de seus donos na confusão. A madeira ainda está molhada. Tudo está molhado. Precisamos ficar bem alertas para não tropeçar ou escorregar.

— Provavelmente qualquer coisa de valor está no porão — comenta Riden.

— Eu sei.

— Então, o que está esperando?

Ergo uma sobrancelha.

— Você vai me fazer descer na frente?

— Não posso arriscar que você tente me empurrar.

— Mas eu não tenho uma arma.

— Isso não a impediu antes.

Não posso deixar de sorrir.

— Quero dizer, como você espera que eu desça na frente sem uma arma?

— Estarei logo atrás de você.

— Isso não é o conforto que você imagina ser.

— Eu sei. — Os olhos castanhos dele brilham de alegria. Acho que ele gosta das nossas briguinhas. Penso nelas como parte do meu ato. Estou interpretando um papel. Se eu mantiver muito de mim mesma escondido, ele pode desconfiar de que estou planejando alguma coisa. Então lhe dou a resistência que ele espera. A diversão que sinto em brincar com ele é um bônus. Eu poderia ter ficado presa com um interrogador pior. Por que ele não é o capitão do *Perigos da Noite* é uma coisa que nunca saberei.

— Agora vá, Alosa — diz ele.

Parece que pinga água por todo lado. Hoje é o primeiro dia desde a noite da tempestade que não chove. Está escuro lá embaixo, mais uma sugestão de que não há ninguém no porão.

Riden, sempre preparado, trouxe uma lanterna conosco. Ele a acende. Então a entrega para mim.

— Vá em frente.

Encontramos a cozinha, com carnes-secas, água bem estocada, bolachas, vegetais em conserva e outros alimentos próprios para viagens em alto-mar armazenados em segurança nos armários. Certamente, tudo isso será levado para o *Perigos da Noite*.

Passamos pelos dormitórios. Sobraram alguns cobertores. O cheiro é muito melhor aqui do que no *Perigos da Noite*. Por que os homens de Draxen não podem mostrar mais aptidão para a higiene pessoal? Certamente beneficiaria todos a bordo.

Estamos prestes a ir para o cômodo seguinte quando a luz da lanterna capta alguma coisa no chão.

Pode ser uma espada. Bom saber que está ali. Seria bom se eu pudesse pegá-la sem que Riden percebesse, mas é praticamente impossível. Uma espada seria muito mais difícil de esconder do que uma adaga.

Não há mais nada de interessante no barco. Pelo menos nada que seja visível. Ainda podem restar alguns compartimentos que permaneceram ocultos. Mas também é provável que os membros da tripulação tenham levado qualquer coisa de valor consigo. Pela minha experiência, em um momento de crise, a primeira coisa na qual os homens pensam é em todos os tesouros que podem levar com eles. Pensar nos amigos e nos companheiros de bordo, em geral, é algo secundário, isso quando acontece.

— Parece tudo limpo — comenta Riden. — Vou começar a olhar mais a fundo. Faça o favor de voltar para o navio e chamar o restante da tripulação.

— Ah, sim, vou chamar o restante da tripulação. Na verdade eu gosto de ajudar os homens que me sequestraram.

— Não posso deixar você aqui sozinha enquanto vou buscá-los. Você prefere que eu a leve até o convés comigo? Sei o quanto gosta quando coloco as mãos em você.

Eu bufo e sigo para as escadas. Esse é difícil de entender. Em um instante parece tentar se distanciar de mim. No momento seguinte, juro que ele gosta de mim. Provavelmente está só querendo me manter alerta, assim como tento fazer com ele. O jogo de predador e presa pode ser divertido. Quando se é o predador, claro. É divertido esfregar a vitória na cara do seu prisioneiro. Você o derrotou. Você o capturou. É seu direito. Certa vez meu pai me disse que, se alguém consegue capturar e aprisionar um homem, então a vida do prisioneiro é de seu captor para ser tirada ou para fazer o que for de seu agrado. A filosofia dele é a de que, se alguém tem o poder para fazer alguma coisa, então *deve* fazer.

Assim que chego ao convés, aceno para os piratas, assinalando que está tudo limpo.

Sem mais nada para fazer, volto para o porão. Bem que eu posso continuar a caminhar e a me esticar um pouco antes de voltar a ser trancada na minha cela de novo. Não que eu não pretenda passar a noite vagando por aí, de todo jeito.

— Eles estão a caminho — digo quando entro no aposento que Riden e eu verificamos por último: a despensa.

É quando eles me agarram.

Riden está de cara contra a parede, com uma espada apontada no meio de suas costas, enquanto a mão livre do dono da arma empurra seu ombro. Agora consigo ver que alguns painéis foram removidos da parede em frente. Um quarto secreto. Três homens estão no aposento com Riden e comigo: um deles mantendo Riden onde ele está, e agora dois me segurando.

— Maldição — digo. — Você não podia ter dado um grito para me avisar?

— Com uma espada apontada para mim? — pergunta Riden. — Acho que não.

— Calem a boca! — um dos homens que me seguram grita. — Quantos homens tem sua tripulação? Quantos estão vindo para cá?

— Sessenta — diz Riden, exagerando o total em vinte.

— Pelas estrelas — o homem mantendo Riden sob a ponta da espada diz. — Não podemos derrotá-los. E não podemos contar que os demais vão voltar a tempo.

— Então vamos usá-los como reféns — responde o último homem. — Vamos dizer para eles que mataremos os membros de sua tripulação se não permanecerem afastados. Podemos ganhar tempo.

— Mas será o suficiente?

— Vai ter que ser.

— Mas nós precisamos dos dois? O homem parece ser uma encrenca muito maior. Sugiro que o matemos e fiquemos com a garota.

Ser subestimada sempre funciona a meu favor. Mas às vezes acho ofensivo. Com frequência isso me torna violenta. Faz eu me questionar se devo permitir que matem Riden, só para que eu possa derrotar os três sem Riden observando. Não posso deixá-lo ver o que sou capaz de fazer. Odeio ter que me conter agora.

Os homens continuam a discutir entre si, enquanto decido o que fazer.

Riden interrompe minha linha de raciocínio.

— Agora seria um bom momento para você empregar a mesma tática que demonstrou quando nos conhecemos, Alosa.

— Mas você não gostaria de lidar com isso sozinho? Sou só "a garota".

— Parem de falar! — um dos marinheiros grita.

Mas não presto atenção nele. Meus olhos estão em Riden. Ele arregala os olhos significativamente, frustrado. Então relaxa.

— Por favor.

— Eu disse...

Talvez seja o fato de Riden se lembrar exatamente do que eu fiz com aqueles dois membros de sua tripulação quando eles me roubaram do meu navio. Ou talvez seja porque eu gosto do esporte. Ou quem sabe seja a ideia de mostrar para esses marinheiros exatamente o que eu consigo fazer.

Mas se eu for honesta... é porque ele disse por favor.

Isso me coloca em ação de um jeito que não consigo explicar.

Acerto o calcanhar no pé do marinheiro à minha direita. Então minha mão livre vai para a garganta do outro marinheiro. Coloco uma mão na nuca de cada um dos homens. Com um engasgado e outro cambaleando, não é difícil bater uma cabeça na outra. Com força.

Isso não era parte da minha rotina no barco. Mas um pouco de improviso é sempre bom. Essa situação é um pouco mais urgente. Afinal, não foi algo que eu planejei.

Só falta o homem com a espada. Ele continua parado no mesmo lugar, ainda que tenha arregalado os olhos de maneira significativa.

— Fique onde está ou eu mato ele.

Reviro os olhos.

— Vá em frente. Você vai me poupar o trabalho.

Não tenho certeza se devo rir ou não ao ver sua expressão confusa.

— Como é?

— Estou sendo mantida prisioneira por piratas. Se diz que mais homens estão chegando, então você pode me ajudar. Podemos usá-lo como vantagem, como sugerido antes.

Ele olha para os companheiros caídos.

— Sinto muito por isso. Não gosto de ser mantida presa contra minha vontade. Agora, por favor. Diga que vai me ajudar.

O marinheiro se concentra em Riden, o que me dá a distração de que preciso para alcançar minha bota.

— O que a garota diz é verdade?

— Confie em mim. A garota não vale a encrenca que é, e você não pode acreditar em nada do que ela disser. É melhor matá-la agora.

Vejo o suor escorrer no rosto do marinheiro. A mão na espada treme.

— Já chega. — Ele vira o corpo na minha direção, enquanto mantém a espada em Riden. — Eu vou...

A adaga voa direto e rápido, encontrando seu alvo no peito do marinheiro.

Graças às estrelas eu ainda tinha aquilo comigo. O truque da adaga escondida em um livro é um que nunca vou ignorar caso precise ser sequestrada intencionalmente de novo. E foi um milagre que Riden não tenha me revistado em busca de armas quando me encontrou vagando pelo navio naquela noite.

Riden endireita o corpo. Sua boca está levemente entreaberta, seus olhos arregalados.

— Eu pensei que você... eu pensei...

— Você pensou que eu tivesse traído você. Provavelmente era o que eu devia ter feito, mas, ah, bem... Tarde demais para isso agora.

Sigo até onde Riden está quando os demais entram na despensa.

— O que aconteceu aqui? — pergunta Draxen. Ele não parece nem preocupado nem incomodado com os corpos no chão.

Espero que Riden me entregue para salvar a própria pele. Ele pode facilmente dizer para Draxen que eu o deixei para morrer, dizendo aos piratas para vir até o navio abandonado, com uma emboscada em andamento. Seria um pouco forçado, considerando que só há três homens a bordo. Mas ainda plausível.

— Foi um descuido meu — diz Riden. — Pensei que o navio estivesse limpo. Disse para a moça subir e trazer vocês. Então eles saíram de uma sala secreta. Eu lidei com eles.

— Com licença? — digo. Ele *não* vai levar o crédito pelas minhas mortes. Não que eu precise que Draxen saiba do que sou capaz. Na verdade, provavelmente é melhor que Draxen ache que não sou.

Riden ignora meu rompante.

— Acho que você vai ficar satisfeito com o que mais espera no quarto secreto.

Isso me distrai. Olho por sobre o ombro de Riden e vejo três baús cheios de moedas. Poderia facilmente haver mais atrás dos outros painéis.

Os olhos de Draxen ardem enquanto ele encara. Ele avança sozinho, fazendo um balanço de tudo o que está ali.

— São contrabandistas — continua Riden. — Parece que acabaram de entregar sua carga, o que quer que fosse. Suspeito que, depois da tempestade, a maioria da tripulação tenha partido para conseguir um novo barco e voltar para cá. Não iam deixar tudo isso para trás. Esses homens foram deixados aqui para ficarem de guarda. Eu provavelmente não os teria encontrado se não tivesse ouvido um deles se mover do outro lado da parede.

— Sim, sim — diz Draxen. Duvido que tenha ouvido uma palavra que Riden disse. Ele ainda está encarando a parede. — Leve a garota de volta. Os homens e eu cuidaremos disso. Precisamos ser rápidos antes que o restante da tripulação retorne. — Então, quase como um pensamento tardio, ele acrescenta: — Bom trabalho, mano.

Riden assente com a cabeça.

E, assim, lá vou eu de volta à carceragem.

Riden abre minha cela e me empurra para dentro.

— O que está fazendo? — pergunto.

— Seguindo ordens.

— Achei que já tivéssemos parado com essa coisa de você me arrastar por aí. Já não ficou estabelecido que eu posso andar sozinha?

Riden fica parado na porta da minha cela. Ele ainda não me trancou, mas não está olhando para mim. Está olhando para o chão.

— Por que você fez aquilo?

— Fiz o quê?

— Você me salvou.

— Sim, e você levou o crédito por isso. Que tipo de agradecimento é esse? Isso é bastante ofensivo. Eu gostaria de...

— Aquilo foi para o seu bem.

Estou com energia demais para me sentar. Em geral fico assim depois de uma luta – a menos que esteja exausta a ponto de desmaiar. Meu pai me obrigou a fazer isso em várias ocasiões, para que eu soubesse como é me exaurir, para que eu pudesse ser mais consciente da minha própria força. É importante saber quanta energia tenho, caso correr se torne a melhor opção. Mas até agora ninguém exceto meu pai conseguiu me esgotar a ponto de me fazer perder a consciência.

— E como exatamente isso foi para o meu bem?

Riden fica muito sério.

— Não sei o que você está fazendo. O que sei é que você teve uma oportunidade para fugir de nós naquela despensa, e não aproveitou. E os impediu de me matar quando não tinha motivo para tanto. Agora, isso me deixa com duas opções. Ou você não é tão desprezível e sem coração quanto suas ações prévias sugeriam. Ou tem algum tipo de motivo oculto para me manter vivo e permanecer neste navio.

— Ainda não vejo como você assumir a autoria das minhas mortes pode ser uma gentileza para mim. — Riden acha que estou escondendo alguma coisa, hein? Acho que terei de melhorar minha atuação. Preciso tirar essa ideia da cabeça dele.

— Você não conhece meu irmão. Então me deixe explicar uma coisa: se ele achar que você está escondendo alguma coisa, ele vai matar você. Agora eu lhe devo minha vida. Então, considere meu silêncio como parte do meu pagamento.

— Não há nada para ser mantido em segredo. Você está deixando de lado uma terceira opção, Riden.

— E qual é ela?

— Eu estava cuidando de mim mesma. Não havia garantia de que eu pudesse confiar naqueles homens. Se eles descobrissem quem sou, podiam tentar me usar como vantagem, assim como vocês estão fazendo, em especial se são contrabandistas, como suspeitamos. E, se alguma coisa acontecesse com você, Draxen colocaria outra pessoa para me interrogar. E há uma boa chance de que eu odiaria essa pessoa mais do que odeio você.

Riden me observa. Sem diversão. Sem gratidão. Sem nada.

No que ele está pensando?

Por fim, ele diz:

— Suponho que eu não tenha pensado nisso. Claro que eu devia ter considerado que sua única preocupação era consigo mesma.

— Sou uma pirata — eu o recordo.

— Sim. Eu só não consegui descobrir se você é uma boa pirata ou uma pirata *realmente* muito boa.

— Não tenho certeza se entendi o que você quer dizer.

— Só saiba que, o que quer que esteja escondendo de mim, eu *vou* descobrir.

O tilintar do metal cria um ritmo constante. Não é o barulho de espadas, mas de correntes. Conheço bem esse som, já que passei muito tempo praticando como me livrar delas.

Ao ouvir isso, Riden vai em frente e me tranca na cela. Será que ele resolveu que nossa conversa acabou ou não quer que Draxen o veja conversando comigo com a porta aberta?

Draxen e dois piratas – um que nunca vi antes e o terceiro pirata que ajudou a trazer minhas coisas para cá, com Enwen e Kearan – arrastam dois dos contrabandistas, que estão algemados, pelas escadas. O golpe na cabeça que dei em ambos parece que não foi o suficiente para matá-los. É uma pena para os dois, porque a morte provavelmente teria sido melhor do que o que quer que os piratas tenham em mente.

Posso também ser prisioneira, mas eles precisam de mim viva e com boa saúde se esperam um resgate do meu pai. Esses dois contrabandistas, no entanto, não precisam ser trocados por nada. Nem os piratas precisam de informações deles porque o ouro já foi encontrado. O fato de terem sido trazidos a bordo vivos representa um desastre para eles.

— O que é isso? — pergunta Riden.

— Ulgin está ficando um pouco inquieto — responde Draxen. — Pensei que ele pudesse precisar desses dois.

Riden assente, mas não parece feliz com o que sabe que vai acontecer a seguir. Mesmo assim, ele abre uma cela bem distante da minha. O pirata que presumo ser Ulgin leva os contrabandistas lá para dentro.

— E eu vim aqui embaixo buscar você — o capitão prossegue.

— Com nosso feliz achado e tudo mais, pensei que os homens poderiam ter um dia de pagamento em terra firme. Há muito ouro para ser gasto. Quero que supervisione a distribuição da parte de cada um. Devemos chegar à costa ao anoitecer.

Eu sabia que estávamos perto de terra, apesar do que todo mundo dizia. Os contrabandistas que deixaram seus companheiros a bordo do navio quebrado teriam que reservar um tempo para encontrar um barco novo e depois descobrir para onde a embarcação antiga tinha ido. Não é de estranhar que ainda não tenham voltado. E uma sorte e tanto para Draxen e sua tripulação ter dado de cara com essa situação.

— O que vamos fazer com a princesa?

— Absolutamente nada. É por isso que eu trouxe Sheck para cá. Ele vai vigiá-la até chegarmos em terra firme.

— Você acha que é realmente uma boa ideia...

— Acho que ela está passando muito bem, Riden. É hora de a lembrarmos de quem somos. Não sei por que você escolheu Kearan e Enwen, entre todos os membros da tripulação, para vigiá-la. Se eles não tivessem seus talentos em particular, eu já teria jogado os dois em alto-mar há muito tempo. São praticamente inúteis.

Riden parece querer discutir. Parece estar com muita vontade. Mas não diz nada.

— Vamos ver o ouro, então — diz, em vez disso.

Pela primeira vez, volto minha atenção para Sheck. E quase dou um pulo para trás.

Ele pressiona o corpo nas grades, me encarando com expressão faminta. Sinto como se ratos estivessem correndo pela minha pele. Na verdade, acho que eu preferia que ratos estivessem correndo pela minha pele.

Quando era pequena e enfrentava um novo desafio a cada dia, eu procurava a ajuda do meu pai. Ele me instruiria e depois me enviaria para a fogueira – figurativamente falando. Eu sempre acabava queimada. E aprendi rapidamente que me voltar para ele em busca de ajuda era inútil. Ele nunca ajudava. Ou eu tinha sucesso ou sofria as consequências do fracasso. Não havia alívio. Muito depois, eu até podia receber algum conselho ou encorajamento. Às vezes até conforto. No momento certo, porém, não havia ajuda. Não demorou para que eu parasse de procurar ajuda nos demais. Nunca era uma opção, então eu nem sequer pensava nisso.

É por isso que, quando dou de cara com o pirata de sangue quente, minha primeira resposta não é olhar para Riden. Ou pedir que Draxen coloque outra pessoa para me vigiar. Não, eu cuido dos meus problemas sozinha, porque é assim que as coisas são.

— Não temos um problema aqui, temos, Alosa? — pergunta Draxen. Seu escárnio é cheio de veneno.

Eu respondo:

— Nunca tive um problema com o qual não pudesse lidar sozinha.

CAPÍTULO
6

Ainda que eu tenha passado apenas algumas horas com Sheck e Ulgin, pareceu muito, muito mais.

Começou com Sheck andando de um lado para o outro diante da minha cela, sem nunca tirar os olhos de mim. De vez em quando ele enfiava o braço pelas grades, como se pudesse me agarrar. Estava tentando conseguir uma resposta de mim. Ver se eu estava com medo. Eu nunca lhe dei esse prazer. Permaneci o tempo todo do outro lado da cela. Embora estivesse cansada e pudesse descansar um pouco antes de sair para investigar à noite, não cochilei. Não podia arriscar me virar durante o sono e ficar ao alcance das mãos de Sheck.

Mas não foi só isso que me impediu de dormir. Também havia os gritos. Ulgin, como Sheck, não é um pirata difícil de entender. Cada pirata tem seu vício. Para alguns é a bebida, para outros o jogo. Para os que são como Sheck, é obter prazer forçando uma mulher contra a vontade dela.

Mas Ulgin... o dele é ver a dor dos demais. Então fiquei sentada ali, olhando para o outro lado, enquanto Ulgin torturava aqueles contrabandistas até a morte.

Draxen mantém homens vis em sua companhia, mas não fico surpresa nem terrivelmente incomodada com isso. Meu pai tem homens muito piores ao seu dispor. Sei de alguns que apreciam o gosto da carne humana, tirada direto de um corpo vivo.

Não tenho tais criaturas na minha própria tripulação. Valorizo outros traços em vez da afinidade com a tortura e o poder sobre os mais fracos. Valorizo mentes brilhantes, almas honestas e pessoas com muita resistência. Forjo relacionamentos baseados na confiança e no respeito mútuo, não no medo e no controle.

A empatia pela vida humana é algo que meu pai tentou extirpar de mim. Ele acha que conseguiu. A maioria das pessoas pensa assim. E, ainda que eu possa matar homens maus sem o mínimo de culpa, o sofrimento dos demais me causa tanta dor quanto a que eles estão sentindo. Dói, mas consigo lidar com isso. Coisas ruins acontecem com pessoas que podem não merecer tais punições. O mundo segue em frente e eu também. Porque, antes de qualquer coisa, sou uma sobrevivente.

Então, é com alívio que vejo os contrabandistas morrerem. A dor deles finalmente se foi.

Pouco tempo depois, Riden retorna com dois piratas que não conheço.

— Está dispensado, Sheck. Desembarque com todos os demais. Você também pode ir, Ulgin, assim que limpar essa bagunça. — A postura de Riden é rígida, e ele olha para Sheck com tamanho desgosto que estou surpresa que seu tom de voz não reflita seus sentimentos.

Sheck não disse uma palavra durante todo o tempo que permaneceu aqui. Eu me pergunto se ele consegue falar. Ele me olha de cima a baixo uma última vez, como se memorizasse cada parte do meu corpo. Então vai embora apressado.

Riden se volta para mim, o rosto inexpressivo agora.

— Estes são Azek e Jolek. Eles vão vigiar você enquanto desembarco também. — Riden dá um passo na direção das grades, tentando ficar fora do alcance dos ouvidos de todos os demais. — Sei que devo esperar algum tipo de tentativa de fuga de sua parte, já que estamos tão próximos da costa e tudo mais. Então, deixe-me poupar seu trabalho. Há cinco homens protegendo o navio no convés superior. Eles sabem que precisam ficar de olho em você.

Ouço o ruído de algo deslizando; Riden e eu nos viramos e damos de cara com Ulgin arrastando um lençol com os corpos dos contrabandistas para fora da carceragem.

Riden então olha para mim, e pode ser a luz fraca, mas juro que seus olhos estão mais úmidos que o normal. Ele não está nem perto das lágrimas, mas pode estar sentindo... alguma coisa.

— Eu sinto muito — ele sussurra.

E então vai embora.

Ele está se desculpando como se Sheck e Ulgin fossem, de alguma maneira, sua culpa. Ou talvez esteja se desculpando por outro motivo. Eu nunca sei com Riden. Às vezes parece que ele está tentando me ajudar. Em outros momentos, ele está obviamente fazendo o oposto. Ele me sujeitou a Sheck e Ulgin, mesmo assim nunca ordenou que eu entregasse minha adaga. Eu sei que ele me viu tirá-la do contrabandista morto, quando ainda estávamos no outro navio. Será que se esqueceu? Ou queria que eu ficasse com ela enquanto estivesse no porão com aqueles dois?

De todo modo, não sei o que fazer com Riden.

Mas neste momento isso não importa. Tenho um problema mais urgente. Riden presume que tentarei escapar do barco de algum modo. Ele já suspeita de que estou aprontando alguma coisa. Que sou mais do que simplesmente uma prisioneira neste navio. Ele sabe que estou escondendo alguma coisa.

O que quer dizer que, se quero manter as aparências, terei que escapar do navio.

E então preciso ser capturada de propósito.

Ah, as coisas ridículas que alguém deve fazer quando é um pirata.

Os dois piratas que receberam ordens para me vigiar se sentam diante da minha cela, jogando dados. Suponho que, já que não tiveram permissão para desembarcar e gastar seu dinheiro, a melhor opção seguinte é apostar. Eu mesma também gosto de uma aposta, só que não com dinheiro.

— Seis derrota sete, não é? — pergunta Azek.

— Claro que sim. Mas nove derrota todos — diz Jolek.

— Então como você tem mais pontos do que eu?

— Porque sou melhor com números.

Honestamente, não parece que nenhum dos dois sabe contar muito bem. No entanto, cada vez que um deles começa a ficar na frente, uma discussão parecida começa.

Os dois estão tão concentrados no jogo que não prestam nenhuma atenção em mim, o que funciona perfeitamente em meu benefício.

Retorno até uma das minhas malas, aquela que contém os livros, e tiro um volume sobre navegação, outro assunto que domino. A lombada desse livro guarda minhas gazuas.

O fato é que, cada vez que eu escapar da minha cela e for pega, Riden ficará determinado a descobrir como consegui fazer isso. Minha estratégia de trocar as chaves deu certo até que Riden tentou usar a falsa. Agora tenho um segundo método para sair da cela, que venho usando ao longo dos últimos dias. Na verdade é bem fácil, já que Kearan e Enwen dormem rápido, e o ronco de Kearan mascara o barulho do cadeado.

Azek e Jolek só levantam os olhos quando abro a porta. Eles se erguem de suas cadeiras e me encaram.

— Não pensei que ela conseguisse fazer isso — comenta Azek.

— Você não pensa — diz Jolek. — Só finge que pensa.

Em vez de deixá-los fazer o primeiro movimento, eu agarro cada um deles pelo colarinho na nuca. *Mais fácil atacar do que desviar*, diz meu pai. Uso o mesmo truque de bater a cabeça de um contra o outro que realizei no navio dos contrabandistas. Tomo cuidado para não quebrar o pescoço de nenhum deles – nem que seja pelo fato de não terem ficado me cobiçando como Sheck fez.

O convés está quase vazio quando subo as escadas. Pode haver alguns homens recostados na amurada perto da proa. Eu me pergunto se Riden simplesmente exagerou o número de homens que protegeria o navio ou se alguns dos piratas tinham abandonado seu posto. Ser deixado para trás nunca é a primeira escolha de um pirata quando há ouro a ser gasto.

Posso ver a praia adiante. Não está longe, só preciso de um bote.

— Abandonando sua missão? — uma voz me pergunta de trás.

Eu me viro e dou de cara com Theris parado casualmente, com uma moeda entre dois dos nós de seus dedos. Olho para a proa do barco e percebo que os outros homens no convés ainda não notaram minha presença.

— Tenho negócios a tratar em terra firme — digo rapidamente.

— Então você terminou de fazer o que foi mandada para fazer aqui?

É uma dificuldade manter minha voz baixa quando tudo o que quero fazer é acabar com ele.

— Não... não que seja da sua conta. Eu volto em breve.

— Tenho minhas ordens, e tomar conta de você é uma delas.

Maldito seja meu pai. Será que ele não consegue confiar que posso fazer isso sozinha?

— Isso é ótimo, mas não preciso da sua ajuda, então fique fora do meu caminho.

— Farei melhor do que isso. Vou distrair os homens para que você possa desembarcar sem ser notada.

— Isso não é necessário...

— Farei mesmo assim.

Olho para o céu. Então alcanço a polia para baixar um dos barcos a remo.

— Você não vai nadando? — pergunta Theris.

Olho por sobre o ombro, estreitando os olhos.

— E por que deveria?

— Eu pensei que seria mais fácil para você. Não é?

O que será que ele sabe ou acha que sabe sobre mim? Quanto meu pai contou para ele?

— Achei que você fosse distrair os homens para mim.

— E eu pensei que você não precisasse da minha ajuda.

Eu o ignoro assim que escuto o barulho do bote alcançando as águas do oceano. Os passos dele finalmente retrocedem enquanto desço com outra corda. Tirando Theris da minha mente, começo a remar. Essa não é minha atividade favorita. Quando desembarco com minha tripulação, sempre mando alguém fazer isso no meu lugar.

Os privilégios de ser capitã.

Não demoro mais do que poucos minutos para chegar à praia. É noite, e ninguém está patrulhando o cais. Isso é ótimo, porque não tenho dinheiro algum comigo.

Não que eu não possa conseguir algum. Mas isso exige tempo e um pouco de planejamento.

Puxo o casaco ao redor do corpo. O ar da noite é gelado, como é típico do outono. Algumas das ilhas mais ao sul de Maneria têm temperaturas mais altas ao longo do ano, mas aqui no nordeste os ventos e as águas são sempre frios, exceto quando estamos no auge do verão.

Sigo em direção ao interior, tentando descobrir onde estou. Sei que, quando fui capturada, estava a dois dias de viagem do lado sul de Naula. Estamos no mar há apenas sete dias. Poderíamos simplesmente ter dado a volta até o outro lado da ilha. Atitude esperta. A maioria das pessoas presumiria que, depois de um sequestro, os perpetradores iriam querer ir o mais longe possível de onde o crime aconteceu.

Meu pai já deve ter recebido a notícia de que consegui subir a bordo do *Perigos da Noite*. Tenho certeza de que logo vai querer um relatório. Eu bem que poderia escrever para ele agora, já que estou em terra firme. Quem sabe quando terei outra oportunidade? Além disso, é melhor esperar um pouco antes de deixar que os piratas me peguem tentando "fugir". Não posso fazer parecer que consegui escapar com muita facilidade.

Eu não queria deixar Theris me entregar. Sei que todo o objetivo dessa aventura paralela é ser pega, mas deixar Theris fazer isso seria como usar a ajuda dele. E não farei isso.

Continuo seguindo na direção do interior. Deve haver alguém trabalhando para meu pai no bairro pirata da cidade. Sempre há. Meu pai tem um homem em cada cidade portuária importante das Dezessete Ilhas. O truque será descobrir quem é. Posso usar o sinal que os homens empregados pelo meu pai trocam. Mas como posso sinalizar para o homem do meu pai sem ser pega primeiro por toda a tripulação do Draxen, que provavelmente também está aqui, será a parte complicada.

Enquanto caminho pelas ruas da cidade, começo a sentir um formigamento na nuca.

Estou sendo seguida.

Será um membro da tripulação do Draxen? Eu odiaria já ser capturada. Mas não seria a pior coisa do mundo se meu pai não recebesse uma carta minha.

Desde que não seja Theris tentando ficar de olho em mim. Vou começar a retaliar com violência se ele começar a ficar muito intrometido.

Olho para trás discretamente, como se estivesse apenas observando o céu noturno ou como se alguma outra coisa tivesse chamado minha atenção. Definitivamente há uma figura nas sombras. Talvez mais do que uma.

Paramos entre duas casas. Não estou na rua, e apenas um gramado separa as duas construções. A grama está molhada, macia por causa da chuva dos últimos dias. Não tenho armas, exceto a adaga em minha bota.

Não devem ser muitos, caso contrário eu os teria visto antes. É provável que eu consiga enfrentá-los. O risco pode valer a pena.

Dou uma batidinha nos bolsos, como se percebesse que esqueci alguma coisa. Dou meia-volta na grama molhada, fazendo um ruído leve com minha bota. Isso enfatiza meu jeito casual. Não estou tentando ficar em silêncio. Meus perseguidores não vão achar que já os vi.

Começo a voltar pela direção de onde vim. Quando alcanço a esquina das duas casas, salto para a esquerda, em direção às sombras. Bem onde a luz fraca da lua é bloqueada pelo telhado de uma das construções.

— Ah! — uma voz de mulher exclama. Coloco as mãos em sua boca, impedindo-a de gritar. Não podemos deixar que alguém dessa parte da cidade desperte e nos encontre.

— Mandsy, é você? — pergunto.

— Olá, Capitã.

Suspiro e olho para o céu, ainda que ninguém possa ver o movimento.

— Tudo bem. Podem sair. Todas vocês.

São três pessoas – os três membros da minha tripulação que vejo não faz muito tempo: Mandsy, Zimah e Sorinda. Estou aliviada por ver que conseguiram chegar bem à terra firme, mas não demonstro.

— Eu disse que ela ia ver você — Zimah diz para Mandsy. — Você é péssima para se manter escondida. E em silêncio. — Ela encontra meu olhar por um instante, antes de olhar para o chão, envergonhada por ter sido pega em terra firme, quando supostamente deviam estar no navio.

— O que estão fazendo aqui? — pergunto.

— Estivemos seguindo você — diz Mandsy, sorrindo abertamente. Seus dentes brilham agora que ela é iluminada pela luz da lua. — Zimah esteve rastreando vocês. Estávamos preocupadas, Capitã. Só queríamos ter certeza de que estava tudo bem. Odeio a ideia de deixá-la presa a bordo com aquele bando.

— Como podem ver — respondo —, estou bem. Isso foi bem imprudente da parte de vocês. E se tivessem sido vistas pelos homens de Draxen? Vocês podiam ter estragado meu disfarce.

— Fomos cuidadosas. Ninguém nos viu, graças à Zimah aqui.

— *Eu* vi vocês.

— Só porque não estávamos nos esforçando tanto para nos manter escondidas de *você* — diz Zimah, na defensiva, como se suas habilidades estivessem em questão. — Queríamos falar com você. O navio é solitário sem você, Capitã.

Não posso deixar de sorrir.

— Suponho que devia esperar isso de vocês duas. Mas, Sorinda, o que, por todos os mares de Maneria, você está fazendo aqui?

Quieta como a morte, Sorinda finalmente fala:

— Niridia me ordenou que viesse com elas.

Sorinda é a melhor espadachim da minha tripulação. É uma matadora excelente. E, já que faz parte da minha tripulação, também é uma excelente protetora.

— O que quer dizer que Niridia está com o navio aqui por perto? — Niridia é minha imediata e confidente fiel. Eu a tornei capitã temporária do meu navio enquanto estou em missão a bordo do *Perigos da Noite*.

— Sim.

— Como estão as coisas, Capitã? — pergunta Mandsy. — Como é estar no barco daquele senhor pirata? Estão tratando você bem? Ninguém encostou um dedo em você, encostou?

— Não — eu minto. — E teremos muito tempo para contar histórias mais tarde. Por enquanto, vocês precisam retornar ao *Ava-lee*. E digam para Niridia que eu ordeno que ela leve o navio até o local combinado e espere por mim lá. Nada mais de me seguir. Estou falando sério. — Olho cada uma delas direto nos olhos. Mandsy faz um aceno hesitante de cabeça, enquanto Zimah parece desapontada. Sorinda parece não se importar. Mas ela sempre está com essa cara.

— Sim, Capitã — diz Mandsy com um suspiro. — Mas, de todo modo, o que você está fazendo aqui? Por que não está no navio? Tem algo em que podemos ajudar? — Ela não consegue disfarçar a ansiedade e o entusiasmo na voz. Assim é Mandsy. Sempre otimista e pronta para ajudar. Às vezes deixa o restante da tripulação enlouquecido.

— Não, eu ach... Espere. Na verdade, vocês podem, sim. Preciso mandar uma mensagem para meu pai.

— O que é? — pergunta Zimah. Ela tem uma memória perfeita. Consegue recitar vários minutos de conversa que escutou em algum lugar.

— Diga para ele que nossos planos de me colocar a bordo do *Perigos da Noite* funcionaram perfeitamente. Já comecei a busca pelo mapa. Ninguém suspeita de mim. Acredito que Draxen não sabe que o mapa está no barco, já que não o escondeu em seus aposentos. Não devo demorar para procurar no restante do navio. Peça para ele ficar a postos no ponto de encontro. Logo levarei o navio até ele.

— Entendido — diz Zimah. — Alguma coisa que queira dizer para a tripulação?

— Diga que sinto a falta de todas e que logo estarei de volta.

— Fico feliz em ouvir — diz Mandsy.

— Sim, sim, agora vão. E sejam rápidas.

— Sim — elas falam ao mesmo tempo, e saem correndo em direção à praia.

Parte de mim deseja ir com elas. Outra parte ainda está ansiosa pela caçada, pelo jogo para encontrar o mapa. Desejo a vitória de encontrar algo tão importante para meu pai. Ele ficará muito satisfeito quando eu voltar.

E estou satisfeita porque mandar notícias para meu pai se tornou mais fácil do que eu esperava.

Agora já posso passar para a parte em que sou capturada. Deve ser algo simples de fazer, assim que eu encontrar a tripulação de Draxen. A parte difícil vai ser fazer parecer um acidente. Eles certamente ficarão desconfiados se eu simplesmente me entregar. A última coisa que preciso é de Riden ainda mais curioso sobre minhas intenções. Não estou muito preocupada, mas não posso me descuidar. Posso ter mentido para meu pai na mensagem, quando disse que ninguém suspeitava de mim, mas é bem simples lidar com Riden. Meu pai não precisa saber sobre ele.

Passo pelas grandes propriedades onde os ricos moram e tenho que reprimir a vontade de vasculhar seus objetos de valor. Primeiro, eles devem ter muitos homens dentro das casas, protegendo suas riquezas dos piratas atualmente no porto. (Graças ao regime do meu pai, sempre há várias tripulações em cada cidade portuária, que param para gastar seus saques.) Tal desencorajamento não tem efeito em mim, exceto pelo fato de que eu sei que qualquer roubo vai exigir mais tempo e planejamento, coisas que não tenho.

Segundo, eu não teria onde esconder tais objetos de valor depois que os pegasse. Riden certamente perceberia e roubaria uma nova pedra preciosa ao redor do meu pescoço.

Depois de um tempo, chego a uma parte da cidade mais barulhenta, aquela que acorda quando todo o restante dorme. Dá para dizer que é povoada pelos tipos mais desagradáveis, porque é um lugar com muitos ruídos. Música que sai pelas janelas e invade as ruas. Sons de tiro. Gargalhadas de homens e mulheres. Mesas sendo viradas. Ruas cheias com as luzes das lanternas.

Qualquer tipo de crime pode ser cometido aqui, e a lei terrestre não pode nos tocar. É parte do acordo do meu pai com o monarca da terra. Os piratas ganham um distrito em terra firme, livre dos fardos da lei, e meu pai não explode navios exploratórios em alto-mar.

Sei imediatamente que cheguei ao lugar certo. Há uma taverna de um lado da rua e um prostíbulo do outro. É onde a maioria dos piratas vai gastar todo o seu espólio. São homens de prazeres simples. Eu também gosto de uma boa garrafa de rum de tempos em tempos, mas também tenho prazer nas recompensas de longo prazo. Gasto meus ganhos em boas roupas e em maquiagem. Aparência é importante. Pago por informações sobre pessoas que interessam nas diferentes ilhas. Gosto de conhecer pessoas e ouvir suas histórias. Mas, ultimamente, sempre busco conquistar a aprovação do meu pai, para me consolidar como sua herdeira e me tornar a rainha dos ladrões dos mares. Não consigo pensar em nada mais divertido do que humilhar nobres das terras empoados que cruzam o oceano. *Meu oceano.*

Eu me aproximo primeiro da taverna, já que é provável que os homens no prostíbulo estejam menos inclinados a me notarem enquanto estiverem engajados em suas atividades. Agora, como ser pega sem que a coisa pareça óbvia demais?

Vou até a lateral da taverna e espio por uma janela coberta de limo. O lugar está lotado, e consigo ver vários membros da tripulação de Draxen. Estão sentados às mesas, bebendo, apostando e conversando. Noto que Draxen não está aqui. Provavelmente está no prostíbulo. Riden também deve estar lá – espere, Riden está aqui.

Eu o vejo no fundo, em uma mesa com um grupo de homens. Ele tem uma mão cheia de cartas, enquanto a outra está ao redor da cintura de uma mulher sentada em seu colo.

Solto uma bufada sem querer. E ele disse que não pagava por companhia feminina. Embora... Eu aperto os olhos, me aproximando da janela sem chegar a tocá-la. A mulher não está vestida como uma prostituta. Seu rosto não está pintado de maneira extravagante...

As portas da taverna gemem quando são abertas. Pelas estrelas, eu devia estar prestando atenção na porta.

Alguém caminha até a lateral da taverna, bem na direção de onde estou. Depois de alguns instantes, reconheço que é Kearan.

Talvez *caminhar* seja um termo generoso demais. *Cambalear* é mais preciso. O panaca passa por mim ziguezagueando. Então para e se apoia com um braço na parede.

Hora de agir.

Belisco minhas bochechas para dar uma cor a elas. Abaixo a cabeça e despenteio meu cabelo. Adicionando um leve tremor a todo o meu corpo, avanço correndo, me recostando na parede bem ao lado dele.

— Kearan. Você precisa me ajudar. Por favor. Me ajude a dar o fora daqui.

Ele vira a cabeça de leve na minha direção, mas não fala nada.

— Por favor — digo novamente. — Eu sei que, bem no fundo, você não é um homem mau. Por favor, me tire daqui.

Minha intenção é que ele presuma que confiei na pessoa errada.

Ele deveria me arrastar de volta para o navio.

Em vez disso, ele vomita e despenca no chão.

Eu não devia me surpreender.

É quando sou agarrada por trás. Ah, excelente! Eu estava preocupada em ter que...

Sinto o hálito quente em meu ouvido. Cheira a rum. O peito pressionado nas minhas costas se ergue e abaixa rapidamente. Então os pelos da minha nuca se arrepiam quando uma língua molhada encosta no canto do meu queixo e sobe pela minha bochecha.

Pelas estrelas, é Sheck.

Por que tinha que ser logo ele a me capturar?

Ele está com os dois braços ao redor do meu corpo, segurando meus braços na lateral. Fico esperando que ele me vire, que me carregue até Riden ou Draxen. Mas ele não faz nada disso.

Ele me empurra contra a parede da taverna. Sinto uma mão na minha lombar, descendo cada vez mais.

Sheck não tem intenção de me levar de volta para Riden – não neste momento, pelo menos. E não tenho intenção de ficar esperando até que ele esteja pronto para isso.

— Você vai preferir me soltar agora — digo, dando-lhe uma chance de se afastar, ainda que ele não mereça isso.

Ele não diz nada. E por que deveria? É mais animal do que homem.

Dou um pulo e pressiono os pés contra a parede, dando um bom empurrão. Sheck tenta se equilibrar. Mas não tem escolha a não ser me soltar ou cair de bunda no chão.

Para minha surpresa, ele escolhe a segunda opção.

Meu corpo não é pesado o bastante para que ele perca o fôlego com o impacto, mas faço questão de cair com força. Isso me conforta um pouco.

Tento rolar para longe dele, mas ele me segura com muita força. Dá para ver que já fez isso muitas, muitas vezes.

O pensamento me estimula. Levanto a cabeça o mais alto que posso, esticando o pescoço. Então dou uma cabeçada com tudo para trás. Dá para sentir o nariz dele conectado no meu crânio com um estalo alto.

É o que finalmente o obriga a me soltar.

Eu me levanto no instante seguinte, mas, antes que consiga dar um passo, Sheck pega meu tornozelo com uma mão.

Eu me viro e o chuto no rosto com meu pé livre.

O rosto dele está todo ensanguentado agora. Não consigo distinguir seu nariz, olhos ou boca. Não é possível que ele ainda sinta qualquer tipo de desejo nessas condições, é? Espero que não, mas, na minha linha de atuação, tenho que presumir o pior das pessoas. Além disso, alguns homens reagem à dor. Sheck provavelmente é um desses.

Kearan geme no lugar em que está caído no chão, desmaiado no próprio vômito. O cheiro dele é pior que o de Sheck. Mas não preciso tocar nele, só pegar sua espada. Eu poderia pegar a adaga em minha bota, mas usá-la a esta altura exige um contato próximo, e não quero chegar perto de Sheck nunca mais.

Ouço um rosnado atrás de mim. É o primeiro som que escuto Sheck fazer. É um som feio e desagradável, que me faz querer sair correndo, mas lutei contra esse impulso a vida toda. Tive que lutar. Era o único jeito de impressionar meu pai.

Além disso, esse homem merece morrer, e ficarei feliz em ser a pessoa a fazer isso. Agarro o alfange e me viro. Sheck não desembainhou sua espada. Provavelmente não está acostumado com mulheres que lutam em vez de tentar fugir.

Não acho que ele perceba que estou com uma arma na mão até que o acerto bem no estômago com ela. Ele grita, ainda se mexendo. Não é metade da dor que merece pelo tipo de vida que levou, mas é o bastante para me fazer sentir um pouco melhor. Não espero mais do que alguns segundos antes de arrancar a arma do corpo dele e golpear novamente, desta vez mais alto, na direção do seu coração. Ele tenta se contorcer sob seu peso, mas isso só faz o sangue jorrar ainda mais rápido. Ele está morto em segundos.

Respiro fundo algumas vezes antes de colocar a espada ao lado de Kearan. Um monstro a menos no mundo.

Mas ainda preciso ser capturada. Não devia ser tão difícil assim permanecer prisioneira de um navio pirata. Esta é a segunda vez que preciso encenar minha própria captura. Ridículo.

Eu me viro em direção à taverna, me perguntando como vou conseguir que alguém lá dentro me pegue sem que pareça óbvio demais, quando percebo alguém parado no vão entre a taverna e a construção ao lado.

É Riden.

CAPÍTULO
7

OS BRAÇOS DELE ESTÃO CRUZADOS, UMA PERNA APOIADA SOBRE A OUTRA.

Suponho que eu deveria correr agora, para parecer que estou tentando escapar, mas por que me incomodar?

— Quanto você viu? — resolvo perguntar.

— Tudo.

Não tenho certeza de como devo me sentir depois de ouvir isso. Zangada por ele ter deixado Sheck tentar me pegar. Confusa por ter me permitido matá-lo, sem ajudar um dos homens de sua tripulação. Preocupada que ele tenha visto minha atuação com Kearan. Será que ele sabe que estou tentando ser capturada? Não há como adivinhar. A expressão dele não revela nada na rua iluminada.

Preciso fazer alguma coisa. Não posso simplesmente ficar parada ali e deixá-lo me levar. É inconsistente com a personagem que tenho interpretado para ele. Então, estendo a mão e pego o alfange de Kearan novamente.

— Você quer lutar? — ele pergunta.

— Não vou voltar para aquele navio — respondo.

— Sinto muito, Alosa, mas você precisa voltar. — Ele tira a própria espada da bainha.

Tudo bem. Vou pegar leve com ele. Vou deixar que ele me desarme rapidamente e podemos encerrar a noite.

— Você quer mesmo fazer isso? — ele pergunta. — Eu estava no meio de uma coisa lá dentro quando ouvi uma confusão aqui fora. Você me deixou no clima. Eu não me testaria.

Eu bufo.

— Eu vi sua amiga. Parecia que você já estava no clima.

— Uma noite em terra firme depois de meses no mar, e você precisava vir estragar tudo.

— E quanto a mim? Eu estava em uma missão muito importante para meu pai quando você me capturou. Você estragou minha semana inteira. Eu devia arrancar sua orelha por isso.

— Você não vai arrancar minha orelha. Ficaria difícil ouvir você reclamar. E eu sei o quanto você ama isso.

Não importa. Não vou fazer com que seja rápido. Quero machucá-lo um pouco primeiro.

Avanço com tudo, tentando cortar seu estômago. Riden desvia do golpe e tenta acertar minhas pernas com a espada. Mas eu pulo para trás.

— Por que você não me impediu? — pergunto, atacando-o com vários golpes.

— Impedir você de fazer o quê? — Ele se defende rapidamente contra cada estocada, mas continuo avançando enquanto conversamos.

— Você me viu lutar com ele. Sabe que seu capitão não quer que eu seja maltratada de nenhum jeito, mesmo assim deixou que ele me pegasse. Ficou simplesmente parado ali. E... ah.

Ele se orienta e se coloca na defensiva. Gosto de descobrir como ele se move. Vai tornar mais fácil derrotá-lo. Mais tarde, claro. Esta noite preciso deixar que ele vença.

— Você queria que eu o matasse — digo. — É claro. Você odeia o que ele faz. Você que é tão *honrado* e tudo mais. Mas não podia matá-lo você mesmo porque, por algum motivo, você é leal ao seu irmão, e não pode ser visto matando um membro de sua tripulação. Eu nunca vou entender essa lealdade; você parece odiar tudo o que Draxen faz.

Faço um corte em seu braço. Riden está pegando um pouco leve porque na verdade não quer me machucar. Isso definitivamente me dá uma vantagem. Claro, também não quero matá-lo – mas machucá-lo, sim. Parte do que eu disse para ele no outro dia é verdade. Não quero Riden morto, porque ele é minha principal escolha como interrogador. Draxen designaria alguém muito pior para me vigiar se Riden não fosse uma opção.

— Era por isso que você estava zangado no dia em que me capturaram — digo, quando a peça se encaixa. — Eu despertei o pior em seu irmão quando o desafiei, matando membros de sua tripulação. Você precisou interferir e recordá-lo de sua humanidade. Mas ele sempre parece ter dificuldade para encontrá-la, não é? Ele é mais como seu pai, nesse sentido.

Fico sem fôlego quando a dor arde em minha perna. Ele me cortou mesmo com sua espada. Devo ter tocado em algo muito pessoal.

— Você estragou meu culote!

— Moça, cale a boca! — diz Riden.

— Mas por que você faz isso? — pergunto, esquecendo minha roupa. — Você claramente é infeliz na tripulação. Provavelmente nem gosta de ser um pirata! Por que você fica?

Consigo dar outro corte nele, desta vez na lateral do corpo. Faço questão de que seja superficial. Um sorriso vitorioso ergue os cantos dos meus lábios, mas então Riden faz o impensável. Em vez de se afastar da minha espada, ele se inclina na direção dela, agarra meu pulso com a mão livre e leva sua espada até o meu pescoço. Antes que eu possa pestanejar, a mão em meu pulso agarra minha espada, e ele aponta as duas lâminas na minha direção.

Eu o encaro, aturdida. Ele me deixou cortá-lo para poder tirar minha arma de mim. É um movimento audacioso e estúpido.

Gosto disso.

Estou tão impressionada que nem sequer consigo sentir raiva. Andei subestimando Riden.

Ele embainha sua espada, joga a de Kearan ao lado do corpo adormecido e então me segura pelo braço.

— Eu fico porque ele é meu irmão. Porque ele é o único membro da minha família que me ama incondicionalmente. Algo que você jamais poderia entender.

Quero negar, quero defender meu relacionamento com meu pai. Mas nenhuma palavra me vem à mente. Então, com a mão livre, eu bato nele onde minha espada o atingiu antes. Ele estremece de dor e me passa para o outro lado.

— Parece que nós dois conseguimos descobrir coisas que é melhor deixar enterradas. Agora, vamos levar você de volta ao navio.

Minha perna lateja enquanto caminhamos, mas não é nada comparado ao fogo em meu peito que foi aceso com as palavras dele. Ele continua me deixando zangada. Tão, tão zangada. Quero bater mais um pouco nele. Preciso usar toda a força que tenho para deixá-lo me levar para aquele navio amaldiçoado.

Tento sair do bote uma vez, mas Riden me chuta, e eu finjo que o golpe tirou todo o ar dos meus pulmões. Quando uma escada de corda é lançada para que possamos subir a bordo do *Perigos da Noite*, dou um soco na cara de Riden e tento pular na água, mas ele me pega e praticamente me carrega escada acima. Ele é mais forte do que parece.

Essas falsas tentativas de fuga são a única satisfação que me permito depois de suas palavras cortantes.

Riden me leva de volta à minha cela. Ele ignora Azek e Jolek, quando ambos tentam dar alguma explicação para como eu escapei. Ele simplesmente ordena que os dois saiam.

Riden desaparece da carceragem apenas por um instante. Então retorna. Fico surpresa quando ele se tranca dentro da cela comigo.

— Você decidiu que merece estar atrás das grades também? — pergunto.

— Decidi isso há muito tempo, mas não é por isso que estou aqui.

Agora eu percebo os panos e bandagens limpos. Um pouco depois, outro pirata traz um balde de água quente antes de desaparecer novamente.

— Você quer que eu limpe seus ferimentos? — pergunto, com uma bufada.

— Claro que não; estou aqui para limpar os seus.

— Não entendi.

— O capitão não iria gostar de saber que eu cortei você.

— Eu provoquei.

— Não importa. Eu devia ser melhor do que isso.

— Você é um pirata — eu o recordo.

— Mesmo assim, não importa. Agora... — Ele me levanta e me coloca sentada sobre a mesa, de modo que minha perna machucada fique estendida diante dele.

— Eu consigo me sentar sozinha — digo, completamente fora do prumo por ver que ele consegue me erguer sem nenhum esforço.

— Eu sei, mas desse jeito foi mais divertido. Agora, tire seu culote.

— Rá. Sem chance.

— Não é nada que eu não tenha visto antes.

— Você nunca *me* viu antes. Nem verá.

Riden me dá um de seus sorrisos diabólicos. Com que rapidez ele consegue isso.

— Tenho uma ideia melhor — digo, estendendo a mão. Pego o pedaço rasgado do meu culote e puxo. O tecido se abre, deixando minha coxa à vista. Eu estremeço.

— E eu que estava quase achando que você não sentia dor.

— Cale a boca, Riden.

Ele fica quieto, e sei que não é porque me obedeceu. Em vez disso, percebo que está encarando minha perna. Não, não minha perna. Minhas cicatrizes. Tenho cicatrizes cobrindo minhas pernas e braços.

— O que aconteceu? — ele pergunta.

— Nasci filha do rei pirata.

Ele estende a mão, prestes a traçar uma das várias marcas brancas e finas.

— Não — eu digo. — Acabei de matar Sheck. Não preciso de mais alguém me tocando.

— É claro — diz ele, apressadamente. — Me perdoe. Eu não ia... — Ele para de falar, encerrando o momento constrangedor. Em vez disso, ele se abaixa para pegar um unguento adstringente e um pano limpo.

— Me dê isso — falo. — Prefiro fazer eu mesma.

— E é por isso que eu vou fazer para você. Você é uma prisioneira e tentou fugir. Não tem mais direito de fazer exigências.

— Eu podia simplesmente bater em você.

— E eu podia fazer a limpeza desse corte doer mais do que o necessário.

Fico parada, mas não o encaro enquanto ele esfrega um líquido fétido na minha perna. A substância borbulha no corte, e a dor é escaldante. Eu agarro o braço de Riden e o aperto, para me impedir de gritar.

— Está tudo bem, Alosa. Quase terminando.

Fico surpresa com o tom tranquilizador dele. Parece muito com o que Mandsy usa quando me remenda. É estranho ouvir isso vindo de um homem.

Ele seca o restante do líquido que está no ferimento. O tecido fica manchado de rosa. Com mãos firmes, corta uma tira de bandagem e amarra ao redor da minha perna. Suas mãos são quentes nessa cela gelada.

— Pronto — diz ele. — Vai sarar bem rápido. Foi um corte pequeno.

— Sim, eu sei. E, como você pode ver, não foi meu primeiro ferimento.

— Por que você precisa ficar tão na defensiva? Eu estava ajudando você.

— Sim, e que sacrifício imenso deve ter sido. Tenho certeza de que não desfrutou de nenhum instante.

Sorrindo, ele se inclina um pouco para a frente.

— Você é, de longe, a prisioneira mais agradável que já esteve nesta embarcação.

— Garanto que não tento ser.

O sorriso dele desaparece. A intensidade toma conta de seu olhar.

— Eu sei.

A mão de Riden ainda está na minha perna desnuda. Seus olhos capturam os meus. Engulo em seco, e passo a língua pelos lábios repentinamente desidratados.

Riden coloca uma mão no meu rosto.

— Alosa.

— Sim?

A incerteza atravessa sua expressão. Ele deixa a mão cair.

— Como você conseguiu sair da cela?

Em vez de responder, dou de ombros, em grande parte porque preciso de um instante para recuperar minha voz.

Riden dá um passo para trás e me observa com cuidado.

— Você é esperta, Alosa, de um jeito que é incomum para um pirata. E é talentosa. Não tenho dúvidas disso. E eu sempre soube que você estava escondendo alguma coisa. Mas agora estou com a impressão de que você quer estar neste navio mais do que eu.

— Quero estar neste navio? — pergunto, incrédula. — Se essa é a sua preocupação, não seja por isso. Me deixe ir.

— Por que mais você iria até o bairro pirata da cidade? Você tinha que saber que estaríamos ali.

— Você está brincando, certo? Você me trancou neste lugar e depois mandou Sheck e Ulgin aqui para baixo. Sabe o que eu tive que aguentar? Eu decidi encontrar os dois e matá-los antes de ir embora. Eles não são homens. Não merecem viver.

— Eu sei. Foi por isso que deixei você matar Sheck. Porque eu não podia. Mas por que correr o risco? Você podia ter dado o fora com facilidade se tivesse simplesmente ido embora.

— Tenho dificuldade em deixar coisas para trás. Eu não ia partir até deixar aquilo resolvido.

Não sei dizer se ele acredita em mim. Ele ainda está tentando analisar minha expressão.

Mas então seu olhar se volta para minha bagagem.

Dou um passo na direção dela, de maneira protetora.

— O que você está olhando?

— Você sabe que terei que revistar suas coisas. A menos, claro, que queira me contar como saiu daqui.

— Eu simplesmente saí, está bem? Deixe a mim e às minhas coisas em paz.

— Não posso. Agora, dê um passo para trás.

— Não.

Ele avança e estende as mãos na minha direção, tentando me tirar do caminho.

Eu o chuto bem no meio do peito com minha perna intacta. A força é suficiente para fazê-lo cair de costas. Ah, não. Coloquei força demais nesse golpe. Eu praticamente estou contando todos os meus segredos para ele. Ele é quem mais suspeita de mim. Preciso recuar. Mas ele ameaçou minhas roupas! Elas são tudo o que eu tenho neste navio, e sou um tanto apegada a elas. Não quero os dedos grudentos dele remexendo nelas. E suponho que não vai ser nada bom se ele olhar meus livros muito de perto.

Quando se levanta, Riden me olha com uma nova compreensão.

— Você estava contendo sua força.

— Foi um chute bem decente, não? — Tento fazer como se tivesse sido um golpe de sorte, mas sei que ele não vai cair nessa.

— Não quero machucar você, mas vou machucar se for preciso.

Rá. Como se ele realmente pudesse fazer isso, mesmo se tentasse com todas as forças. Mas essa linha de raciocínio é perigosa. Relaxo meu rosto, tentando fingir uma pontada de medo. E, ainda que seja contra todos os meus instintos, dou um passo para trás.

Riden se inclina sobre minhas roupas de um modo que lhe permite ficar de olho em mim também. Ele não vai me deixar pular sobre ele por trás. Está aprendendo.

Ele revista minhas roupas. Noto que analisa rapidamente as roupas de baixo, com cuidado para não tocar nelas. Interessante. As peças maiores, com bolsos, são revistadas com mais atenção. Sem surpresa alguma, ele não encontra nada, exceto alguns grampos de cabelo, que guarda no bolso. Ele passa pelos livros rapidamente.

Até que chega em um volume intitulado *Etiqueta: um guia para educar moças de maneira adequada*. Não tive problema algum em escavar este volume. Todo o conceito do texto é ridículo. Infelizmente, Riden pensa o mesmo.

— O que é isso? — ele pergunta.

— Um livro — respondo, bancando a espertinha.

— E eu devo acreditar que você realmente leria um livro desses? Você é uma pirata.

— E uma dama, também.

— Acho que não. — Ele folheia as páginas. Quando isso se prova infrutífero, ele rasga o livro, separando as páginas da lombada.

Pelas estrelas!

Um pequeno frasco contendo um líquido roxo cai em sua mão.

— O que temos aqui?

— É um tônico para enjoo no mar.

— Então por que você o esconderia?

— É embaraçoso.

— É interessante, porque este líquido tem a mesma cor de um tônico usado para ajudar as pessoas a dormir. Quando inalado, o composto deixa o sujeito inconsciente quase que na mesma hora.

— Que coincidência — comento.

— Sim, tenho certeza. — Ele começa a rasgar o restante dos livros, encontrando diferentes armas. Facas de arremesso em miniatura, arames para enforcar, mais venenos e várias outras coisas.

Com os bolsos transbordando, Riden se levanta e segue até a porta.

— Para onde você vai levar essas coisas? — pergunto.

— Vou colocá-las em um lugar seguro.

— Também conhecido como o fundo do mar?

Ele sorri antes de desaparecer.

Estou realmente começando a desprezar esse homem.

CAPÍTULO
8

Enwen e outro pirata descem para a carceragem não muito depois que Riden sai. Tenho certeza de que a substituição é necessária porque Kearan ainda está desmaiado em algum canto.

— Este é Belor — diz Enwen. — Ele vai me ajudar a vigiar você. É um ótimo pirata este aqui. Ele entende a importância de cultivar uma quantidade saudável de superstição.

— Não duvido — digo, ainda que Belor pareça mais interessado em observar a bolsa de moedas pendurada no cinturão de Enwen.

A noite é uma criança. A maioria dos piratas ainda deve estar na cidade, dormindo depois de exagerar na bebida. É uma noite perfeita para bisbilhotar. Preciso encontrar o mapa. Estou pronta para me livrar desse barco e de seu imediato arrogante. Ainda não consigo acreditar que ele me cortou. Foi, antes de qualquer coisa, um golpe no meu orgulho.

— A única quantidade de sorte a ser encontrada está no frio e duro ouro — comenta Belor. — Se você tem isso, dá para comprar toda a sorte da qual precisa.

— E é por isso que eu comprei estas pérolas aqui — diz Enwen, pegando seu colar.

Enwen começa a contar a história de como conseguiu as pérolas. Duvido que Belor escute uma palavra, já que não faz nada além de vigiar a bolsa de Enwen. Nenhum dos dois piratas está prestando atenção em mim. Eles estão realmente facilitando minha fuga. Nenhum membro da minha tripulação seria tão descuidado. Nem mesmo a pequena Roslyn, que é a mais jovem do meu grupo, com seis anos de idade. Claro que eu jamais deixaria que ela vigiasse algum prisioneiro. Ela passa a maior parte do tempo no cordame, e é capaz de escalar melhor do que qualquer macaquinho seria capaz de fazer.

Viro a mesa de cabeça para baixo, o mais silenciosamente possível, e seguro a perna do canto esquerdo dianteiro. Eu a escavei com minha adaga e guardei as gazuas ali depois de tirar Azek e Jolek de circulação. É uma vergonha que Riden não tenha pensado em procurar ali.

— Sabe, eu posso ter uma coisa de que você vai gostar, Enwen. — Belor tira do bolso o que parece ser um cordão de couro. — O homem que me deu isto me falou que veio do pulso de uma sereia. Dizem que garante proteção no mar para quem o usa.

Enwen olha para o objeto com reverência, mas tenho quase certeza de que Belor acabou de arrancar aquilo de sua bota enquanto ninguém estava olhando.

— Darei isto para você por três peças de ouro — diz Belor.

Já estou com a porta aberta. Fico parada diante dos dois piratas.

— É uma troca horrível, Enwen. O cara está mentindo. Só quer seu ouro.

— Mas e se não for mentira? Como posso deixar passar uma oportunidade dessas? Nenhum dano no mar, nunca mais, senhorita Alosa!

— Então, por que diabos ele trocaria isso por três moedas apenas?

— Você está certa. Eu devia dar cinco por isso.

Belor finalmente ergue os olhos da bolsa de ouro, com a perspectiva de mais dinheiro brilhando em seu olhar.

— Ei! O que você está fazendo fora da cela?

— Garantindo que você não vai se aproveitar do pobre Enwen aqui. — Embora, agora que penso bem, é provável que Enwen tenha a intenção de roubar o ouro de volta, peça por peça, nos próximos dias.

— Eu aprecio a ajuda, senhorita Alosa, mas é melhor voltar para a cela — diz ele enquanto leva a mão à espada.

— Não posso fazer isso. Peço desculpas, Enwen. Eu gosto mesmo de você.

Deixo os dois caídos no chão no momento seguinte. Enwen vai querer beber tanto quanto Kearan para aliviar a dor de cabeça que terá quando despertar. Eu me sinto mal de verdade, mas não tenho tempo para esperar que eles caiam no sono. Isso pode levar um tempo ainda, e preciso aproveitar a vantagem do navio quase vazio.

Assim que estou no convés superior, observo tudo com cuidado. Os dois piratas que protegiam a área se foram, e Theris não está à vista. Provavelmente todos tiveram permissão para desembarcar agora que Riden está a bordo. Uma pena isso. É melhor evitá-lo. Ele deve estar em seus aposentos agora. Passo por lá em silêncio e sigo até a amurada, onde encerrei minha busca na noite anterior. Corro as mãos sobre ela, batendo com o pé o mais levemente possível nas pranchas de madeira abaixo, procurando pontos ocos.

— Olá, Alosa.

Suspiro e olho para o céu antes de me virar.

— Olá, Riden.

— Estava esperando você aparecer. Você não me desapontou.

— Riden sai das sombras lançadas pela escada que leva ao segundo nível. Ah, não é de estranhar que eu não o tenha visto.

— Você sabia que eu tentaria fugir novamente?

— Só há três piratas na embarcação, presumindo que você tenha deixado Enwen e Belor vivos. Estamos perto da costa. E eu não consegui encontrar o que você usou para fugir da sua cela na última vez. Então, sim. Eu presumi que você tentaria escapar de novo.

— Então você não está mais convencido de que estou tramando algum ato mais nefasto?

— Eu continuaria a ter dúvidas se você não tivesse vindo direto para a borda do navio.

Graças às estrelas eu vim para cá primeiro. Quem sabe o que teria acontecido se Riden tivesse me visto vasculhar o barco?

— Olha só, Riden. Não há motivo para você não me deixar ir. Pode dizer para o seu querido capitão que eu caí fora por causa da sua estupidez. Não seria muito difícil para ele acreditar.

— Receio que não, Alosa.

— Por favor, não me coloque novamente naquela cela. Eu odeio aquele lugar. O cheiro é horrível.

— Talvez devêssemos conseguir uma acomodação diferente para você, então.

Não gosto disso.

— O que está querendo dizer?

— Por aqui. Permita-me escoltá-la, princesa. — Ele me pega e me joga por sobre o ombro.

— O que você acha que está fazendo? Me coloque no chão agora! — Ergo o corpo e seguro a cabeça dele. Seu cabelo está amarrado na nuca, como sempre, bonito e comprido.

Perfeito para puxar.

— Ai!

Ele abre uma porta. Estou concentrada demais nele para perceber onde estamos, mas, no instante seguinte, ele me joga em cima de uma cama. Então agarra meu pulso com força, me obrigando a soltar seu cabelo.

Não sei por quê, mas é muito difícil bancar a prisioneira derrotada. Não suporto desistir com facilidade, não importa quantas vezes eu lembre a mim mesma de que preciso fazer minha estada neste navio não parecer intencional.

E é por isso que não fico deitada passivamente na cama. Riden está parado em pé ao meu lado, ainda segurando meu pulso. Meu joelho se conecta com seu estômago, o que o faz se inclinar mais para a frente. Agarro seu outro pulso e o puxo por cima de mim antes de empurrá-lo na cama. Rolo o corpo e me levanto, de modo a ficar por cima.

Mas ele revida no instante seguinte. Não espero que ele se recupere tão rapidamente, então ele consegue segurar minha cintura e me prende na cama. A última posição na qual quero estar.

— Você é mais forte do que deveria ser — ele comenta.

— O que isso quer dizer?

— Só que você não é uma mulher grande, mesmo assim conseguiu me levantar do chão.

E aquelas palavras são o único motivo pelo qual não o empurro para longe de mim. Tenho que lembrar que preciso me conter. Mas é *tão* difícil! Quando tudo isso acabar, vou matá-lo só de pirraça.

— Tenho que agradecer o rigoroso treino de levantamento de peso do meu pai por isso.

— Não tenho dúvidas.

— Saia de cima de mim.

Ele me encara, descendo o olhar dos meus olhos até minha boca. Bem, bem devagar.

— Você tem certeza disso?

— Tenho toda a certeza — digo, mas as palavras não saem com tanta determinação quanto eu pretendia.

Ele se inclina um pouco mais, colocando o nariz perto do meu.

— Que tal agora? — ele sussurra.

Ele é arrogante demais para meu gosto, mas preciso admitir que é bonito. E faz meu sangue ferver, mas em grande parte de raiva. No fundo é um cara bem decente, mas prefere não ser para quem olha de fora. O que isso faz dele?

Estou prestes a dizer para ele se mandar, mas então sinto seus lábios na minha bochecha. Ele não está me beijando exatamente, apenas tocando meu rosto com seus lábios. Eles descem em direção à minha mandíbula.

Preciso fazer um esforço enorme para manter a respiração calma. Estável. Nem um pouco excitada. Não é hora de ficar toda arrepiada. Tenho um trabalho a fazer.

Mas aqueles lábios. Posso imaginá-los perfeitamente quando fecho os olhos. São rosa escuro. Cheios e sem marcas. E, nesse instante, parecem macios demais para um pirata.

Quando ele finalmente me beija, é logo naquele ponto sensível abaixo do ouvido.

Então ele desce mais, passando os lábios pela lateral do meu pescoço e depois subindo pela garganta. Ele beija o canto do meu queixo e paira sob minha boca, em expectativa.

Ele quer que eu o beije, que seja eu a me inclinar para a frente e fazer alguma coisa.

É claro que sim. Homens como Riden vivem pela emoção da vitória.

Infelizmente para ele, eu também.

Ele me soltou um pouco, então não preciso de esforço para virá-lo de costas e ficar por cima. Suas mãos seguram meus braços com força. Ele está preocupado que eu tente bater nele ou enforcá-lo de algum modo. Provavelmente é o que eu deveria fazer.

Em vez disso, movo meus lábios até sua orelha. Meus dentes roçam no lóbulo, e suas mãos me apertam de um jeito diferente. Elas se movem até minhas costas, me pressionando ali, tentando me trazer para mais perto.

Quando movo os lábios para seu pescoço, suas mãos alcançam meu cabelo, deslizando entre minhas mechas.

— Você é tão linda — diz ele. — Como uma deusa nascida do mar.

É isso que finalmente me tira do clima, essa exclamação obviamente exagerada. Ele quer respostas de mim. Vai dizer e fazer qualquer coisa para consegui-las. Sou só um rostinho bonito para ele. E é tudo o que ele é para mim. Não tenho tempo para diversão sem sentido. Tenho um papel a desempenhar. Isso só tornará meu trabalho mais difícil. Além disso, como posso esquecer a maneira como encontrei Riden quando espiei pela janela da taverna? Ele mesmo me disse que tinha passado meses no mar, e que eu tinha interrompido sua única noite em terra firme. Agora ele espera que eu o compense por isso.

Pirata estúpido. Não sou influenciada por homens que pretendem me adicionar à sua lista de conquistas. Imagino que eu seria uma conquista e tanto, sendo a filha do pirata mais notório de todos os tempos.

Eu me levanto e me afasto da cama.

— Quero ir para a minha cela agora.

Riden parece confuso por um instante. Então se recompõe.

— Você não vai mais ficar naquela cela. Suas tentativas contínuas de fuga não me deixam nenhuma alternativa que não seja mudar você de lugar.

— Para onde?

— Para meu quarto. — E, com isso, ele sai, fechando a porta atrás de si. Ouço o barulho da chave e o clique de um cadeado.

Noto que ele ainda está parado do lado de fora. Posso ver sua silhueta por debaixo da porta. Pressiono o rosto contra a madeira, seguro a respiração e espero.

Ele suspira.

— O que você está fazendo? — Ele está falando consigo mesmo.

Então vai embora.

Interessante.

Eu me viro para inspecionar o quarto. Não tive chance de fazer isso antes porque... bem, minha mente estava em outras coisas. Mas agora eu gostaria de ter podido dar uma boa olhada. Se não por outro motivo, para poder zombar de Riden.

Porque o quarto é limpo. Impecavelmente limpo. Agora que olho bem para a cama, dá para ver que ela foi arrumada. A escrivaninha dele é organizada, com uma pilha uniforme de pergaminhos. As penas ficam perto, arrumadas em espaços regulares. Ele tem uma estante de livros e, sim, estão em ordem alfabética. Os tapetes no chão não têm pó ou terra, como se fossem sacudidos com regularidade. Suas botas são todas polidas e arrumadas aos pares. As roupas estão dobradas, para não ficarem amassadas.

Seria realmente difícil revistar este quarto sem que Riden percebesse. Mas preciso revistá-lo. É claro que Draxen confia em Riden mais do que em qualquer outra pessoa, então por que não dar o mapa para Riden manter em segurança? Se o mapa não está no quarto de Draxen, o quarto de Riden seria a próxima alternativa. Já que sei que Riden tem um sono leve, foi difícil encontrar uma oportunidade de vasculhar este quarto à noite. Mas agora posso aproveitar o fato de estar presa aqui. A menos que arrombe a porta, não tenho como dar o fora, já que guardei as gazuas na perna da mesa depois de incapacitar Enwen e Belor.

Começo a trabalhar, abrindo gavetas e olhando nos bolsos. É difícil dizer o que já revistei porque preciso colocar tudo bem arrumado de volta no lugar depois que termino. Tento começar em um ponto do quarto e me mover em um círculo.

Mais de uma hora se passa, e não encontrei nada.

Onde você escondeu, Jeskor? Para quem você daria o mapa se não está com nenhum de seus filhos?

Simplesmente deve estar em outro lugar do navio.

Por que eu pensaria que está com Riden? Ele certamente retratou a si mesmo como o menos favorito dos filhos de Jeskor. Não tenho certeza se posso dizer qual dos filhos de Jeskor é meu menos favorito nesse momento.

Riden é um maldito idiota. Me tranca aqui, tenta brincar comigo, me usa para matar um pirata do qual ele não podia dar cabo. Às vezes penso nele como um covarde, mas não um covarde por medo, um covarde por escolha. Qual é o pior?

Fiz questão de manter minha mente focada na busca, mas, agora que terminei, ela está livre para vagar. E volta direto para o que andei fazendo com Riden uma hora atrás.

Às vezes sou uma idiota. Cerro o punho com força antes de dar um belo soco na mesa.

Pelas estrelas!

Entre mapas, bússolas e outros instrumentos de navegação, Riden tem uma ampulheta na mesa.

Tinha uma ampulheta na mesa.

Agora está quebrada aos meus pés.

Espero que não tenha valor sentimental.

Na verdade, não. Espero que *tenha* valor sentimental. Muito valor sentimental. Bem feito para ele. Aliás, por que parar na ampulheta?

Riden quer me manter trancada em seu quarto. Bem, é melhor ele estar preparado para lidar com as consequências. Rearrumo suas botas, de modo que cada pé esquerdo fique com o direito errado.

Jogo suas roupas em pilhas no chão. Mas isso não é o bastante. Não posso deixar de pular sobre elas. Espero que haja bastante sujeira na sola das minhas botas.

Rearrumo sua estante. Amasso seus papéis. Derrubo tudo que está em pé.

Vou ser a maior pedra no sapato que Riden já teve que encarar. Isso é bem feito para ele.

Quando a porta se abre um pouco mais tarde, estou sentada à escrivaninha de Riden, desenhando criaturas marinhas em todos os seus mapas, usando uma pena molhada na tinta.

— Mas que diabos?

— Fiquei entediada — digo, sem me dar ao trabalho de olhar para ele.

— O que você fez?

— Bem, fiz algumas coisas para você. Olhe aqui. Desenhei essa lula com a sua cara.

Há um silêncio, e então:

— Alosa, eu vou matar você.

— Vai ser bem difícil conseguir um resgate do meu pai se eu estiver morta.

— Tem certeza de que o homem não quer se livrar de você? Não tivemos notícia dele ainda. Estou começando a achar que fizemos um imenso favor a ele. O livramento dele foi nossa maldita derrocada.

Eu abaixo a pena e ergo os olhos.

— Estou sem pergaminho. Tem mais algum no navio?

Riden cerra os punhos. Acho que seus olhos podem saltar das órbitas a qualquer momento. O rosto dele está vermelho como um caranguejo.

— Você não parece bem — observo.

— Vou lhe dizer que estou usando todo o autocontrole que tenho para não esmurrar você agora.

— Não posso imaginar o que é preciso para descontrolar você. Então me diga, Riden, sua pele coça ao ver seu quarto tão imundo?

— Vou para a cama. De manhã, você vai desejar não ter feito isso.

— Humm. Eu teria cuidado com a cama. Acho que vi alguns cacos de vidro nela mais cedo. Você precisa ver bem o que faz ali.

Riden arranca os lençóis e sacode as cobertas. Realmente alguns pedaços de vidro caem no chão. Ele começa a varrer tudo antes de jogar a sujeira pela lateral do barco. Pelo menos, presumo que seja isso o que ele faz. Não dá para ter certeza, já que fico confinada no quarto quando ele sai.

Quando ele retorna, eu pergunto:

— Onde eu vou dormir?

Pela primeira vez em algum tempo, ele sorri.

— Vou dormir na minha cama. Fique à vontade para se juntar a mim, mas algo me diz que você vai preferir o chão. É uma pena que não haja muito espaço para você, agora que está tudo coberto com as minhas coisas.

Riden tranca a porta por dentro e guarda a chave no bolso. Então tira as botas e a camisa antes de subir na cama.

— Você vai mesmo dormir enquanto estou aqui sozinha com você? Não tem medo que eu o mate?

— Já me assegurei de não deixar nenhuma arma neste quarto. Além disso, tenho um sono *muito* leve. Você não vai conseguir dar um passo sem me acordar.

— É mesmo? — pergunto, animada.

O rosto de Riden fica sério com meu tom de voz. Ele sabe que não pode ser bom.

Esta noite já é uma das melhores que tive há algum tempo. Primeiro destruí o quarto de Riden e o vi explodir por causa disso. Agora vou poder levá-lo à loucura enquanto ele tenta dormir.

Os olhos dele se fecham. Espero alguns minutos. Então bato o pé no chão. Os olhos de Riden se abrem. Ele se senta e verifica se não estou tramando nada. Então se deita novamente.

Repito esse processo mais três vezes, até que Riden finalmente sai da cama. Ele caminha na minha direção e fica cara a cara comigo.

— Faça isso de novo, e vou deixá-la inconsciente.

Paro de bater o pé e, em vez disso, começo a cantarolar baixinho.

Isso não parece incomodar Riden, e os olhos dele permanecem fechados. Pelo contrário, ele parece se acomodar ainda mais em sua cama. Meu cantarolar se transforma em um canto. Não digo nenhuma palavra de verdade, só testo as diferentes notas. É uma música aleatória que vem até mim.

Em instantes, Riden ronca baixinho.

Eu esperava que, ao mantê-lo acordado até mais tarde, ele conseguisse dormir mais profundamente.

Dou um passo hesitante para a frente. Riden não se mexe. Na cama, coloco as mãos em seus bolsos, tentando encontrar a chave. Mesmo assim, ele não acorda. Eu a acho rapidamente. Então vou para a porta, saio e a fecho atrás de mim.

Esta é a primeira noite em que posso vasculhar o navio sem ser interrompida. Todos os homens estão em terra firme, exceto três. E eu os derrubei. Abandono minha busca ordenada e reviro o convés. Em geral, há vigias andando por todos os lados, e esta noite pode ser minha única chance de ter acesso livre ao convés. Busco noite adentro, até que ouço barulho na água e os risos dos homens. Alguns deles voltaram para dormir depois de suas celebrações.

Ainda que seja difícil manter os olhos abertos por causa do cansaço, estou desapontada por não ter encontrado o mapa esta noite.

Mas estou chegando perto. E isso é o suficiente por enquanto.

CAPÍTULO
9

Tento dormir no chão quando retorno para o quarto de Riden. Tento de verdade. Mas, depois de tantas noites no chão de madeira gelado da minha cela, a cama é convidativa demais. Mesmo com ele nela.

Além disso, ele está dormindo. Ele ficou inconsciente todo o tempo que vasculhei o convés. Não vai acordar se eu me acomodar em um canto.

Eu mal caibo no espaço. Consigo sentir o calor emanando das costas de Riden. Ele é horrivelmente quente. Não acho que precise daquela coberta.

Então, eu a pego e coloco a chave novamente em seu culote antes de cair no sono.

Meu primeiro pensamento quando acordo é que estou tão *quentinha*. Estou envolta no calor, como se estivesse dentro de um grande casulo aquecido. É tão bom que fico deitada ali, com os olhos fechados. Não me importa onde estou ou o que estou fazendo. É agradável demais para fazer algo tão rigoroso quanto me mover.

Sinto lábios na minha testa. Agora alguém está acariciando meu pescoço.

— Você roubou meu cobertor, Alosa — uma voz sussurra em meu ouvido.

Eu devia conhecer essa voz, mas ainda estou confusa pelo sono.

— Está tudo bem. Não me importo em dividir. Você me manteve bem aquecido a noite passada.

— Hummm — é tudo o que eu digo em resposta.

— Isso é divertido, mas temos que nos levantar. Você tem trabalho a fazer hoje.

— Pare de falar.

Ele dá uma risadinha. Uma mão afasta meu cabelo do rosto.

— Eu amo esse cabelo. Vermelho feroz. Como seu espírito.

Meus olhos se abrem por fim. Riden está meio em cima de mim, com a cabeça apoiada na mão esquerda. A direita ainda está brincando com meu cabelo.

Eu rolo para fora da cama e caio com tudo no chão.

— Ai. — Fico em pé no instante seguinte. — O que você está fazendo?

— Bem, *eu* estava dormindo na *minha* cama. Não sei o que você estava fazendo. Mas como você conseguiu subir na cama sem me acordar?

— Devo ter feito isso dormindo.

— Tenho certeza disso.

Esfrego os olhos e endireito minha roupa.

— Não se preocupe — diz ele. — Tenho certeza de que ninguém vai ficar com a impressão errada quando você sair daqui.

— De fato — digo, travando os dentes. No entanto, quando olho ao redor do quarto, meu humor melhora. — Devemos mostrar para eles o que eu fiz com este lugar?

Riden se senta e estremece.

— A respeito disso, decidi que estamos desperdiçando seu potencial, do jeito que a mantivemos presa naquela cela todo o tempo. Você tem muita energia para fugir e causar estragos no meu quarto. Acho que é hora de colocar suas habilidades em uso.

— O que isso quer dizer?

— Você verá. Estarei de volta em um momento. — Ele veste uma camisa e calça as botas antes de sair. Uma rajada fria de ar entra no quarto quando a porta se abre. É o suficiente para que eu acorde de vez.

Faço alguns alongamentos, calço minhas botas e tento não me sentir desencorajada pelo fato de que o mapa ainda não apareceu. Preciso verificar o castelo de popa e o cesto da gávea. Depois ainda faltam vários lugares no porão que precisam ser vasculhados. Não acho que Draxen esconderia o mapa em um lugar onde sua tripulação pudesse encontrá-lo, mas quando me lembro do painel secreto no navio dos contrabandistas, preciso reconhecer que podem existir vários bons esconderijos no porão.

Riden interrompe meus pensamentos ao voltar para o quarto alguns instantes mais tarde. E não volta de mãos vazias: traz um par de algemas.

— Você vai me algemar, é isso? — pergunto. — Por quê?

— Várias tentativas de fuga, causando lesões corporais no imediato, assim como em diversos membros da tripulação, pela morte de um pirata... e pela sua própria humilhação.

— Isso me faz lembrar... eu me pergunto o quanto Draxen estaria interessado em saber que você me deixou matar um membro de sua tripulação.

— Moça, você realmente acha que ele vai acreditar em você e não em mim?

— Isso depende de quão covarde Draxen já suspeite que você realmente é.

A expressão de Riden endurece.

— Já chega! — Ele coloca as algemas. Posso sentir que ele gosta demais disso. E está certo: a humilhação desse ato será horrível. Não quero sair daqui e enfrentar o restante da tripulação.

Eu me viro para encará-lo.

— Quando eu sair dessa, vou pegar minha tripulação e vamos caçar todos vocês. Não vou parar até que cada pirata deste navio esteja morto.

— Estamos todos tremendo de medo.

— Deviam estar. Tenho alguns dos melhores rastreadores do mundo na minha embarcação. — Meu coração se aquece de orgulho quando penso em Zimah.

— E são ruivas ferozes também?

— Não.

— Que pena. Agora, vamos lá. Você não vai querer se atrasar.

— Me atrasar para quê?

Riden me leva para fora. Naula agora está bem longe, um mero ponto no horizonte. Eu me pergunto qual será nosso próximo destino.

Os homens estão em toda parte, esfregando e limpando o convés. Movendo a carga de um lado para o outro. Cuidando das velas. Draxen está parado perto do leme, supervisionando a navegação. Está com as mãos no cinturão, as pernas abertas, o deboche sempre presente no rosto. Ele olha para baixo.

— Ah, *princesa*, está desfrutando de sua estadia?

Fico tentada a cuspir no convés, mas não cuspo. É nojento.

— Muito bem, Capitão. Mas estou mais animada com o que virá depois da minha estadia.

— Sim, tenho certeza de que vamos ouvir várias ameaças de morte hoje. Por enquanto, cumpra suas obrigações.

— Obrigações? — pergunto, olhando para ele e para Riden.

— Você vai ajudar a tripulação a limpar o convés — explica Riden.

— Rá. Acho que não.

— Você já provou que não pode ser deixada sozinha. Por vários motivos. — Dá para ver que a mente dele retorna para o quarto devastado. — E não vou permitir que você seja um incômodo, me seguindo por aí. Você se fará útil.

— E como você pretende me obrigar?

— Liomen?

— Sim, mestre Riden? — uma voz fala de longe.

— Me traga uma corda e um gancho.

— Sim, senhor — a voz responde animada.

Sei exatamente o que isso significa, mas a perspectiva não me perturba. Esses ganchos podem ser pendurados em vários lugares nos mastros do navio e se prendem perfeitamente às correntes que seguram as minhas algemas.

Depois de um tempo, o gancho desce de algum lugar. Riden o prende a um dos elos da corrente da algema que uso.

Ele hesita por um momento, como se esperasse que eu desista. Que eu concorde em trabalhar, para que ele possa tirar o gancho.

Mas não digo nada. Nem sequer olho para ele, como se nem quisesse me dar ao trabalho de encará-lo.

— Podem suspender — Riden diz finalmente, com uma nota de ansiedade na voz. Toda a hesitação parece ter desaparecido.

Não consigo saber qual das duas é fingimento: se a hesitação para mim ou a ansiedade para Draxen. Talvez ambos. Talvez nenhum. Não consigo saber com ele. As emoções de Riden parecem oscilar com frequência, como se não tivesse certeza do que quer.

Será que está tentando provar sua capacidade para o irmão de alguma forma? Mas por que ele precisaria disso? Em especial, se o irmão o ama incondicionalmente, como Riden afirma.

Talvez ele não consiga admitir a verdade nem para si mesmo.

Eu seguro as correntes dos dois lados, logo acima das algemas ao redor dos meus pulsos. Se eu deixar que o peso do meu corpo seja levantado a partir dos pulsos, o metal vai cortar minha pele, e me machucar. Muito. É melhor aguentar o peso nos punhos cerrados.

Riden nem pisca. Draxen observa o espetáculo com interesse. Todos os piratas estão ansiosos. Eles querem algum tipo de show? Então vou dar um para eles.

Em vez de permitir que Liomen me erga no ar, dou um belo puxão na corda antes dos meus pés estarem perto de sair do chão.

Liomen, ou sem esperar por isso ou incapaz de impedir, cai do mastro principal. Alguns piratas saem do caminho um pouco antes de ele atingir o convés, interrompendo seu grito.

Dá para ouvir os gemidos. É provável que ele tenha quebrado um ou os dois braços. Talvez uma perna. É difícil dizer quando alguém cai tão rápido.

Alguns piratas riem. Outros, que devem ser seus amigos, o cercam.

Seus gemidos rapidamente se transformam em xingamentos quando uma torrente de obscenidades é dirigida a mim.

Não culpo o rapaz. Eu também xingaria se estivesse em sua posição.

Draxen desce do convés superior, ficando no mesmo nível que eu. Ele me olha de perto antes de chamar o nome de outros três piratas.

— Subam todos vocês no mastro. Quero ela pendurada. Agora!

Eles sobem rapidamente, apressados em seguir as ordens. Eu espero, entediada. Se esses piratas têm algum defeito, é simplesmente o fato de serem simplórios.

Os três homens chegam ao topo. Tomam muito cuidado, enrolando a corda ao redor dos pulsos várias vezes antes de me puxarem para o alto. Eu não me incomodo em tentar puxá-los para baixo. Isso envolveria mais teatralidade da minha parte.

Não que eu me oponha aos atos teatrais. É só que tenho algo melhor em mente.

Eles param quando estou a um metro e meio do chão. Então amarram a corda e me deixam pendurada, me segurando em minhas correntes. Um espetáculo para todos os piratas. Eles me roubaram. Sou um prêmio para eles, claramente exibido para que todos possam ver.

Mas também sou mais forte do que eles estão acostumados a ver.

Draxen se aproxima o suficiente para ver meu rosto com nitidez.

— Você matou um dos meus melhores homens ontem. Eu devia deixar Ulgin ficar com você. Mas você não servirá de nada se não puder ser identificada como a filha do rei pirata quando formos trocá-la pelo resgate. Então isso vai ter que servir.

Eu o ignoro, focada somente nos três piratas que estão descendo ao chão. Espero que eles se reúnam ao restante da tripulação para ter certeza de que não vão conseguir voltar ao topo do mastro antes de mim.

Eu não precisava ter me preocupado. Assim que começo a subir, todo mundo fica surpreso demais para fazer qualquer coisa.

— Ei, ela não pode fazer isso — um pirata exclama.

Não perco tempo olhando para nenhum deles; eu me concentro nos movimentos dos meus braços. Uma mão sobre a outra, relaxa, puxa. Outra mão, relaxa, puxa. O comprimento da corrente não me permite ganhar muita corda a cada puxão, mas é o bastante. Ainda consigo escalar.

E é o que faço, até chegar lá em cima. Engancho uma perna sobre a viga arredondada de madeira que fica abaixo da vela. Então me sento, escarranchada na madeira. Nem sequer estou com a respiração alterada. Se eu pudesse pensar em algum plano brilhante para me livrar das correntes. Mas não tenho nada com o que trabalhar aqui em cima.

— Tragam-na para baixo — ordena Draxen, com o rosto vermelho. Não que eu consiga ver claramente, mas é divertido imaginá-lo todo vermelho e inchado, fumegando de raiva.

Mais e mais homens começam a subir pelo mastro. Mas não tenho a intenção de deixar que nenhum pirata encoste em mim. Então começo a descer novamente.

Paro quando estou bem na metade da descida. Os piratas hesitam no topo, nenhum deles parecendo querer descer pela corda e se juntar a mim.

Riden se aproxima de Draxen, colocando uma mão tranquilizadora em seu ombro.

— Alosa! — grita Riden. — Desça de uma vez, ou vou ordenar que cortem a corda.

Suspiro e reviro os olhos. *Riden, Riden. É triste, de verdade, que eles todos tenham que se esforçar tanto para me obrigar a me comportar.*

Faço o que ele diz, no entanto. Não tenho a intenção de ganhar um osso quebrado ou um hematoma.

A única coisa que não quero é limpar o convés.

Pendurada na ponta da corda, eu espero. É o único truque que me resta. Em momentos como este eu fico realmente grata pelos malditos testes de resistência do meu pai. Eles me tornaram forte. Me tornaram ciente do quanto consigo aguentar.

E ninguém jamais conseguiu me superar em suportar o próprio peso corporal.

Os minutos se passam e eu continuo pendurada. Todo mundo me observa com curiosidade, ansiosos para ver quanto tempo ficarei nisso, esperando para me ver despencar de exaustão.

Riden tosse.

— Capitão, talvez os homens possam voltar ao trabalho enquanto a princesa recebe sua punição.

— Sim — diz Draxen.

— Vocês ouviram o capitão. De volta às suas posições. Continuem com suas tarefas. Quem sabe? Ela pode ainda estar consciente quando vocês terminarem.

Os homens riem enquanto se dirigem a diferentes áreas do navio. Os músculos nos meus braços e no meu estômago começam a doer.

Pelo menos não tenho uma plateia tão grande. São basicamente Riden e Draxen. Draxen me olha com satisfação. E Riden... Riden olha... não sei dizer. Ele simplesmente olha.

O sol se move no céu. O vento muda de direção. Meu corpo começa a tremer. Fica difícil respirar.

E então... não aguento mais. Deixo meu corpo cair. O ferro machuca minha pele, crava em meus ossos. Dói como o inferno, mas não dou uma palavra de reclamação. Mesmo se eu concordasse em limpar o convés, o capitão continuaria a me manter aqui. Agora ele quer me ver sofrer pelo que aconteceu com Sheck. Vejo isso em seus olhos. Não terei alívio por algum tempo.

Riden e o capitão acabam indo embora também. Eles têm deveres a cumprir. Acho que estão reunidos nos aposentos do capitão agora. É difícil dizer. Virar a cabeça exige muito esforço.

— Senhorita Alosa — uma voz sussurra.

— Sim, Enwen? Posso ajudar em alguma coisa?

Ele sorri, sabendo muito bem que não posso fazer nada por ele na minha atual condição.

— Seria necessário um furacão para abalar seu espírito, moça. Tenho algo para você.

— O que é?

— A pulseira da sereia. Eu comprei de Belor depois que acordamos da pancada na cabeça que você nos deu.

— Eu realmente sinto muito por isso.

— Você já se desculpou, senhorita. Lembra? Não há mal algum em lutar por sua liberdade. É uma causa nobre. Não posso culpar você. Eu teria feito a mesma coisa. Agora, aqui está.

Ele amarra o cordão de couro no meu tornozelo.

— É um cordão de bota, Enwen.

— Talvez sim. Talvez não. O importante é que você fique com ele de qualquer jeito.

— Por que você me daria algo que comprou para si mesmo?

— Eu roubei um pouco do seu cabelo. E precisei ser o guarda da sua prisão. Não virei pirata para sequestrar e maltratar mulheres. Sou um ótimo ladrão e muito bom com a faca. Nada mais do que isso. Não acho certo o que estão fazendo com Sua Alteza. Além disso, vou roubar as moedas de Belor esta noite.

Ele se aproxima e sussurra tão baixinho que mal consigo ouvi-lo.

— E, cá entre nós dois, os homens estão rindo muito de mim. A única coisa que essa pulseira me trouxe foi zombaria.

— Hummm. Então acho que seus poderes estão funcionando em mim antes mesmo que você o amarrasse na minha perna.

— Não, não, senhorita Alosa. Eu já pensei nisso. Esse amuleto é uma pulseira. Pulseiras são para mulheres. Vai lhe trazer proteção do mar, mas não para mim.

Dou uma risadinha.

— Então eu agradeço, Enwen.

— É um prazer, senhorita. Vejo você por aí.

O sangue começa a escorrer pelo meu braço. Argh, agora minhas roupas estão manchadas.

De vez em quando consigo recuperar as forças o suficiente para liberar a pressão dos pulsos por alguns instantes. Mas sempre termino na mesma posição em que estou, pendurada em um navio cheio de bárbaros. Exceto por Enwen.

Talvez Kearan também. Ele levanta seu frasco no ar, fazendo uma pergunta em seu gesto. Meu olhar de resposta deve ser algo do tipo: *Como exatamente eu beberia isso aqui em cima?*

Ele dá de ombros e bebe o rum ele mesmo. Suponho que seja a intenção que vale.

Um tempo depois, vejo Theris na massa de piratas trabalhando. Ele olha para mim algumas vezes. Não há simpatia ou preocupação em seu rosto, apenas curiosidade. Como todos os demais piratas, ele provavelmente se pergunta que insanidade praticarei a seguir.

Tudo o que consigo me perguntar é quando a dor vai passar.

A coisa realmente agonizante é que eu poderia me libertar. Se eu não tivesse que esconder o que sou capaz de fazer, poderia me livrar disso em pouco tempo. Só que preciso continuar mais tempo nesse navio. Não posso me entregar.

Mais tempo se passa e fica difícil pensar. Difícil ver. Difícil engolir. Tudo fica confuso. As pessoas se tornam formas borradas. Tento olhar para além do navio, me esforço para olhar ao longe. Assim como há um destino muito além desse, também haverá um tempo além desse quando não haverá dor, apenas a lembrança de tudo isso. Enquanto tento manter isso em mente, acho que vejo um borrão negro no horizonte. Um barco. Mas, assim que pisco, ele some.

É só quando chega o momento de todos se retirarem para suas camas que finalmente me libertam.

— Cortem a corda — Draxen ordena.

Depois de um dia sem comida, água ou um chão sólido, meu corpo inteiro está fraco demais. Até minhas pernas. Não consigo me manter em pé. Então caio de costas.

— No seu próximo erro, princesa, eu a deixarei pendurada pelos pés. Veremos quanto tempo leva para que o sangue faça sua cabeça explodir. Tire-a da minha vista, Riden.

— Sim, Capitão.

— Tente não se divertir demais com ela enquanto ela permanecer em seu quarto. Não podemos deixar que ela esteja em más condições quando encontrarmos o rei pirata.

— Ela estará a salvo comigo.

— Leve-a com você, então.

Riden me pega em um movimento suave. De algum modo, ele consegue fazer com que nada doa mais do que já está doendo. É muito gentil comigo, me segurando de encontro ao peito. Acho que preferia ter a cabeça arrastada pelo chão, mas não tenho o poder de me mexer.

Ele me carrega até seu quarto, fecha a porta e me coloca na cama. No instante seguinte, as algemas são tiradas, e eu perco o fôlego com a dor que a remoção causa.

— Psiu — diz Riden, de forma tranquilizadora. — Eu sei, Alosa. Só um momento. Vou colocar alguma coisa nisso. Fique aqui por enquanto.

Para onde eu iria? Não consigo me mexer.

Ele está vagando pelo quarto, procurando alguma coisa.

— Teria sido bem mais fácil se você não tivesse mexido e quebrado tudo.

Abro a boca, mas, em vez de palavras, acho que o que sai é algo parecido com um coaxar.

— O que foi isso? — pergunta Riden.

Eu tusso e tento novamente.

— Acho que lembro de ter chutado alguma coisa para debaixo da cama.

Ele suspira antes de ficar de joelhos.

— Tem alguma coisa aqui, eu acho — diz ele.

A cama afunda quando ele se senta nela. Ele coloca as mãos sob meus braços e me ergue.

Eu sibilo por entre os dentes.

— Desculpe. Falta pouco.

Estou sentada no colo dele, com as costas encostadas em seu peito. Ele inclina a cabeça ao redor do meu pescoço para ver minhas mãos enquanto coloca algum tipo de bálsamo nelas.

— Ah. — Dou um suspiro de contentamento.

— Aposto que você já se sente melhor.

Ele deixa o bálsamo ficar em meus pulsos por alguns minutos antes de aplicar mais um pouco. Então enrola bandagens sobre minha pele em carne viva.

Tento pensar apenas em respirar, não penso na dor ou no sofrimento, só em respirar. Riden terminou. Mesmo assim, continua sentado ali, me segurando. É tranquilo passar um tempo assim.

— Eu sinto muito. Não tinha ideia de que ele fosse deixar você pendurada por tanto tempo.

— Se me lembro corretamente, foi você quem sugeriu me colocar lá em cima.

— Era um meio de persuadir você a fazer o que o capitão queria. Eu esperava que você concordasse com as tarefas antes que a corda fosse pendurada. Você não devia ser tão teimosa.

— Você devia saber que eu sou assim — digo.

— Sim, eu devia. Eu sinto muito, de verdade.

Por algum motivo, o pedido de desculpas dele me frustra. Sem qualquer tipo de emoção, eu digo:

— Se está se desculpando, quer dizer que quer perdão. É isso que está pedindo?

Ele fica em silêncio. Falo novamente, antes que ele possa responder.

— Se quer perdão, quer dizer que está tentando endireitar as coisas. E, se quer endireitar as coisas, isso quer dizer que você não pretende me colocar em perigo novamente. Então, se está pedindo desculpas, acho que você não entende o que isso implica.

— Eu não tinha escolha — diz ele.

— É claro que você tinha escolha, Riden. Só que era uma escolha difícil. E você escolheu a opção mais fácil, que foi não fazer nada.

— Fácil? Você acha que foi fácil para mim ficar olhando você? Ver você lá em cima, sabendo a dor que devia estar sentindo, isso... isso me fez sentir... teria doído menos se eu estivesse pendurado no seu lugar. Eu me odiei pelo que aconteceu e o único meio de me punir era me obrigar a vê-la sofrendo. Essa foi minha punição.

Riden começa a acariciar meu cabelo. Estou tentada a deixar a conversa morrer, a me aconchegar mais em seu abraço e dormir. No entanto, apesar do jeito como ele está cuidando de mim agora, ainda estou furiosa com ele.

— É um belo sentimento — digo. — Mas palavras só significam alguma coisa quando acompanhadas de ações. Mesmo se tudo o que você diz é verdade, é covarde demais para fazer o que deseja. E me parece que, até romper com seu irmão, você não será capaz de fazer absolutamente nada.

A mão dele fica imóvel em meu cabelo.

— Que incrível isso vindo de você. Você serve um tirano, um homem que basicamente controla o mundo todo. Somos piratas, não políticos. Tipos como nós não são feitos para governar. É preciso haver ordem para que possamos estragá-la. Se não há ordem em primeiro lugar, então o que sobra para nós? O mundo mudou nos anos recentes. E você escolheu ajudar a mudá-lo, mas não para melhor. Nossas escolhas são morrer ou nos juntarmos ao rei pirata. Por que você serve Kalligan? Para que o papai a ame?

— Você não sabe nada sobre mim ou meu pai. Devia parar de fingir o contrário. Agora, me deixe ir. — Tento me afastar, mas ele me segura com mais força.

— Não.

— Me deixe ir. Não quero você me tocando. Você me enoja.

— Moça, você está fraca demais para me obrigar. Me deixe cuidar de você por enquanto. É tudo o que posso fazer por você, então me deixe fazer isso. Você pode achar que já sabe tudo sobre mim, mas não sabe. Tenho meus próprios motivos para querer que Draxen tenha êxito. Nós precisamos de você. É para o melhor. Deixar você pendurada naquele convés jamais devia ter acontecido, mas farei o que puder para garantir sua segurança, se puder me prometer parar de ser tão teimosa.

Não quero mais falar com ele, então finjo que estou dormindo.

Ele bufa baixinho.

— É como pedir para um peixe não nadar.

CAPÍTULO
10

PELA SEGUNDA VEZ, EU DESPERTO NOS BRAÇOS DE RIDEN.
 Ele ainda está dormindo, e o bom é que isso permite que eu encare seu rosto pelo tempo que quiser. Lábios cheios, nariz retilíneo, uma cicatriz que alcança a linha do cabelo do lado esquerdo do rosto. Deve ter sido um golpe e tanto na cabeça. Eu me pergunto se foi o pai dele quem fez isso. Riden nunca parece querer falar sobre seu pai. Deve ser por causa do modo como o pai o tratava, ou pode ser porque Riden o matou, talvez ambos.
 Ele se remexe. Eu rapidamente olho para meus pulsos, tentando não ser pega encarando. De repente, sou tomada pela vontade de arrancar meus curativos.
 Riden estende a mão, segurando um pouco acima do ferimento no meu pulso direito.
 — Ainda não. Deixe os curativos aí. Você precisa manter os ferimentos limpos por um tempo.
 — Está coçando demais.
 — Eu sei, e vai piorar, mas você não pode coçar.
 — Suponho que você já tenha usado algemas.
 — Todo mundo no navio usou.

— Ao mesmo tempo? — tento esclarecer. A resposta dele é um pouco incomum, cheia de amargura e arrependimento.

— Sim.

— O que aconteceu?

A mão de Riden ainda está no meu braço. Ele começa a acariciar minha pele com a ponta dos dedos. Não o impeço, porque faz a coceira diminuir.

— Vou propor uma coisa, Alosa: uma história em troca de uma história.

— O que você quer saber?

— Me conte sobre suas cicatrizes.

— São várias histórias.

— Mas tenho certeza de que você consegue me dar alguma coisa.

— Tenho a impressão que sim, mas você primeiro.

Riden pensa por um momento. Ele apoia a cabeça na mão livre, enquanto a outra continua traçando minha pele.

— Tudo bem. Eu confio em você. Vou primeiro.

Ele confia em mim? O que exatamente isso quer dizer? Ele é um tolo? Não lhe dei motivo *algum* para confiar em mim. É mais provável que ele se sinta obrigado a ir primeiro por causa dos eventos do dia anterior e tudo mais.

Há muitos tipos de piratas, mas Riden é o primeiro que conheço que sente remorso por fazer coisas de pirata. Talvez seja por isso que o acho tão interessante. Ele me trata melhor do que qualquer pirata trataria um prisioneiro, tenho certeza.

— Cerca de um ano atrás — Riden começa —, meu pai, Lorde Jeskor, ainda estava no comando deste navio. Draxen e eu vivemos no *Perigos da Noite* praticamente nossa vida inteira. Tenho certeza de que você entende o que estou dizendo. Senhores piratas precisam de filhos para quem passar o legado e assim por diante. Ou, no seu caso, uma filha. Peculiar, devo dizer. Algum dia você precisa me explicar como tudo isso começou.

— Não, não preciso — digo.

Ele sorri.

— Acho que não, mas eu teria curiosidade em saber.

— E a sua história?

— Certo. Bem, muitos de nós no navio somos filhos da tripulação original. Outros são jovens ladrões ou assassinos que pegamos ao longo do caminho. Nós reunimos uma tripulação depois que o navio se tornou nosso.

— E como foi que o navio se tornou de vocês? Onde entram as algemas?

Ele coloca um dedo sobre meus lábios.

— Psiu. Estou chegando nessa parte. Às vezes você é bem impaciente.

Franzo o cenho sob a pressão de seu dedo. Ele o tira e o coloca na cama.

— Meu pai se tornou descuidado. Ele e seus homens passavam tempo demais em terra firme e cada vez menos tempo no mar, agindo como piratas. Eram preguiçosos, bêbados, barulhentos... o tempo todo. Nós, seus filhos e companheiros membros da tripulação, estávamos totalmente esquecidos. Então, decidimos tomar o navio deles.

Ergo uma sobrancelha, sem acreditar.

— Você espera que eu acredite que seu pai, um senhor pirata, se tornou preguiçoso, e que isso motivou todos vocês a tomarem o navio?

— Você sabe como é ser criado por piratas... eu vi suas cicatrizes. As nossas são menos visíveis. Eles quase não nos alimentavam, nos davam os trabalhos mais perigosos durante os roubos e os saques. Éramos espancados sempre que eles ficavam entediados, o que acontecia com frequência. Por fim, nós cansamos. E tentamos tomar o navio.

— E então vocês fracassaram.

— Sim, nós fracassamos. Eles nos acorrentaram, nos trancaram na carceragem e depois decidiram nos matar um a um pelo motim.

— Obviamente não conseguiram.

Riden balança a cabeça.

— Não, mas chegaram perto. Meu pai queria começar comigo. Eu era... uma decepção para ele. Não me tornei o que ele esperava de mim. Não me parecia com ele o suficiente. Não falava, andava ou bebia como ele. Acho que meu pai atribuía isso ao fato de eu e meu irmão termos mães diferentes..., mas, qualquer que fosse o motivo, Draxen sempre foi mais como ele. Você tem irmãos ou irmãs, Alosa?

— Hoje tenho certeza de que deve haver uma centena deles. Meu pai tem bastante... apetite. Mas sou a única que ele reconheceu. Se há outros, eu não os conheço.

— Entendo. Eu fui criado com Draxen. Nós fazíamos tudo juntos, brincávamos e lutávamos. Ele sempre cuidou de mim, por ser o irmão mais velho. Quando meu pai gritava comigo e me batia, Draxen saía em minha defesa. Ele sempre foi meu protetor, durante nossa infância, na época em que ele era maior do que eu. Então nós crescemos, e eu pude começar a cuidar dele em troca.

Normalmente, aqui é onde eu lançaria uma bela quantidade de sarcasmo. A história de Riden é muito melosa. Sinto, porém, uma estranha necessidade de ficar quieta. De ouvir.

— Temos um laço forte. É a coisa mais forte que eu tenho na vida. E eu jamais faria nada para estragar esse laço, porque toda a minha vida foi construída ao redor disso. Sem ele, eu não sei o que eu seria. Talvez nada de bom.

Eu me pergunto como seria ter algo assim. Alguém em quem você confia e a quem chama de amigo desde a infância. Tenho boas mulheres a bordo da minha tripulação, em quem confio e a quem chamo de amigas, mas são todos encontros recentes. Nos últimos cinco anos, mais ou menos. Não tenho nada que vem desde que eu era pequena.

Exceto meu pai, é claro.

— Meu pai estava prestes a me matar pelo que presumia ser meu último ato decepcionante. Então Draxen chegou. Ele se livrou dos homens que o mantinham preso e veio me resgatar – mais uma vez –, aquele ato salvou minha vida. No momento mais importante, Draxen escolheu a mim em vez do nosso pai. Eu devo minha vida a ele, e também minha aliança. Ele é a melhor coisa que tenho, e eu jamais faria algo para machucá-lo ou traí-lo.

"Draxen então usou sua habilidade com a espada contra nosso pai. Mas meu pai era um excelente espadachim, mesmo bêbado e preguiçoso. Ele desarmou Draxen e estava prestes a matá-lo. Mas eu peguei a espada caída do meu irmão. E eu o matei."

— E o que aconteceu depois disso? — pergunto.

— Matar nosso pai teve um efeito estranho em Draxen e em mim. Nós nos sentimos mais livres depois que ele se foi, mais fortes. Lutamos até chegar à carceragem. Soltamos todo mundo. E tomamos o navio.

— Simples assim?

— Bem, deixei de fora a parte das lutas, mas tenho certeza de que você sabe como é a aparência de uma luta.

E o cheiro, a sensação e o gosto.

— Agora me fale sobre suas cicatrizes — pede Riden.

Um acordo é um acordo. Eu conto para ele, mas não quero que ele sinta pena de mim. Por isso, declaro tudo como se fossem apenas fatos. Sem sentimentos. Sem remorso. Conto tudo sobre meus testes de resistência, os rigorosos treinos de luta, as provas regulares a que meu pai me submetia. Não entro em muitos detalhes. Ele só precisa ter uma noção da minha vida com meu pai para ficar satisfeito com o fato de que não menti para ele ao dizer que compartilharia uma história se ele fizesse isso.

E, no fim, Riden pergunta:

— Todos os homens do seu pai foram treinados da mesma maneira?

— Bem, sou a única que ele treinou pessoalmente, mas... — paro rapidamente de falar.

— O que foi?

— Por que você quer saber sobre o treinamento deles? Esse é outro maldito interrogatório? — Saio da cama imediatamente, em um pulo, empurrando metade do peso de Riden para longe de mim no processo. — Não acredito em você. Que diabo é isso, Riden? Você me mostrou gentileza e agora espera que eu me abra com você, é isso?

Riden dá de ombros.

— Você é uma mulher e é a filha do rei pirata. Algo me diz que você não se dobraria sob tortura. Precisávamos abordá-la de um jeito diferente.

— Maldito seja você e sua maldita tripulação. Alguma coisa disso é real?

Riden se senta e me olha com seriedade.

— Alguma coisa do quê?

— Sua história, isto. — Gesticulo na direção do quarto. — Todas essas gentilezas são só um jeito de me fazer abrir a boca?

Ele se levanta e coloca as mãos nos meus ombros.

— A maior parte é real, Alosa, ainda que não devesse ser.

Eu o empurro e faço uma careta por causa dos ferimentos de ontem.

— E o que isso quer dizer? Você está interpretando um papel. O imediato em conflito. Você é uma mentira.

— Assim como você. Por que não me conta o que realmente está fazendo neste navio?

— Não estou fazendo nada! — eu grito. — Me deixe ir embora! Eu quero ir agora!

É difícil manter as aparências quando estou tão furiosa. Mas precisa ser feito.

— Não posso fazer isso. Não, a menos que você me diga onde é o esconderijo do seu pai. Então podemos levá-la direto para ele.

Posso sentir todo o meu corpo tenso. Vou explodir se não bater em alguma coisa.

— Ah — diz Riden. — Já conheço esse olhar. Vou deixar você sozinha por um tempo.

Ele sai do quarto um pouco antes de o meu pé se conectar com a porta.

Tento dizer a mim mesma que não importa. Por que eu me incomodaria se Riden está tentando tirar informações de mim? Eu já sabia que ele estava fazendo isso. Só não esperava que ele fosse usar uma abordagem sentimental.

Nada mudou. Ainda estou tentando conseguir o mapa. Enquanto mantiver a localização da fortaleza do meu pai em segredo, posso continuar procurando. E daí se Riden fica um pouco esperto de vez em quando? Ele não pode me tocar.

Estou sentada na beira da cama de Riden, esperando o dia acabar, quando a porta se abre. Seria demais desejar que não fosse Riden?

Ele segura meu braço.

— O capitão quer ver você.

Tento dar um soco no estômago dele, mas ele já estava esperando. E segura meu punho.

— Pare com isso, Alosa. Vamos ver o que ele quer.

— Não quero ver o que ele quer. Cada vez que vejo Draxen, algo terrível acontece. Quero que me deixem em paz. Cansei de você e cansei de estar neste navio.

— Vamos lá. — Ele me arrasta até a porta. — Não vai acontecer nada terrível.

Olho com ceticismo para ele.

— *Provavelmente* nada terrível vai acontecer. Apenas dê para Draxen o que ele quer.

— Que tal eu dar para Draxen o que ele merece?

Ele ri enquanto me arrasta pelo restante do caminho. Escada acima. Até os aposentos de Draxen.

— Ah, aqui está ela — diz Draxen. Ele já está com dois de seus homens: Kearan e Ulgin. Eu controlo um tremor. — Acho que é melhor manter a princesa acorrentada quando ela não estiver trancada. — Ele faz um gesto com a cabeça para Ulgin, que tira um par de algemas do seu cinturão.

— Ela ainda está fraca por causa de ontem, Capitão — Riden diz, acenando com a cabeça na direção dos meus pulsos. — Não acho que seja necessário.

— Se é o que você diz, Riden. Alosa, sente-se.

— Acho que prefiro ficar em pé.

— Eu não estava pedindo.

Riden me leva até uma cadeira e coloca pressão em meu ombro. Relutante, eu me sento. Se eu não gostar do que vai acontecer a seguir, sempre posso me levantar.

— Recebemos notícias do seu pai ontem.

— E como isso é possível? Me disseram que ninguém conhece a localização dele.

— Temos usado pássaros Yano.

Eu não esperava ouvir isso. Pássaros Yano são usados para levar mensagens pelo mar. São rápidos e excelentes navegadores. Também são perfeitos para comunicações silenciosas, porque as aves não emitem uma nota de canto. Mas são extremamente raras. Tanto que meu pai só tem cinco delas.

— Como conseguiram uma? — pergunto.

— Tenho uma tripulação com homens muito bons em fazer coisas. Sua preocupação deve ser com o que vai acontecer com você nos próximos cinco minutos. Quero saber onde fica a fortaleza do seu pai.

— Ele não lhe disse na carta? Que surpreendente.

Draxen faz cara feia ao ouvir meu tom de voz.

Eu pergunto:

— O que exatamente dizia o bilhete dele?

— Ele está disposto a negociar um resgate. Eu só preciso dizer a quantidade e o local.

— Faça isso, então.

Draxen dá seu sorriso maligno, mostrando o dente de ouro. É um sorriso calculado, malicioso, que combina com seus olhos frios. Tão diferente do jeito como Riden sorri quando acha que tem alguma vantagem sobre mim. O sorriso de Riden é vitorioso, até arrogante, claro, mas, de algum modo, inofensivo. O de Draxen, contudo, é repleto de veneno.

— Veja bem — diz Draxen —, eu tenho a sensação de que vou aparecer e ser cercado por dez das naves do seu pai. Acho que seria muito melhor surpreendê-lo e negociar enquanto ele não estiver preparado, não acha?

— A promessa de paz do meu pai não é suficiente para você?

— Riden me informou que você é especial para seu pai. Parece que, no que se refere a você, não podemos contar com promessas. Precisamos de algo mais com o que trabalhar. Eu disse a você o que aconteceria se continuasse a não cooperar com Riden. Estou impaciente e preciso da localização do seu pai, agora!

— Não vou dá-la para você.

Draxen trava os dentes e balança a cabeça violentamente para o lado.

— Eu ia deixar Ulgin cuidar de você se não cooperasse, mas descobri que estou com muita vontade de eu mesmo lidar com esse interrogatório.

Isso não vai ser agradável.

Draxen vem atrás de mim e puxa minha cabeça para trás pelo cabelo. Faço uma careta com a dor. Ele acerta a lateral do meu rosto com o punho cerrado.

— Onde fica a fortaleza de Kalligan, garota?

Eu não respondo. Ele me bate novamente.

— Draxen. — É Riden.

— O que foi?

— Não acho isso certo.

— Então saia. Isso precisa ser feito, e você sabe. — Recebo outro golpe na cabeça. Meu nariz começa a sangrar.

Você não pode revidar, digo para mim mesma. Você pode matar Draxen depois que tudo tiver terminado, mas agora você não pode revidar. É a voz do meu pai em minha mente.

— Draxen, por favor — Riden tenta novamente.

— Eu disse "saia", Riden. — Draxen me bate com a outra mão. Esse golpe dói mais profundamente. Acho que é o anel em sua mão, aquele com o selo da linhagem de Allemos. Corta minha bochecha.

— Irmão — Riden tenta novamente, desta vez com mais força. É a postura mais incisiva que já o vi ter.

Os olhos de Draxen devem estar acesos com a sede de sangue. Mas ele para ao ouvir a palavra. Ele suspira, como se quisesse limpar a mente.

—Tudo bem, Riden. Se você insiste. Está pronta para falar, princesa?

Eu permaneço em silêncio.

— O que você acha, Riden? — pergunta Draxen, e não gosto do novo tom que sua voz adquire. — O rei pirata não precisa de uma filha com cabelo, precisa?

Ouço uma faca deslizar da bainha.

Riden não protesta ao ouvir isso. Por que protestaria? Não dói cortar o cabelo de alguém, mas ele parece não entender o valor que o cabelo de uma mulher tem para ela.

E não tenho intenção de perder o meu.

— Pare! — Gotas de sangue saem da minha boca quando exclamo. O sangue do nariz escorreu até a boca.

Kearan inclina a cabeça para o lado e fala pela primeira vez.

— Era disso que precisávamos? Do maldito cabelo dela?

— Para interrogar uma mulher, você precisa pensar como uma mulher — diz Draxen.

— O que é estranhamente fácil para você — eu comento.

Apesar dos protestos anteriores de Riden, Draxen me bate mais uma vez. Mas eu não me importo. Esse golpe eu mereci. Os outros piratas na sala têm o bom senso de não rir.

— A localização, Alosa — Draxen exige.

— Pico Lycon. Vocês conhecem? — pergunto.

— Sim. — É Kearan quem responde naturalmente. Enwen me disse que, no passado, Kearan foi viajante e aventureiro.

— A fortaleza fica a duas semanas de barco dali, navegando para nordeste.

— Isso é possível? — pergunta Draxen. — Existe alguma coisa para aquelas bandas?

Kearan diz:

— É bem possível que existam algumas ilhas pequenas por ali.

Draxen solta meu cabelo e fica em pé diante de mim.

— Se estiver mentindo, garota, vou cortar seu cabelo e uma mão.

— Você realmente acha que vai ter sucesso em se esgueirar na fortaleza do meu pai? Assim que estiver lá, meu pai vai enforcar todos vocês.

— Vamos correr o risco. Riden, leve a prisioneira de volta para os aposentos dela. Depois me traga um mapa. Kearan, nos encontre no leme para traçarmos nossa rota.

Alguns momentos mais tarde, estou de volta ao quarto de Riden, segurando uma toalha no nariz, enquanto ele revira a pilha de mapas em sua escrivaninha.

Ele não consegue ver meu imenso sorriso embaixo da toalha. Não é só porque eu praticamente destruí todos os seus mapas. Eu tampouco tive que dar a localização da fortaleza do meu pai. Não, a localização que dei para eles foi a que meu pai e eu discutimos antes que eu partisse para essa missão. Meu pai e vários de seus homens esperarão ali, até que eu retorne com o mapa. Sabíamos que Draxen tentaria descobrir onde fica a fortaleza. Já tínhamos uma localidade em mente para entregar se as coisas ficassem feias.

O único problema é que agora eu tenho um prazo para encontrar o mapa. Preciso fazer isso antes de alcançarmos meu pai, ou ele *não* ficará satisfeito.

E coisas ruins acontecem quando ele não fica satisfeito.

CAPÍTULO
11

Riden me deixa sozinha por várias horas naquele dia. Ainda que meu rosto não esteja mais latejando (eu sempre sarei rápido), meu estômago dói ferozmente pela falta de comida. Faz um dia e meio que não como nada.

Tento imaginar que estou na fortaleza, participando de um dos grandes banquetes do meu pai. Ele costuma servir todo tipo de carne, de carne de porco a carne de boi, passando por todas as aves. Minha boca se enche de água quando imagino o gosto dos vegetais no vapor, das frutas açucaradas, das tortas e vinhos, dos pães e dos queijos. Se não me alimentarem hoje, terei que me arriscar e dar um pulo na cozinha esta noite.

Mas eu não precisava ter me preocupado.

Sinto o cheiro de algo quente e delicioso do outro lado da porta.

Assim que Riden entra, arranco uma das tigelas de suas mãos.

— Cuidado — diz ele. — Ainda está quente.

Eu não me importo. Queimo uma parte da língua quando tomo alguns goles da sopa. Mal sinto o gosto, enquanto o líquido desce ardendo até meu estômago. Quando esvazio a tigela, pego a que está na outra mão de Riden e começo a devorá-la também.

— Sinto muito. Eu não tinha percebido quanto tempo fazia que você não comia, devia ter me falado.

Não olho para ele enquanto como. Já tenho comida suficiente em mim agora para usar pacientemente a colher e soprar antes de comer. Meus dentes mastigam ansiosos os legumes e as batatas na mistura.

Quando termino a segunda tigela, largo-a no chão e volto para a cama. Ainda me sinto mais fraca do que o normal. Pode ser meio-dia, mas alguma coisa me diz que eu poderia cair no sono agora e só acordar amanhã de manhã. Foram noites demais com poucas horas de sono.

Meus olhos estão fechados, mas consigo ouvir Riden se movendo pelo quarto.

— O que você está fazendo?

— Tentando arrumar a bagunça que você deixou.

— Dá para fazer isso em silêncio? Estou tentando dormir. Tive alguns dias difíceis, sabe?

Ele bufa, mas o barulho de arrumação do quarto continua.

— É uma boa ideia você arrumar o quarto todo — digo. — Vou precisar de alguma coisa para fazer amanhã.

Ouço um barulho alto de pancada, quando ele joga o que quer que estivesse segurando. Meus olhos se abrem quando Riden me levanta pelos braços.

— O que você está fazendo? — exijo saber. — Não pode continuar me tocando como se eu fosse uma criança pequena que você pode pegar e levar para onde quiser, sempre que quiser.

— Se você insiste em continuar agindo como criança, então não há motivo para que eu não a trate como uma.

— Do que, em toda Maneria, você está falando?

— Meu quarto! — Ele funga. — Olhe para ele. Está *imundo*. Metade das minhas coisas está estragada, graças aos seus malditos desenhos. Eu devia jogar você ao mar!

— Você me trancou aqui! O que achou que ia acontecer? Você devia se jogar ao mar, por ser um completo idiota. E, se quer me punir, então devia deixar o capitão continuar fazendo isso, em vez de pedir para ele parar!

— Está reclamando porque eu ajudei você?

— Eu tinha tudo sob controle.

— Ontem mesmo você estava fazendo um escândalo porque eu não a defendi. Não dá para fazer as duas coisas. Então escolha uma!

— Por que você se importa com o que eu quero? Por que não tem culhões para fazer o que quer?

Riden suspira e olha para o teto.

— Pare de fazer isso.

— Fazer o quê?

— Você é uma mulher. Aja como tal. Você não devia usar palavras tão...

— Eu uso as palavras que quero. Não sou uma dama, sou uma pirata!

— Bem, você não devia ser!

— E por que não? Sou bastante boa nisso.

— Porque piratas não deviam ter sua aparência e falar como você fala e fazer o que você faz. Você é confusa, e está mexendo com a minha cabeça.

— E como é que isso é culpa minha? Tenho certeza de que sua cabeça já era bastante perturbada muito antes de eu aparecer.

Sinto o hálito de Riden no meu rosto. Ele está tão perto, e está tão zangado, que quase quero rir.

— Não, não era — ele insiste.

E então está me beijando.

Mas que... eu interpretei mal para onde isso estava indo. Eu queria irritá-lo, tirá-lo do sério. Mexer com ele porque está trabalhando para o inimigo, mas não esperava que o resultado fosse ele ficar todo piegas para o meu lado.

Mas é claro que não posso descrever isso exatamente como piegas. É pura irritação expressa como necessidade física. Interessante.

Já beijei muitos homens, tanto piratas quanto proprietários de terras. Em geral, isso acontece antes que eu roube alguma coisa deles, ou porque estou entediada.

Neste momento, não tenho certeza se tenho uma desculpa. Na verdade, tenho certeza de que há vários motivos pelos quais eu não devia beijá-lo. Só não consigo pensar em nenhum deles por enquanto.

Talvez seja porque os lábios de Riden têm o gosto melhor do que eu imaginei. Ou porque suas mãos fazem minha pele formigar, enquanto ele segura as laterais do meu rosto. Talvez seja a emoção de fazer algo que meu pai não aprovaria. Quero dizer, ele não faz exatamente o tipo superprotetor. Ele não se incomodava em nada com meus flertes. Mas ele definitivamente ficaria irritado se soubesse que estou beijando o inimigo, em especial quando não tenho nada a ganhar com isso. Não, espere, não é verdade. Pode ser algo realmente vantajoso ter o imediato de quatro por mim.

Quando os lábios de Riden se movem para meu pescoço, eu me esqueço completamente do meu pai. Não há nada exceto calor e frio ao mesmo tempo. Ele alcança a base do meu pescoço, e eu solto um gemido suave.

Ele retorna aos meus lábios com uma nova intensidade. A queimadura na minha língua lateja quando ele passa sua língua bem no lugar. Eu arranco o cordão que prende seu cabelo e passo meus dedos por seus fios.

O momento é perfeito.

Mas esse pensamento me atinge como um martelo: *isso não devia ser perfeito*. De fato, não é. Passei tempo demais sem me alimentar ou dormir direito. Isso está me fazendo agir como uma prostituta tola de uma taverna. Não posso fazer isso. Tenho um roubo a realizar.

É com grande esforço, não do tipo físico, que empurro Riden para longe.

O peito dele arfa. Tenho certeza de que o meu também.

— Já chega — eu falo.

— Você está sangrando novamente — diz Riden, tocando em um ponto na minha bochecha.

Eu não senti que o corte tinha aberto de novo.

— Provavelmente é sua culpa.

— Tenho certeza de que você acredita que a maioria das coisas é.

— É claro.

Ele sorri e começa a se inclinar na minha direção novamente, e fico muito tentada a deixá-lo reduzir a distância. Não seria tão difícil se ele não fosse tão bom nisso. Mas o que eu falo é:

— Eu disse já chega.

Ele dá um passo para trás rapidamente, como se não confiasse em si mesmo quando está perto de mim.

— Tenho deveres a cumprir — anuncia ele, dando meia-volta.

— Garanto que sim.

Eu gostaria de não ter que esperar até o anoitecer para continuar minha busca pelo navio. Tudo o que tenho para fazer quando fico sozinha é pensar. E pensar é a última coisa que quero fazer agora.

Eu preferia estar batendo em alguma coisa.

Enwen vem mais tarde, me trazer outra refeição. Dou um sorriso assim que ele se retira. Riden é um covarde. Ele não quer me encarar, talvez o beijo tenha sido uma boa ideia. Certamente vai valer a pena observá-lo todo incomodado mais tarde.

Tiro uma soneca rápida, para estar pronta ao anoitecer. É tentador voltar a dormir assim que acordo, mas não tenho tempo a perder agora que Draxen e sua tripulação estão indo ao encontro do meu pai. É tarde quando Riden entra no quarto novamente. Ele parece surpreso em me ver.

— Ah, eu pensei que você estaria dormindo.

— Você quer dizer que esperava por isso — digo com um sorriso.

— E perder qualquer que seja o comentário mal-humorado que você tem para mim? Sem chance.

— Não tenho um comentário mal-humorado preparado.

— Que pena. Eu esperava uma reprise do que aconteceu depois do último.

— Claro que sim. Infelizmente para você, estou um pouco cansada.

— Então por que não está dormindo?

— Estou me preparando para isso.

— Parece mais que você estava esperando por mim.

Ah, por favor. Talvez eu devesse nocauteá-lo esta noite. Não posso fazer isso, no entanto. Ele se lembraria de manhã. E eu não teria explicações para ter batido nele e ainda permanecido no navio. Não posso ir embora até encontrar o maldito mapa desaparecido!

— Vou dormir agora, Riden. Bem aqui. — Saio da cama e me sento na cadeira.

— Você vai dormir aí?

— Sim.

— Por quê?

— Porque eu quero, tudo bem? Qual o motivo de tantas perguntas?

— Sou seu interrogador, lembra?

— Neste momento você está de folga, então vá dormir.

— Por que você quer tão desesperadamente que eu caia no sono? Espera subir na cama depois que eu tiver apagado?

— Na verdade, quero o silêncio que vem depois disso.

Riden olha para o quarto.

— Sabe, é realmente bem difícil dormir sabendo como meu quarto está imundo. Talvez eu fique acordado até você surtar.

Estou irritada. E talvez, se não estivesse tão irritada, não tivesse partido tão rapidamente para essa solução. Mas estou impaciente depois de passar o dia todo sentada. Tive meu rosto esmurrado. Ainda estou mal-humorada pela falta de sono, e, honestamente, ainda estou com fome.

Então, começo a cantar. A melodia é profunda e tranquilizadora. Sinto todo o meu corpo cantarolando com a energia que sai de mim. Posso sentir cada canto do quarto. O jeito como o som reverbera na madeira, entra pelos cobertores e penetra nos ouvidos de Riden.

Ele se aproxima, tentando ouvir melhor a música. Faço a vontade dele, eliminando a distância que nos separa. Pego sua mão e o levo até a cama. Ele me segue, capturado pelo meu encanto. Sei o que Riden quer na vida: amor e aceitação. Coloco isso na música e ordeno que ele durma e se esqueça de que algum dia me ouviu cantar.

Ele não tem alternativa senão obedecer.

CAPÍTULO
12

Sinto o esperado desejo pelo oceano. Sempre me sinto assim depois que uso meu canto. Meu peito dói. Queima, ansiando ir para debaixo d'água, onde ele pode ser acalmado e nutrido. Não preciso da força do oceano para sobreviver, só para reabastecer minha música – para fortalecer a parte de mim que tento manter escondida. Reabastecer minhas habilidades tem suas consequências. A outra parte de mim tenta tomar conta, algo que não posso arriscar até ter completado minha missão.

Sou em grande parte humana. No entanto, quando me permito usar os dons que minha mãe me deu, me torno outra coisa. E me mata um pouco por dentro cada vez que preciso lutar contra isso.

Volto para o quarto de Riden um pouco antes do nascer do sol. Preciso colocar a chave da porta de volta no bolso dele.

Mas Riden geme enquanto se senta na cama. Eu me afasto rapidamente da porta e pulo na cadeira perto de sua escrivaninha.

— O que aconteceu? — ele pergunta, levando a mão à cabeça.

— Está com dor de cabeça? — indago. — Você estava gemendo muito enquanto dormia.

— Não, não está doendo. Parece...

Já cantei para muitos homens no passado. Aqueles a quem permiti manter a lembrança da experiência tentaram me explicar como é a sensação. Me contaram que é eufórica. Que é uma mistura de prazer e felicidade. Quando os faço dormir, eles sonham comigo a noite toda. Enquanto eu crescia, não havia muitos homens que me deixavam praticar meu canto com eles, mas eu praticava mesmo assim. Afinal, eu não tinha minha mãe por perto para me ensinar. Com o tempo, meu pai conseguiu manter minhas habilidades conhecidas apenas por um grupo seleto. Ele não queria que seus rivais soubessem o quanto sou poderosa. As habilidades de luta que ele me ensinou, sozinhas, já me tornam perigosa. E, sendo meio sereia... bem, isso me torna mortal.

— Parece o quê? — pergunto.

— Nada — diz ele rapidamente. Ele se retraiu para sua mente, revirando suas lembranças e seus sonhos. Em geral, acordar deixa minhas vítimas desorientadas.

Ainda que seja divertido vê-lo lidar com seus pensamentos, preciso devolver a chave antes que Riden perceba que ela sumiu.

— Você dormiu bem? — pergunto. — Teve bons sonhos? — Sei que ele sonhou comigo, mas isso não significa que quero saber o que eu estava fazendo em seu sonho.

Claro, não espero que Riden seja honesto.

Ele parece aturdido por mais alguns instantes. Então parece se recompor.

— Sim. O que aconteceu ontem? Eu não consigo...

Olho para ele com severidade.

— Você andou bebendo?

Ele se senta, colocando os pés descalços no chão.

— Eu não bebo com tanta frequência. E nunca o suficiente para ficar bêbado. Em especial, não quando preciso vigiar você.

— Mas você não se lembra da nossa noite juntos? — Estou pensando rápido. Preciso me livrar dessa chave. Tenho que encontrar uma desculpa para me aproximar dele.

— Nossa noite juntos? — Riden parece mais confuso do que nunca.

Eu me movo até me sentar em seu colo, encontrando uma posição confortável enquanto passo os braços ao redor de seu pescoço. Riden fica paralisado.

— Você não se lembra mesmo? — sussurro de forma sedutora em seu ouvido. Minhas mãos estão em seus ombros. Levo uma delas até seu peito. Ele é sólido como rocha, mas a pele é suave e quente. Quando alcanço sua cintura, coloco a chave no bolso de seu culote.

É realmente como roubar, só que ao contrário.

Riden solta a respiração e coloca as mãos nos meus quadris.

— Por que você não me recorda?

Deslizo minhas mãos pelos braços dele, até entrelaçar nossos dedos.

— Teve um pouco disso.

— Hummm hummm.

— E disso. — Pressiono meus lábios nos dele e o beijo gentilmente. Ele responde do mesmo jeito.

— E depois, o que aconteceu? — ele sussurra quando me afasto um pouco e deslizo meus lábios pela sua orelha.

— Então... — Faço uma pausa e me inclino mais sobre ele. — Você prometeu me ajudar a sair deste navio.

Ele me inclina para trás, como se fosse me deitar na cama. Então me larga. Atinjo os lençóis com um golpe suave.

— Acho que eu me lembraria disso — diz ele, empurrando minhas pernas na cama também.

— Não se preocupe — respondo. — Tenho certeza de que em pouco tempo tudo voltará à sua memória.

— Enquanto isso, Draxen está me esperando. — Ele vai até o armário e remexe nas roupas que deixei amontoadas no chão, resmungando de desgosto enquanto procura o que quer.

Assim que encontra o que está procurando – um culote limpo –, ele começa a tirar o que está usando, observando minha reação enquanto faz isso.

— Pare com isso — digo, me virando para o outro lado.

Ele dá uma risadinha.

Eu devia manter a calma, e não devia ter me virado. Se eu simplesmente tivesse dado de ombros, como se aquilo não me incomodasse, Riden não estaria se divertindo tanto. Ele teria trocado de roupa em outro lugar, tenho certeza. Mas tudo começou tão de repente que eu não tinha uma resposta preparada. Não há nada que eu possa fazer agora.

— Com você confinada neste quarto — diz ele —, como espera que eu consiga vestir roupas limpas?

— Vá se vestir no quarto de Draxen! — retruco.

— Qual a graça disso?

Dou um suspiro zangado, enquanto espero que ele termine. Escuto o barulho do tecido, da fivela do cinturão, o baque das botas recém-calçadas no chão – e espero que tudo pare.

Estou prestando tanta atenção aos ruídos que nem sequer registro que as botas estão se movendo na minha direção até que sinto uma mão nas minhas costas.

Os lábios dele estão no meu ouvido.

— Você já pode olhar agora, Alosa. — Ele passa os lábios pela lateral da minha cabeça antes de ir embora.

Não percebo como estava tensa até que todo o meu corpo relaxa.

Suponho que devia morrer de tédio nos dias que seguem, mas não é o que acontece. Riden vem ao seu quarto com frequência para ver como estou. Conversamos até que ele tenta transformar a conversa em um interrogatório. Ele quer saber coisas, como a planta da fortaleza do meu pai, qual a frequência com que os navios de suprimentos fazem suas entregas, quantos homens protegem o local e assim por diante. Não digo nenhuma dessas coisas para ele. Vou morrer antes de entregar qualquer informação. Bem, na verdade, morreriam, já que eu não permitiria que me matassem.

Notei que Riden vem me mantendo a distância. Mesmo assim, ele não consegue evitar quando o provoco durante nossas conversas. É engraçado vê-lo lutar, tentando encontrar um equilíbrio comigo. Brincar com Riden é certamente mais divertido do que revirar o navio. Fico um pouco mais ansiosa a cada noite que passa sem que o mapa apareça. Verifico nosso trajeto com frequência, tentando calcular quanto tempo resta antes que eu precise apresentar o mapa para meu pai. Passamos pelo Pico Lycon e começamos a navegar para nordeste.

Não vai demorar muito agora.

Acordo cedo, embora tenha ido tarde para a cama. Estou preocupada demais para continuar dormindo, então fico encarando o teto, repassando tudo mentalmente. Reviso cada lugar que já verifiquei, procurando alguma coisa que possa ter passado desapercebida. Minhas duas semanas estão quase no fim. O ponto de encontro pode aparecer no horizonte a qualquer momento.

— Você acordou cedo — diz Riden, deitado ao meu lado.

— Não consigo dormir — respondo.

— Está preocupada com alguma coisa?

— Na verdade, foi o seu ronco que me manteve acordada.

Ele sorri.

— Eu não ronco.

— Meus ouvidos discordam.

Ele vira de costas, encarando o teto comigo.

— Me diga o que está preocupando você.

— Além do fato de que estou sendo mantida refém por piratas inimigos?

— Sim — diz ele simplesmente. — Além disso.

Bem, não posso responder para ele que o problema é que Draxen ou o pai deles escondeu o mapa em algum lugar que não consigo descobrir. Em vez disso, eu pergunto:

— Qual a coisa mais imprudente que você já fez para tentar impressionar seu pai?

Ele fica em silêncio.

— Você sofre quando fala sobre ele? — pergunto.

Ele nega com a cabeça.

— Não, não é isso. Tento não pensar nele porque eu o odiava muito.

— Eu entendo. — Espero para ver se ele vai responder à minha pergunta.

Ele suspira.

— É difícil dizer. Fiz muitas coisas imprudentes.

— Me conte uma delas.

— Tudo bem — ele responde, pensativo. — Uma vez, quando navegávamos em alto-mar, nós pilhamos um navio antes de queimá-lo. Meu pai derrubou um baú cheio de joias no oceano enquanto tentava levá-lo para nosso barco. Eu mergulhei atrás dele.

— Acho que talvez devêssemos repassar o significado de *imprudente*.

— Havia enguias-acura na água, acabando com os marinheiros que sobreviveram ao ataque inicial no barco.

Viro a cabeça na direção dele.

— Agora sim. Isso *foi* imprudente. — Enguias-acura são mais temidas que tubarões. São mais rápidas e mais sensíveis ao sangue humano. Em alguns casos, são maiores e têm mais dentes. Na maior parte do tempo elas permanecem no fundo do oceano, mas, se sentem uma perturbação na superfície, vêm investigar.

— Você conseguiu recuperar o baú para ele? — eu pergunto.

— Não. Uma enguia foi atrás de mim. Draxen viu e jogou uma corda. Ele me tirou da água bem a tempo.

— O que seu pai fez?

— Tentou me jogar na água de novo, para pegar o baú, mas Draxen conseguiu convencê-lo a não fazer isso.

— Me parece que, se você não o tivesse matado, alguém teria feito isso em algum momento. Ele parece ter sido horrível.

— Ele era. — Riden se vira para olhar para mim. — Imagino que essa pergunta não tenha sido aleatória. Você está fazendo algo imprudente para impressionar seu pai?

— Faço coisas imprudentes só pela diversão.

— Não tenho dificuldade em acreditar nisso.

— Você sente que conhecia bem o seu pai?

Ele dá de ombros.

— Bem o bastante. Por quê?

Tenho que ser cuidadosa. Preciso fazer a conversa parecer inofensiva. Ele precisa achar que é tudo sobre mim.

— Meu pai confia em mim mais do que em qualquer outra pessoa no mundo, mesmo assim não consigo evitar o sentimento de que ele guarda segredos de mim.

— Todo mundo tem seus segredos. Nos sentiríamos expostos demais se não pudéssemos guardar algumas coisas para nós mesmos.

— Quais são... — Não, não posso perguntar a Riden sobre seus próprios segredos. Preciso manter a conversa focada. — Mas isso parece diferente. Você não conseguia perceber quando seu pai estava escondendo alguma coisa? Alguma coisa grande?

— Sim, geralmente.

— Meu pai tinha um esconderijo em seu navio, uma tábua solta no assoalho em seu quarto. Era onde deixava coisas importantes. Quando eu achava que ele não estava me contando alguma coisa, em geral eu encontrava seus planos e segredos ali. — Estou inventando tudo isso rapidamente. Espero que Riden não perceba.

Na verdade, meu pai tem um quarto na fortaleza no qual só ele entra. Sua fuga particular. Estive tentada várias vezes a espiar lá dentro, eu até fiz uma tentativa certa vez. Quando meu pai me encontrou do lado de fora, mexendo na fechadura, ele disse que, se eu estava tão interessada em portas trancadas, ele me colocaria atrás de uma.

E foi o que ele fez. Em uma cela bem profunda. Por um mês.

— Mas então, um dia — eu continuo —, o espaço embaixo do assoalho estava vazio. E nada foi guardado ali desde então.

— Ele descobriu que você sabia.

— Ou suspeitou que eu estava prestes a descobrir e não quis se arriscar.

Embora pareça natural, relaxado, Riden deve estar prestando atenção em cada uma das minhas palavras. Não tem como ele não estar esperando que eu conte alguns dos segredos do meu pai. Mas esse não é o propósito da conversa. Estou tentando descobrir os segredos de Lorde Jeskor.

— E quanto ao *seu* pai? — pergunto. — Ele tinha algum lugar para guardar seus segredos? Você já descobriu alguma coisa que não deveria saber? — *Você sabe onde ele escondeu sua parte do mapa?*

— Honestamente, eu nunca tive curiosidade suficiente para me importar com isso. Quando éramos mais jovens, Draxen me convencia a ajudá-lo a procurar painéis secretos no porão. Mas nunca achamos nada lucrativo.

Eu consigo entender isso. Já remexi em todos esses painéis.

Não posso negar que gosto de conversar com Riden, mas eu realmente esperava que alguma coisa de útil saísse dessa conversa. Algo que me fizesse perceber exatamente onde está o mapa.

Eu devia saber que não seria assim.

— Além disso, se houvesse algo importante para meu pai, ele provavelmente não perderia essa coisa de vista. É provável que ele a mantivesse consigo o tempo todo. E Draxen e eu nunca fomos tolos o bastante para tentar roubar alguma coisa dele.

Ah.

CAPÍTULO
13

Riden me deixa para ir buscar o café da manhã. Enquanto isso, pondero sobre minha própria estupidez.

Claro que você manteria algo tão valioso *consigo* o tempo todo.

Depois que Jeskor morreu, os filhos devem ter revistado seu corpo e ter encontrado o mapa. Draxen é um dos homens mais gananciosos que já conheci. Se ele já não sabia o que era o mapa, faria de tudo para descobrir. E assim que descobrisse...

Draxen é desprezível, abusivo e manipulador. É a última coisa que quero tocar neste navio.

Talvez seja por isso que nunca pensei em verificar se ele *carrega o mapa consigo*. É claro que ele faria isso. Onde mais você manteria algo que não quer que ninguém mais encontre? Aposto que esse foi o real motivo pelo qual Riden e Draxen se rebelaram contra o pai, tentaram tomar o navio dele e acabaram assassinando a tripulação original. Como poderia ser por algo menos que o mapa que leva ao tesouro de mil anos?

E pensar que posso ter estado perto dele tantas vezes.

Mas pode estar em qualquer parte dele. Em algum bolso de seu casaco, camisa, culote. Até enfiado em suas roupas íntimas. Ah, eu realmente espero que não esteja ali.

Infelizmente para mim, só tem um jeito de descobrir.

Não tenho escolha além de seduzir o capitão.

Eu *odeio* fazer isso. Mas de que outra forma posso ficar sozinha com ele? Eu poderia esperar até essa noite, quando ele estiver dormindo, mas não quero desperdiçar o pouco que resta da minha canção para *mantê-lo* adormecido. Draxen pode ter um sono mais pesado que o de Riden, mas como alguém continua dormindo enquanto outra pessoa está tirando toda a sua roupa?

Não, eu preciso agir agora. Assim que Riden retornar.

Não posso arriscar chegar ao ponto de encontro sem já ter o mapa para apresentar para meu pai.

É hora de usar o que minha mãe me deu.

Riden retorna com o café da manhã: mais ovos. Eu como rapidamente, e então lhe digo:

— Quero sair daqui hoje.

— Por quê? — ele pergunta, desconfiado.

— Porque estou presa aqui como o animalzinho de estimação de uma criança e quero sair.

— Se for para o convés, o capitão vai querer que você trabalhe.

— Tudo bem.

Riden se atrapalha com o prato vazio em sua mão, mas o pega antes que ele atinja o chão.

— O que você disse?

— Eu disse que tudo bem. Tem alguma coisa errada com seus ouvidos?

— Eu tive a impressão de que você não queria fazer nada que envolvesse sujar suas roupas.

— Desde pequena eu descobri que ser pirata significa se sujar de vez em quando. Só é preciso ser rico o suficiente para poder tomar banhos regulares e ter várias mudas de roupa. Falando nisso, quero vestir uma roupa nova.

— Mas você vai se sujar.

— Eu sei disso, mas já estou com esta roupa há dias demais. — Desde que me mudei para o quarto de Riden, Enwen vem me trazendo roupas limpas. É muito atencioso da parte dele, mas não tenho tempo de esperar que ele decida me trazer mais. Preciso estar limpa e apresentável para seduzir Draxen.

— Tudo bem, vou buscar algo para você — diz Riden.

— Não, eu quero que você traga todas as minhas coisas.

Ele bufa.

— Sem chance. Quem sabe o que mais está escondido ali? Vou buscar uma muda de roupa para você e apenas uma.

Enwen não atendia meus pedidos, mas valia a pena tentar de novo com Riden.

— Tudo bem, me traga a verde.

— A verde?

— Sim, você vai saber qual é quando a vir. E quero uma blusa limpa e uma meia-calça.

— Mais alguma coisa? Roupa de baixo, talvez?

— Eu não sonharia em lhe dar essa satisfação.

Ele dá risada.

— Você não tem exatamente como me impedir, não é?

Ele parte rápido demais para que eu acredite que está apenas fazendo um favor para uma dama. Ansioso demais. Talvez não quisesse ouvir meus argumentos, ou é a emoção de mexer nas minhas roupas de baixo.

— O que é isso? — Riden questiona algum tempo mais tarde. Ele nem sequer se incomoda de fechar a porta atrás de si quando retorna.

— Minhas roupas — respondo. — Honestamente, Riden, você por acaso esqueceu os nomes das peças de vestuário...

— Não — diz ele, interrompendo minha observação bastante espirituosa. — Isto não é um roupa. Mal cobriria uma criança!

— Ela estica, seu bobo.

— Estica! — ele exclama. — Não. Você *não* vai usar isto. — Em vez da peça verde, ele me joga um tecido roxo embolado que levava na outra mão. É um espartilho, mas este cobre o busto, em vez de ficar abaixo. É acompanhado de um capuz e tem mangas curtas acopladas.

— O que foi que minha blusa verde fez para ofender você? — pergunto.

— Você não é boba, Alosa. Você acha que um único membro da tripulação vai ser capaz de se concentrar em seus afazeres com você usando isto?

É exatamente esse o motivo de eu ter escolhido aquela peça. Preciso chamar a atenção de Draxen. Ele nunca olhou para mim como algo que não fosse uma inconveniência. Hoje essa situação tem que mudar, e preciso fazer isso sem desperdiçar o que resta da minha canção.

Ele é o capitão, e eu sou sua prisioneira, mas preciso que ele olhe para mim como mais do que isso. Ele precisa ser incapaz de me ver como qualquer outra coisa que não seja uma mulher. Naquela peça verde, é *impossível* ignorar esse fato.

— Dificilmente isso é problema meu — digo. — Quero o verde.

— Bem, você não vai tê-lo. Vou jogar aquilo em alto-mar.

— Pare com isso, Riden. Não é justo.

— Você é uma prisioneira. Nada precisa ser justo para você.

Tudo bem, vou precisar me virar com o espartilho roxo, mas não posso deixar de provocar Riden um pouco.

— Tem certeza de que não está acontecendo mais nada aqui, Riden?

— O que você quer dizer?

— Acho que você está agindo como um marido ciumento.

— Um o quê?

— Você sabe como é, homens aos quais as mulheres se prendem.

— Sim, eu sei o que é um marido. — Ele cerra os punhos e olha feio para mim. Riden fica horrivelmente bonito quando está zangado. — Não há nada do que ter ciúme.

— Então está dizendo que o fato de eu usar essa blusa não vai afetar você pessoalmente em nada?

— Nem um pouco.

— Então não há problema algum se eu usar, certo? Me dê aqui.

Ele cerra os dentes.

— Não.

Suponho que vou precisar me basear mais na minha linguagem corporal, mas acho que consigo. Eu consigo chamar a atenção de alguns homens mesmo se estiver vestindo um saco de batatas.

Draxen parece esperto. Esperto o suficiente para perceber se eu me esforçar demais. Preciso fazer isso com muito cuidado.

— Tudo bem. Saia para que eu possa me trocar. Ou não consegue lidar com o fato de saber que estarei nua em seu quarto?

Estou provocando-o, e ele sabe. Fico impressionada por ele conseguir me olhar feio mais uma vez antes de bater a porta.

Com dedos experientes, amarro o espartilho e prendo as mangas. Elas se curvam em pontos acima dos meus ombros. Coloco o capuz também. Se eu acabar fazendo alguma coisa constrangedora demais, pode ser bom ter algo para esconder o rosto.

Riden realmente me trouxe algumas roupas íntimas. Tento não pensar no fato de ele ter tocado nelas enquanto as visto com o restante das roupas. É incrível o que uma roupa nova consegue fazer com meu estado de espírito.

Saio do quarto de Riden como uma nova mulher – livre de sarcasmos, atitudes e moral. Tudo que presumo que possa atrair Draxen.

Hora de brincar.

Passei tanto tempo cercada por piratas que adotei meu próprio ar de superioridade, mas essa não é minha inclinação natural quando caminho. Sereias são criaturas de graça e beleza. São guiadas mais pelo instinto do que pelo aprendizado e hábitos. Deixo aflorar esse meu lado, aquele lugar que normalmente escondo.

Suponho que não preciso realmente da blusa verde.

Nesta forma, posso sentir exatamente o que os homens querem. E posso ser isso para eles, a fim de conseguir o que *eu* quero. Eles não podem esconder suas emoções de mim. Cada uma delas rodopia ao redor deles em uma névoa colorida.

Cada passo no convés é suave e gracioso. Meus movimentos são frágeis e angelicais. Meu rosto não mostra a inteligência à espreita em minha mente ou a força furtiva que me guia. Sinto cada fragmento do vento que desliza em minha pele. Sinto o sal no ar. Sinto cada fio de cabelo na minha cabeça e seu movimento ao meu redor.

As sereias são criaturas cuja própria existência depende de encantar os homens. Posso abraçar essa natureza sem esforço, mas odeio fazer isso. Não me sinto eu mesma.

Vivo no limite entre dois mundos, tentando desesperadamente me encaixar em um deles.

Cabeças se viram quando deixo os aposentos de Riden. Finjo não perceber.

— Para onde você gostaria que eu fosse? — pergunto para Riden. Minha voz está suave, e falo em um tom quase melodioso. Mas não estou encantando ninguém com minha voz. Não consigo controlar mais do que três homens de cada vez. Não me serviria de nada um navio com tantos homens, mesmo se eu tivesse canção suficiente em mim. Talvez eu não devesse ter usado tanto em Riden na noite passada, mas, depois que comecei, não consegui resistir.

Riden fica boquiaberto depois que falo. Ele me olha como se nunca tivesse me visto antes. De certo modo, não viu mesmo. Minha aparência não mudou em nada, só o jeito como me apresento. O jeito como ajo, falo, me movo. Assumi minha natureza de sereia e, ainda que pareça ser a mesma, os homens conseguem perceber que há algo diferente, e isso aguça seu interesse.

— O que está acontecendo? Por que todo mundo parou... — Draxen agora olha para mim. Por um instante, ele fica capturado, como todos os demais. Travo meu olhar no dele. Mostro meu interesse da mais sutil das maneiras. Ele balança a cabeça como se estivesse saindo de algum tipo de transe. — Voltem ao trabalho ou vai ter chibatada para todo mundo. Riden, o que ela está fazendo no meu convés?

Riden também sai do estupor momentâneo.

— Ela optou por trabalhar no convés em vez de apodrecer nos meus aposentos. Acho que está ficando um pouco inquieta, Capitão.

Draxen me olha com cuidado. Eu lhe dou um sorriso gentil que o faz engolir em seco antes de falar.

— Então as correntes a fizeram mudar de ideia, *princesa*?

— Sim, Capitão. — Nada de sarcasmo. Apenas sinceridade, inocência e submissão. Tento não estremecer quando a palavra entra na minha mente. Que palavra horrenda essa. Mas é o que preciso fazer para que essa coisa dê certo. Por meu pai, estou disposta a me tornar tudo o que odeio.

Riden e Draxen ficam parados, como se esperassem que eu dissesse mais alguma coisa. Ah, estão esperando algum comentário irônico que certamente seguiria. Que esperem. Alosa, a sereia, é a promessa da fantasia de um homem. Neste momento, estou concentrada em Draxen, tentando me tornar a fantasia dele.

Riden se vira para Draxen, como se ele tivesse algum tipo de resposta para meu comportamento. Se não estivesse tão sintonizada em meu papel, eu teria gargalhado.

Draxen está me vendo como se fosse a primeira vez. Ele vê minha fraqueza como sua força. Sou algo a ser dominado. Algo a ser controlado. Draxen gosta de corromper a inocência. Já matei homens demais para ser considerada inocente, mas é tudo uma questão de percepção.

Uma luz vermelha de interesse se acende sobre os ombros do capitão. Está lutando contra a luz laranja da indiferença. Ótimo.

E Riden – eu me viro na direção dele, lendo seus desejos. Ele não é nem um pouco capturado por essa forma. Riden gosta de um desafio. Ele gosta do jogo. Não sou nada atraente para ele desse jeito. Interessante. Mas pode tornar a decepção mais difícil. Neste momento ele está cercado de azul. Azul é confusão.

Passei anos tentando entender o significado das cores que vejo. Eu precisava perguntar aos piratas o que eles estavam sentindo quando estou desse jeito, para poder associar palavras com o que vejo. É difícil, porque as pessoas são menos inclinadas a falar quando estão mergulhadas na emoção. Mas consegui preencher os espaços em branco.

Espero, em silêncio. A personificação da paciência e da tolerância.

Riden parece prestes a desabar: ele estica o pescoço, tentando entender o que está à sua frente.

Mas Draxen é o capitão. Ele precisa ser exemplo para os demais, precisa se obrigar a recuperar o juízo mais rapidamente.

O homem tem uma reputação a construir, sendo o capitão novo e jovem que é. Definitivamente, Draxen é o alvo mais difícil do navio.

Se estivéssemos sozinhos, ele provavelmente estaria em cima de mim em cinco minutos. É incrível o que as pessoas fazem secretamente, quando as demais não podem ver suas ações. Este será o truque: conseguir ficar sozinha com ele. E, especialmente, longe de seu irmãozinho sempre perspicaz, Riden.

— Pelo amor das estrelas, alguém dê um esfregão para ela — diz Draxen.

Já há cinco homens no convés, limpando tudo com esfregões. O pirata mais próximo salta adiante, ansioso, e me entrega o seu.

— Obrigada — respondo, enquanto toco delicadamente o cabo de madeira com as pontas dos dedos.

Todo marinheiro se pega limpando o convés em algum momento. A tarefa é uma das que precisa ser feita com mais frequência para evitar o acúmulo de sal e o excesso de água. Eu mesma nunca tive que fazer isso, mas não posso demonstrar isso agora.

Começo minha tarefa, passando o esfregão em movimentos suaves. Dobro o corpo um pouco mais em lugares particularmente difíceis. Tudo o que executo tem um propósito. Estou ciente de cada movimento que faço e da reação de Draxen a ele. Quando a fantasia ataca, um homem fica com a impressão em sua mente de que tudo o que uma mulher faz é por ele. É o que está acontecendo neste instante com Draxen. Ainda que ele tente esconder, sei que está me observando. Ele não consegue entender a mudança, mas ele já nem me achava tão inteligente pra começo de conversa. E agora seu desejo cresce, ardendo em um tom cada vez mais vermelho.

— O que está fazendo?

Sou arrancada das emoções de Draxen quando Riden fala.

— Limpando o convés.

— Não, não estou falando disso. Você está agindo diferente.

— Diferente como? Pode me dar licença, por favor? Preciso limpar esse pedaço.

— Viu, só? É exatamente assim que você está agindo diferente. Desde quando você diz "por favor"? E por que está se movendo assim? Você parece ridícula.

— Você é livre para pensar como quiser — digo delicadamente, como se fosse um elogio.

— Pare com isso. — Ele arrasta palavras.

— Não quer que eu esfregue mais?

— Estou falando sobre seu comportamento. Pare com isso. É... é... errado.

— Não tenho certeza se entendo o que você está falando.

— Você está atraindo o tipo errado de atenção neste navio, moça. Isso vai colocá-la em apuros.

— E qual seria o tipo certo de atenção? A sua, talvez? — Não posso deixar de provocá-lo quando ele está assim. Além disso, ainda sinto Draxen atrás de mim. Dou uma espiada rápida e vejo que um pouco de verde está se esgueirando entre as cores dele. Ótimo. Draxen não gosta de me ver falando com Riden.

— Eu não quis dizer... — Riden começa a falar.

— Tem certeza que não? — Olho direto para ele agora. Me concentro em suas necessidades e desejos. Posso ver os desejos mais profundos de seu coração. — Você deseja felicidade, Riden, mas não tem coragem de ir atrás dela. É forte e corajoso de várias maneiras, mas, quando se trata de cuidar de si mesmo, você é fraco.

— Alosa — diz Riden, abaixando a voz. Sua expressão se tornou séria, e percebo que, o que quer que ele me fale a seguir, está sendo sincero. — Sinto muito pelo que aconteceu entre nós antes... se isso irritou você. Você não precisa retaliar fazendo isso.

— Você acha que tudo é por sua causa, Riden? Que pretensão equivocada essa sua. Estou cansada de lutar o tempo todo. Para mim, basta.

— Alosa, por favor. Você não percebe que está...

— Riden! — É Draxen chamando.

Riden solta a respiração lentamente. Talvez ele consiga analisar o irmão sem qualquer habilidade especial.

— Sim, Capitão.

— Traga a garota até aqui.

Riden não responde. Está olhando para mim. Ainda estou concentrada nele. As cores dele estão divididas. Ele está indeciso entre a lealdade que tem para com o irmão e o que sente por mim. Dois redemoinhos vermelhos inteiramente distintos – a cor mais difícil de decifrar. Com a maioria dos piratas, posso presumir com segurança que é luxúria. Mas não é o tom certo para o que Riden sente em relação ao irmão. Ou a mim.

Provavelmente é frustração.

— Riden! — o capitão o chama novamente.

— Estou indo, Drax. — Para mim, ele diz. — Aqui vamos nós. Largue isso aí. — E aponta para o esfregão e o balde.

Faço o que ele me diz. Riden estende um braço, indicando que quer que eu vá na frente. Pelo menos não vai segurar meu braço do jeito que tanto gosta.

Quando passamos pelos homens trabalhando, vejo Enwen, que está balançando a cabeça e sorrindo. Ele está *impressionado*. Assim como eu admirei suas habilidades de roubo, ele está admirando minhas próprias habilidades. Ainda que eu não consiga ler sua mente, consigo notar que ele vê através de mim. Ele pode não saber exatamente o que estou fazendo, mas reconhece outro ator quando se encontra com um.

É uma caminhada rápida pelo estibordo do navio, e subindo a escotilha. Paramos no castelo de popa, perto do leme.

— Isso é tudo, Riden.

— Tem certeza, Capitão?

— Sim.

— Mas ela pode...

— Sou perfeitamente capaz de cuidar disso eu mesmo.

— É claro. — Riden desce as escadas novamente. Assume posição na outra extremidade do navio, no castelo de proa, de onde é possível supervisionar todos os homens e mantê-los na linha. Observo que ele também tem uma visão clara de nós aqui. Mesmo dessa distância, dá para ler suas cores. É negro com um pouco de verde. Negro é medo. Por que Riden estaria com medo?

— Está liberado, Kearan — diz Draxen. — Vá se encher de bebida.

— Não precisa falar duas vezes. Só mantenha o navio seguindo para nordeste, Capitão.

Draxen assume o leme, enquanto Kearan vai embora, me dando um aceno de cabeça entediado quando passa por mim. Com isso, ficamos sozinhos no convés superior. Claro que estamos à vista da maioria dos piratas. Mas eles não conseguem ouvir nada do que pode ser dito. E dá para perceber que Draxen deseja falar. Peculiar.

— Você já pilotou um navio antes? — pergunta ele.

— Não — minto. É a resposta que ele quer ouvir. É um tolo por acreditar nisso. Sou a filha do rei pirata. É claro que já pilotei um navio.

Mas Draxen não está exatamente com a mente em sua melhor versão neste instante.

Ele segura minha mão e me posiciona diante de si. Eu seguro duas pontas aleatórias do leme.

— Não — diz ele. — Coloque uma mão aqui. — Ele move minha mão por mim. — E a outra aqui. Viu só? Não fica melhor assim? —

A voz dele é mandona e firme como sempre. Ele gosta de dizer aos demais o que fazer. É um bom traço em um capitão.

Não posso deixar de olhar de relance para a outra extremidade do navio. Riden não se mexeu de seu posto, e não consigo ver seu rosto para saber se a expressão mudou. Mas consigo sentir o que ele sente.

E ele *não* gosta de Draxen me tocando.

Então somos dois.

— Mantenha a proa do navio seguindo para nordeste. O sol está prestes a se pôr, então garanta que ele permaneça atrás de você, à sua esquerda. Assim que ele se puser, usaremos as estrelas para nos guiar.

Preciso de algum esforço para não revirar os olhos.

— Sério? — É uma pergunta inocente. Não sarcástica.

— Sim, todos nós devíamos venerar as estrelas. São tão úteis quanto são belas, algumas nunca mudam de posição e são constantes no céu. Sem elas, estaríamos perdidos.

— Fascinante.

Ele continua a tagarelar. Prefere que eu fique em silêncio. Sinto isso. Essa mudança em sua atitude não é realmente uma mudança. É mais uma performance. Todo mundo muda quando quer alguma coisa. E, neste momento, Draxen quer a mim. E como seria diferente? Estou lhe dando exatamente o que ele quer. Ele não pode fazer outra coisa além de me puxar cada vez para mais perto. Sua natureza pirata, mais sombria, é momentaneamente deixada de lado. Ele está tentando me encantar do mesmo jeito que eu o encanto. É uma resposta normal. Mas nunca dá certo, é claro.

Sou eu quem sempre está no controle.

CAPÍTULO
14

Finalmente é noite. Logo posso acabar com essa farsa. Infelizmente, a noite só incentiva Draxen a falar ainda mais.

— Vê aquela constelação ali? — Ele aponta para o norte. — E aquela ali? — Aponta para o sul.

— Sim.

— Elas nem sempre foram estrelas.

— O que elas eram? — É inocente demais da parte dele usar essa história.

— Eram amantes. Filirrion — ele aponta para a que está ao sul — e Emphitria. — Ele indica a do norte. — Dizem que essa é a maior história de amor que já foi contada. Infelizmente não acaba bem.

— O que aconteceu? — pergunto, esperando que ele siga em frente com mais rapidez.

— Havia outro apaixonado por Emphitria: Xiomen, um feiticeiro das artes mais sombrias. Ele a amava muito, mas Emphitria só tinha olhos para Filirrion. Enraivecido pelo ciúme, Xiomen amaldiçoou ambos. Ele mudou suas formas e colocou os dois no céu, em lados opostos do mundo, para que nunca mais pudessem ficar juntos.

— Que trágico — digo.

Draxen concorda com a cabeça.

— Enquanto todas as outras estrelas do céu se movem, há três constelações que nunca se mexem. Filirrion e Emphitria são duas delas.

— Qual é a terceira?

Draxen aponta para cima novamente.

— Xiomen. Não foi o bastante separá-los. Então ele amaldiçoou a si mesmo também. Ali está ele, equidistante dos dois amantes, bloqueando a visão um do outro. Vê como ele aponta na direção de Emphitria e ela na direção dele?

— Sim.

— Emphitria tenta ver seu Filirrion, mas, não importa o quanto se esforce, ela nunca consegue ver além da forma de Xiomen.

Se essa história algum dia convenceu uma mulher a ir para a cama com Draxen, eu corto meu braço fora.

Um silêncio suave se segue à sua história. De vez em quando eu nos tiro do curso, obrigando Draxen a segurar minhas mãos e me redirecionar. Ele não acha que estou tentando nos desviar da rota. Só pensa que sou incompetente. Estou lhe dando encorajamento para me tocar, para querer mais. Para me levar aos seus aposentos, para que eu possa revistá-lo, em busca do mapa.

O marinheiro da noite se aproxima.

— Devo assumir, Capitão?

— Sim. Acho que vou me recolher agora.

— Muito bem, então.

— Venha até aqui, garota — Draxen exige. Eu o sigo até a porta que leva aos seus aposentos. — Devemos continuar nossa discussão sobre as constelações por mais algum tempo?

— Ah, sim. — Como se ainda pudéssemos ver as constelações de dentro do seu quarto. Idiota desajeitado. Não sei mais quanto tempo vou aguentar isso.

Draxen acende algumas velas assim que ficamos a sós em seus aposentos.

— Me fale mais sobre os dois amantes — peço.

— Tenho uma ideia melhor — responde ele.

Aí vem. Ele só queria ficar sozinho comigo para que sua tripulação não o visse. Ou não me visse lutar. Embora eu não saiba como ele pode esconder o que estamos fazendo quando todos os homens que ainda estão no convés me viram entrar em seu quarto.

— E que ideia é essa?

— Deite-se na cama.

— Para quê?

Ele ama minhas perguntas. Quer respondê-las. Quer me mostrar. Ele está capturado demais pelo momento para perceber que é tudo uma trama. Ele devia ser mais esperto. No entanto, quando me concentro em um homem, ele nunca percebe. Eles ficam envolvidos demais em, bem, em mim.

— Vou mostrar para você algo mais mágico do que as estrelas.

Ah, eca. Eca. Eca. Eca. Não consigo. Não suporto ouvi-lo falar mais. Ele precisa calar a boca.

Dou um passo adiante, encarando-o.

— E que tal se eu mostrar para você? — Quando ergo meu rosto em direção ao dele, ele me encontra ansiosamente para um beijo.

Ele não beija mal – embora eu duvide que Draxen tenha tanta prática quanto Riden.

Mas não tenho prazer nenhum com isso. Porque não estou entediada e procurando diversão. Estou tentando realizar uma coisa, e sei exatamente o tipo de homem sujo que Draxen é. É impossível ignorar quando estou tão concentrada nos desejos de seu coração e sua mente.

Tiro seu casaco e o jogo no chão com a intenção de revistá-lo em breve. Draxen considera isso um convite. Vai direto para meu culote, lutando para abrir os botões.

Argh. Já chega.

Empurro Draxen na cama e subo em cima dele. Faço parecer que estou apressada para abrir o cinto de sua calça. Consigo sentir a luxúria ardendo nele. É nojento e miserável, e quero acabar logo com isso.

Quando consigo abrir seu cinto, tiro sua espada, com bainha e tudo. Uso a ponta para atingi-lo, com um golpe bem na cabeça.

— *Ai* — diz ele antes de desmaiar, imóvel.

Não tenho certeza do que é pior: o que acabo de fazer ou o que ainda precisa ser feito.

Não olhe para ele, digo para mim mesma. *Concentre-se nas roupas. Não no que está embaixo.*

Tiro as roupas dele. Cada uma das peças que ele veste. Deixo-o deitado, nu, na cama, enquanto revisto cada bolso, procurando compartimentos secretos, uma sola falsa em suas botas.

Mas não...

Não há nada aqui.

Meu estômago afunda. *Como pode não estar aqui?* Eu tinha tanta certeza. Eu contava desesperadamente com isso. Agora, o que vou fazer depois que ele acordar? Ele vai saber que o enganei. Vai saber que o usei para alguma coisa. E não ficará nada feliz.

E então, logo alcançaremos meu pai. E ele vai...

Não. Preciso interromper essa linha de pensamento imediatamente. Não me fará nenhum bem. Preciso manter minha mente firme no presente. Como posso consertar isso?

Cantar para Draxen esquecer de tudo não é uma opção. Não me resta canção suficiente para apagar suas lembranças. Brincar com as memórias exige mais do que fazer os homens adormecerem.

Eu me meti em uma confusão e tanto. Seduzir Draxen? Foi minha pior ideia até agora.

Preciso cobrir a boca para me impedir de grunhir de frustração.

De repente, há uma batida na porta.

— Draxen! — É Riden. — Abra agora ou vou entrar.

Ouço a maçaneta sendo destravada e corro até a porta. Quando ela se abre, saio correndo e a fecho atrás de mim, antes que Riden possa ver lá dentro.

— O que está acontecendo? — ele pergunta.

— Seu irmão estava me falando sobre as constelações — respondo.

Riden arregala os olhos. Essa deve ser uma jogada normal para Draxen.

— Ele não...

— Não o quê? — eu pergunto.

— Você não o deixou... — Ele não consegue completar.

— Riden, mal ficamos ali por dois minutos.

Ele balança a cabeça.

— É claro. Mas o que ele está fazendo agora, então? — Ele arregala os olhos de novo. — Me diga que você não o matou!

Embora eu fique lisonjeada por ele saber que sou capaz de matar Draxen com facilidade, ainda reviro os olhos.

— Eu não o matei.

— Então por que ele não está gritando e xingando?

Bem observado. Vou ter que abrir mão de um pouco de honestidade se quiser me livrar dessa.

— Ele estava ficando com uma mão muito boba e eu precisei dar um jeito.

Riden relaxa um pouco. Acho divertido que ele não esteja ofendido ou preocupado por eu ter batido em seu irmão. Ele olha para a porta.

De jeito nenhum ele pode entrar ali. Não posso explicar por que Draxen está nu se não fui para a cama com ele, e, bem, não quero que Riden pense que fui para a cama com ele.

— O que está acontecendo, Alosa? Por que você resolveu ir com ele para o quarto?

Precisamos dar o fora daqui. Imediatamente. Não sei quanto tempo tenho antes que Draxen acorde.

— Podemos conversar em algum outro lugar? — pergunto. — No seu quarto, talvez? Eu respondo a todas as suas perguntas. Está frio aqui fora.

Ele ainda me olha desconfiado, mas finalmente concorda, acenando para retornarmos ao seu quarto. Há uma força a mais em seus passos. Riden salta para o convés principal, sem se importar com a escada. Os vigias noturnos viram as cabeças para ver a causa do barulho. Quando Riden abre a porta de seu quarto, não posso deixar de sorrir. Ele está de mau humor.

No entanto, minha diversão desaparece quase imediatamente. Tenho um grande problema. Estou me esforçando ao máximo para não entrar em pânico. Talvez eu devesse voltar e matar Draxen. Quando ele acordar, tudo vai virar um inferno mesmo. E Draxen merece morrer.

Só não tenho certeza se consigo fazer isso com Riden. Por motivos que não consigo explicar, ele ama o irmão. Acho que ele ficaria devastado com sua morte. Até mesmo destruído.

Mas que outra escolha eu tenho? Onde mais o mapa poderia estar? Se não está no navio e Draxen não o leva consigo...

Estou olhando para as costas de Riden quando percebo.

E se estiver com Riden?

Depois que vasculhei o quarto de Draxen na primeira noite da minha captura, a ideia seguinte era a de que ele podia ter dado o mapa para Riden esconder. Mas e se Riden escondeu consigo? Como pude ser tão lenta? Tive várias oportunidades para verificar se estava com Riden. Na noite em que cantei para ele dormir, nem mesmo um furacão o teria acordado.

Agora suponho que terei que apagá-lo, como fiz com Draxen. Não pode ficar pior do que já está, pode? Já sabotei toda a missão mesmo. Ou talvez não. Talvez, quando Draxen acordar, ele não faça mais do que me colocar de volta na minha cela. Mas eu duvido.

Quando ficamos a sós, Riden fica parado, esperando, com os braços cruzados. Assim que fiz Draxen desmaiar, eu liberei minha parte sereia. Isso cobra um preço da minha mente depois de um tempo. É difícil explicar, mas eu me perco nos demais se fico concentrada em seus sentimentos e desejos por muito tempo. Eles começam a se tornar meus, e me esqueço de quem sou. É assustador. Meu pai sempre me pressionou, me ajudando a entender quanto tempo posso suportar ser consumida pelos demais antes de começar a me tornar como eles. Nunca me permiti passar do ponto de ruptura desde então.

Como se isso não bastasse, preciso lidar com os efeitos colaterais de curto prazo também, a sensação de me desprender do mundo. Odeio os desejos e emoções que são tão claros para mim quanto a pintura em uma tela. Não são meus, e não gosto de senti-los, de notá-los. Além disso, não preciso ler Riden. Só tenho que tomar cuidado porque ele já está desconfiado e confuso. Se quero derrubá-lo, preciso primeiro fazê-lo relaxar, conversar comigo. Vou precisar lhe dar mentiras misturadas com verdades.

— Estou preocupada, Riden — começo a falar. — Meu pai... pode parecer que ele se importa comigo, já que está ansioso para me ter de volta em troca de um resgate, mas ele ficará furioso comigo.

— Por quê? — ele pergunta.

— Antes de mais nada, por ter sido capturada. Ele vai achar que fui descuidada e estúpida. E vai ficar zangado com o dinheiro que perdeu por causa disso. Eu... eu não sei o que ele vai fazer comigo assim que eu voltar.

Riden olha de relance para minhas pernas, sem dúvida se lembrando das cicatrizes que viu ali.

— Eu posso acreditar nisso, mas qual a relação com tudo aquilo? — Ele aponta com o polegar na direção do convés. Sua expressão endurece.

— Eu estava tentando chamar a atenção de Draxen. Precisava falar com ele sobre isso. Achei que talvez pudéssemos pensar em algo. Descobrir um jeito de ele conseguir o dinheiro e eu ficar livre.

— E?

— Draxen não estava interessado em conversar.

Riden estremece ao ouvir isso. Leva a mão ao rosto, coça a nuca.

— Eu vou falar com ele.

Não preciso fingir minha confusão.

— Sobre o quê?

— Tenho certeza de que há um jeito de conseguirmos o dinheiro e depois deixar você sair livre. Você vai precisar nos dar toda a informação que está retendo, mas não precisa voltar para seu pai.

Dou uma gargalhada, um som curto e indeciso.

— E para onde eu iria?

— Para qualquer lugar.

— Ele vai me encontrar, não importa para onde eu vá.

— Então não vá embora. Fique. — Riden está boquiaberto com a própria declaração.

— Ficar? Por que eu faria isso?

— Não sei por que eu falei isso. Esqueça.

Ele parece muito desconfortável, a ponto de dar no pé. Preciso agir rápido. Como vou acertar a cabeça dele? E com o que posso golpeá-lo? Riden tirou todas as armas do quarto. E definitivamente ainda está desconfiado depois de tudo o que aconteceu com Draxen.

Isso não me deixa muitas opções. É difícil pensar claramente com tudo desmoronando ao meu redor. Por enquanto, preciso mantê-lo falando. Em algum momento vou pensar em alguma coisa.

— Você falou porque era no que estava pensando — eu digo.

— Não, não estava.

— De verdade? Sua boca inventou isso sozinha?

— Ela é muito talentosa.

— Sim, estou bem ciente disso. — Eu podia me estapear por ter dado essa resposta, mas preciso mantê-lo falando. Preciso pensar.

Ele sorri, sabendo do que estou falando.

— Provavelmente devíamos falar sobre isso.

— Sobre o quê? — pergunto de modo inocente demais para ele acreditar em mim.

— Você sabe o quê.

Já se passaram algumas semanas. Por que ele iria querer falar sobre isso agora? Na verdade, ele é um pirata – por que iria querer falar sobre o assunto?

— O que, exatamente, você teria a dizer? — pergunto, curiosa como sempre.

Riden não fala nada. Posso ver que ele está procurando as palavras, mas nada lhe vem à mente.

— Aqui está tudo o que precisa ser dito — eu prossigo. — Sou uma prisioneira neste navio. Também sou a única mulher a bordo. Você estava um pouco solitário, e eu estava um pouco maluca. É isso. Foi estúpido, mas já passou, então vamos deixar para lá.

Eu devia empurrá-lo contra a parede? Ele apagaria como Draxen, mas, se me vir fazer isso, ficará *muito* desconfiado quando despertar.

Quantas mulheres têm força para fazer algo assim? Riden já sabe que tem algo de diferente comigo. E se ele descobrir?

A paranoia deve estar tomando conta de mim. Preciso dormir mais.

— Acho que não.

— Como é? — pergunto, voltando à conversa.

Riden sabe que eu ouvi, então não se dá ao trabalho de repetir o que acabou de falar.

Será que ele está tão acostumado a discutir comigo que é tudo o que ele consegue fazer? Mesmo quando falo a verdade? Por que ele insiste no assunto de forma tão taxativa?

Decido trapacear. Neste momento, minha curiosidade é mais poderosa do que minha repulsa, e tenho tempo suficiente antes de me perder. Miro em Riden. Em sua mente e em seu coração. Sinto sua frustração. Tanto consigo quanto comigo. Só não sei por quê. Percebo sentimentos e desejos. Mas não consigo ler mentes, por mais útil que isso seja. Nunca sei os porquês por detrás das intenções das pessoas.

Tudo o que sei é que Riden quer me beijar de novo. Neste instante, esse é seu maior desejo, e ele não consegue escondê-lo de mim. Sinto-o como se fosse minha própria emoção. E, ainda que eu tenha certeza de que é meramente porque ele não passa um tempo sozinho com uma mulher há um bom tempo, isso definitivamente é algo que posso usar a meu favor.

Nada de bater nele. Preciso que o maior desejo de Riden se torne dormir. Assim que ele estiver adormecido, posso mantê-lo desse jeito com minha canção. Tenho o bastante ainda para fazer isso.

Mas só há um jeito de mudar o que ele mais quer. Preciso lhe dar o que ele deseja primeiro, para que ele fique satisfeito e pense em outra coisa.

Engulo em seco. Por algum motivo, esse pensamento me excita. Deve ser a emoção do jogo.

Então, como começar?

— Você não acha? — pergunto. — O que você acha que aconteceu, então?

Um cinza profundo e tempestuoso o envolve. Ele se sente culpado. Isso será uma traição a seu irmão, sem dúvida. Ele quer ser aliviado da culpa. Quer conseguir o que quer sem as consequências que virão daí.

Típico pirata.

Nenhuma responsabilidade. Só um desejo egoísta.

— Eu acho — Riden diz finalmente — que há mais aqui do que qualquer um de nós está disposto a admitir.

— Mais do quê?

A frustração dele arde, assim como seu desejo. Interessante como eles se entrelaçam. Mas não consigo mais continuar com isso. Hora de deixar a sereia de lado novamente.

— O que você fez? — ele pergunta.

Ergo uma sobrancelha.

— O que quer dizer?

— Você... você simplesmente mudou. Parecia diferente por um momento, mas eu achei que fosse coisa da minha cabeça. E agora você parece você mesma novamente.

Ninguém jamais conseguiu perceber quando uso minhas habilidades antes. Riden não pode ter notado a diferença de verdade, pode?

— Bem, Riden, se esta conversa quer dizer alguma coisa, é que claramente você não está na sua melhor forma. Talvez você devesse descansar um pouco.

— Dormir é a última coisa que tenho em mente.

Eu sei disso. Preciso levá-lo para a cama.

— Você precisa relaxar. Aqui. Venha, sente-se. — Eu me sento na cama e dou um tapinha no espaço ao meu lado.

Ele parece em conflito, nervoso. Talvez eu não devesse ter deixado a sereia de lado tão cedo. Mas não vou me limitar a convocá-la novamente esta noite. Eu teria que estar *realmente* desesperada.

— Não se preocupe. Não vou machucar você.

— Como se você pudesse. — Ele zomba.

Aponto para a lateral do corpo dele, onde o cortei quando estávamos na ilha.

— Eu permiti que você fizesse isso.

— Certo. Porque você é tão ousado e corajoso. Venha, sente-se. Até os piratas em conflito precisam de um descanso.

Ele finalmente cede. Mas não olha para mim, e faz questão de deixar mais de um metro entre nós na cama. Interessante, uma vez que já sei o que ele realmente quer. Ele deve estar tentando se afastar da tentação. Se é isso, ele não devia ter vindo para a cama. É o convite do qual eu preciso.

— Imagino que ser imediato seja estressante para você — comento.

— Por quê?

— Porque você não é o capitão. Eu não suportaria ser um imediato. Eu sempre preciso fazer as coisas do meu jeito.

Ele ri.

— Gosto da liberdade que isso me dá — prossigo. — Parece que você quer mais liberdade.

— Sou tão fácil assim de ser lido?

Não tive que usar meus poderes para descobrir isso. Tenho mais facilidade em entender Riden do que tenho com os outros.

— Às vezes. Há mais coisas acontecendo aqui do que você diz. — Dou uma batidinha com o dedo na cabeça dele.

Com o contato, ele finalmente se vira na minha direção.

— Como você sabe tanto? Como você é... você?

— Eu sou quem sou porque escolhi ser assim. Sou o que quero ser. Algumas pessoas dizem que você precisa se encontrar. Não. Eu acredito que nós criamos a nós mesmos, para ser o que queremos. Qualquer aspecto de nós mesmos de que não gostamos pode ser alterado se fizermos um esforço.

Isso pode ser um pouco demais, mas Riden devora minhas palavras. Seus olhos ardem – eles realmente têm um lindo tom castanho.

Seguro a mão dele na minha.

— O que você está fazendo? — ele pergunta.

— Nada. Eu quis tocar em você, então toquei.

— Simples assim?

— Simples assim.

— Quero beijar você de novo.

— Então por que não beija?

— Porque não posso ajudar você. Tudo o que posso fazer é tomar, sem dar nada em troca.

A surpresa com a honestidade dele me deixa sem palavras. Talvez não a honestidade, mas a sinceridade e a abnegação no que ele disse. Nunca ouvi um pirata dizer algo assim. É errado. Desconfortável. Quase me faz sentir culpa por enganá-lo.

Quase.

Eu me aproximo dele, levo a mão ao seu rosto e sussurro:

— Mas você está dando. Está me distraindo do destino que me aguarda. É mais do que eu poderia esperar.

Eu me inclino para a frente e pressiono meus lábios contra os dele. Em vez de me beijar de volta, ele coloca a mão no meu cabelo e diz meu nome baixinho, com um toque de desesperança.

Sei que ele quer isso; só preciso fazê-lo ceder.

Levanto minhas pernas e as coloco sobre seu colo, atraindo-o mais para perto de mim ao mesmo tempo.

Ainda que eu pudesse morrer de vergonha se alguém da minha tripulação soubesse que eu disse isso, eu acrescento:

— Por favor, Riden. Eu quero. Você não quer também?

Isso dispara o gatilho. Finalmente sinto movimento sob meus lábios. É suave, inseguro. Curioso, vindo de Riden, que sempre parece tão seguro de si. Talvez ele precise de mais encorajamento.

Percorro seu lábio superior com a ponta da língua.

A mudança é imediata. Antes que eu perceba, ele coloca uma mão atrás da minha cabeça e a outra na lateral da minha coxa. Movo meus lábios até seu pescoço, provocando-o nos lugares certos para fazer seu coração bater mais rápido.

Mas ele cansou de me deixar ter toda a diversão. Com a mão em meu queixo, ele leva meus lábios de volta aos dele. Assume o controle do beijo, determinando seu próprio ritmo e velocidade. Eu permito, dou a ele a sensação de controle. Sinto que ele precisa disso, se pretendo conseguir que ele fique onde eu quero.

Riden tira o casaco. Obviamente, as coisas estão ficando quentes para ele aqui.

Ótimo, uma peça a menos que terei que remover.

Por um instante, eu me permito ser capturada pelo beijo. É tudo por um bem maior, mas não posso negar o quanto beijar Riden é diferente de beijar Draxen. Com Draxen, parecia errado. Draxen é um amante egoísta. Isso ficou bem óbvio.

E Riden...

Riden não é.

Riden sabe onde acariciar minha pele para me fazer sentir mais viva. Ele me deixou praticamente ofegante sob a pressão de seus lábios. Eu me esforço para respirar quando seus dentes mordiscam a pele embaixo da minha garganta.

Riden me deita na cama. Levo a mão até a bainha de sua camisa e a puxo. Ele me ajuda a tirá-la por sobre a cabeça antes de descartá-la no chão. Mas observo com cuidado onde ela caiu. Bolsos ocultos podem ser costurados em qualquer lugar.

O plano era dar a Riden um pouco do que ele quer. Para deixá-lo menos frustrado. Para que então ele quisesse dormir. Agora dá para ver que esse pode não ter sido o melhor dos meus planos. Talvez nem sequer fosse um plano de verdade, só um jeito de justificar minha vontade de beijá-lo novamente.

Pelo menos vou ter menos peças de roupa para tirar depois que ele apagar. Homens são pesados.

Mas o que vou fazer a respeito do que está acontecendo agora?

Os dedos de Riden encontram a fita que prende a lateral do meu espartilho. Ainda que ele não esteja desamarrando-a, a ação está me deixando louca. Será que ele percebe? Ele não pode estar fazendo isso de improviso. É maquiavélico demais.

Meu estômago arde de excitação. Minha mente luta contra isso.

Draxen está desmaiado. Você não tem muito tempo.

Mas as mãos de Riden são suaves e quentes. Não quero que ele pare de me tocar.

Você precisa encontrar o mapa agora. Pense no que seu pai fará se fracassar.

Mas pensar nos lábios de Riden enchem minha boca d'água. Eu poderia permanecer em seus braços para sempre.

Alosa, você já se esqueceu do seu desejo de se tornar a rainha dos piratas? Há uma ilha cheia de tesouros em algum lugar. Consiga o mapa e tudo vai voltar ao normal.

Certo. Maldição.

Essa é a coisa mais imprudente que fiz desde que cheguei a este navio. Mas preciso agir antes que Draxen acorde e antes que eu me perca no momento.

Não me restam muitas alternativas, mas terei que agir.

Solto uma canção. Uma única nota. É tudo que me resta.

No entanto, para minha sorte, Riden já está muito em sintonia comigo. Ele despenca na cama. Apaga em um instante. Só que sem chance de durar muito. Quase não me restava mais nada.

Minha respiração ainda está mais acelerada que o vento. Isso foi muito estúpido. Embora eu tivesse canção suficiente para colocar Riden para dormir, não me sobra nada para fazê-lo se esquecer. Ele vai se lembrar que eu cantei para ele.

Mas, assim que eu tiver o mapa, posso dar o fora deste navio, e isso não vai importar. Meu pai tomará posse do *Perigos da Noite* e matará todos a bordo. Não sobrará ninguém para contar a história.

Uma tábua do piso range. Meus olhos se voltam para a porta, mas balanço a cabeça e afasto o olhar rapidamente. Este navio é velho. As tábuas rangem.

Ainda que esteja correndo contra o tempo, gasto alguns segundos para respirar. Meu coração bate em um ritmo alucinante.

Depois de um tempo, verifico o casaco e a camisa de Riden, passando os dedos sobre o material várias vezes. Não sei dizer se estou desapontada ou não quando tenho certeza de que não está em nenhuma dessas peças.

Porque com isso sobram as botas, as meias.

E o culote.

Claro que Riden esperava ter se livrado de tudo isso de qualquer jeito.

Eu me apresso com o restante da busca, mas, ao contrário do que aconteceu com Draxen, não faço questão de desviar o olhar. Estou presa neste navio há um bom tempo. É o mínimo que mereço.

A novidade desaparece rapidamente assim que chego à conclusão inevitável.

O mapa não está aqui.

Errei de novo.

Maldição, onde mais pode estar? Eu olhei em todos os lugares. Draxen não teria escondido em terra firme. A chance de perder ou esquecer onde foi colocado é grande demais. Ninguém faz um mapa para encontrar um mapa.

Tento respirar fundo algumas vezes, mas tenho que dar as costas para o corpo nu de Riden a fim de conseguir fazer isso.

Agora, meu pai não pode me culpar se o mapa simplesmente não está a bordo, certo?

Mas eu sei que não é assim. Ele vai culpar o primeiro que cruzar seu caminho. E essa pessoa serei eu, assim que lhe der a notícia. Quem sabe o que será dessa vez. Ficar trancada um mês em uma cela. Ser açoitada diariamente. Ficar sem refeições por um mês.

Não é minha culpa. O mapa não está em parte alguma deste navio.

Em nenhum lugar neste navio.

Dentro dele.

Minha mente gira sem parar. Sim, eu verifiquei todos os lugares dentro do navio.

Mas e quanto ao lado de fora do barco?

CAPÍTULO
15

Quantas tomadas de consciência uma pessoa pode ter antes que uma delas prove ser verdadeira?

Fecho os olhos para tentar me lembrar de como é o *Perigos da Noite* por fora.

Dezoito metros de comprimento. Feito com uma combinação de tábuas de carvalho e cedro. Três velas. Popa arredondada. Mas não é isso que me interessa.

O gurupés se estende por seis metros diante do navio. Embaixo dele, esculpida na mesma mistura de madeiras, está a figura de uma mulher em tamanho maior que o natural. Ela é bonita, com os cabelos compridos soltos e grandes olhos vidrados – provavelmente feitos de vidro de verdade. Mas é o vestido que me leva a acreditar que a garota deve ser uma sereia.

Ela usa um vestido comprido feito para parecer que está ondulando embaixo d'água. Ela parece flutuar também, pelo jeito como suas pernas estão presas ao navio, penduradas acima da água. Ela fica conectada ao navio apenas pelas costas.

Sinto como se todo o futuro estivesse em minhas mãos quando saio apressada do quarto de Riden. Corro pelo barco, procurando uma corda comprida e resistente. Usando um lais de guia, prendo a corda na amurada na proa do navio.

Sem esforço algum, eu desço até ficar pendurada diante do grande rosto da sereia. Meus pulsos já estão quase totalmente curados depois de ter ficado pendurada diante dos piratas um dia inteiro. Eles quase não me incomodam agora. Além disso, estou mais preocupada em achar esse mapa e em fazer isso rapidamente. Um pouco de dor agora não seria nada comparado ao que pode acontecer se eu fracassar.

Passo as mãos sobre a madeira que forma a pele dela, procurando algum esconderijo, botões escondidos ou qualquer coisa que possa estar oculta na madeira. Sinto uma reentrância no alto da cabeça, mas é apenas mais um sulco na madeira. Meu coração acelera, contudo, com a possibilidade de estar ali. Em seguida, desanimo quando a descoberta se mostra inútil.

Será que a linhagem de Jeskor foi descuidada? Será que perderam o mapa ao longo dos séculos? Riden disse que seu pai se tornou desleixado. Talvez ele tenha perdido o mapa em uma aposta. Isso o tornaria quase impossível de ser encontrado.

Consigo ouvir passos leves no convés, mas provavelmente é apenas o vigia. Tive que passar por eles no meu caminho até aqui.

Será que tudo isso vai ser para nada? Fui sequestrada, interrogada, torturada e reduzida a interpretar papéis horrivelmente humilhantes para conseguir o que quero.

Estou tão furiosa que a corda na qual me penduro começa a oscilar. Meu corpo está tenso, balançando de tempos em tempos quando viro o corpo, frustrada.

O que é aquilo?

Juro que vi algo de relance dentro do olho dela. Me inclino para a frente e faço a corda oscilar de novo.

Lá está novamente. O olho esquerdo. Parece mais escuro que o direito, quando olho deste ângulo.

Consigo sentir meu sangue correndo sob a pele e o meu coração batendo na cabeça. Estendo a mão para agarrar a ponta inferior da corda. Enrolo-a várias vezes no meu pé e então seguro a ponta sob o queixo. Preciso das duas mãos para isso.

A adaga ainda está na minha bota. Riden não pediu que eu a entregasse nenhuma vez. Ele deve ter se esquecido dela.

Enfio a lâmina entre o vidro e a madeira e aplico pressão em ângulo. O vidro se solta, e mal tenho tempo de pegá-lo antes que ele caia na água.

Dá para ver claramente que um pedaço de pergaminho foi colocado na parte de trás. Como pode ser outra coisa senão o que eu procuro?

— Finalmente — digo, sem fôlego.

Inclino a cabeça de lado, para encarar a sereia caolha.

— Me desculpe. Mas preciso ficar com isso.

O olho é praticamente do tamanho de uma maçã grande, mesmo assim consigo colocá-lo no bolso para que eu possa subir pela corda. Estou sorrindo quando me lanço por cima da amurada e caio no convés.

Mas então ergo os olhos.

Não estou sozinha. Nem de longe.

Parece que toda a tripulação está no convés. Incluindo Riden e Draxen vestidos.

Ah, pelas estrelas.

— Bem, olhem quem está aqui — Draxen fala lentamente. É difícil identificar seu humor. Por um lado, ele parece satisfeito por ter me flagrado. Por outro, está bem desgostoso em me ver. Afinal, eu o deixei inconsciente e nu em seu quarto. — Nossa pequena prisioneira. Ou *ladra* seria um termo melhor aqui?

— Ladra? — digo, com uma mistura de confusão e raiva.

— Bem, ou você é uma ladra ou uma prostituta, princesa. São as únicas palavras que podem explicar a situação na qual você deixou nós dois.

— Acredito que a única coisa que eu possa roubar de pessoas como vocês é sua dignidade. Talvez sua reputação.

Draxen abaixa as pálpebras. Se eu achava que ele me odiava quando cheguei ao navio, aquilo não é nada comparado ao que ele pensa de mim agora. Ele dá um passo adiante.

— Esvazie os bolsos — diz Riden. Viro minha atenção para ele. Ele está se esforçando muito para manter uma máscara sobre o rosto. Mas alguma coisa acaba escapando. Desapontamento? Raiva? Talvez até uma pontada de tristeza?

Sou o motivo disso?

Draxen desembainha a espada.

— Esvaziar os bolsos? Por que não fazemos a princesa tirar a roupa para que possamos inspecioná-la adequadamente?

Alguns homens assobiam. Mas não estou preocupada. Vou pular no mar antes de deixar isso acontecer.

Riden tenta resolver as coisas por conta própria.

— Entregue, Alosa.

— O que eu deveria entregar?

— Ah, não se faça de sonsa, moça. Sabemos que encontrou o mapa.

— Só consegui abrir alguns buracos perto do fundo do navio. Eu pretendia fazer todos vocês afundarem.

Draxen tenta avançar na minha direção novamente, mas Riden é mais rápido que ele.

Ele sussurra:

— Não sei por que ainda estou tentando proteger você. Mas saiba que meu irmão está com um mau humor agora que talvez nem eu consiga acalmar. Você precisa entregar agora.

— Eu não tenho...

Mas ele deve ter visto o volume nas minhas roupas. E enfia a mão antes que eu possa impedi-lo.

Não, não, não.

Riden tira o olho do meu bolso. Estuda-o cuidadosamente. Posso ver o momento exato em que ele se convence de que o mapa está lá dentro. Ele faz um aceno de satisfação com a cabeça e recua um passo, entregando o vidro para o irmão.

O mapa é o bastante para acalmar Draxen, mesmo que de leve.

— Por fim — diz ele.

— Espere — peço, percebendo algo na reação de Draxen. — Você sabia sobre o mapa. Só não sabia onde ele estava?

— Não tinha ideia — responde ele animadamente, esfregando os detalhes na minha cara. — Nós sequestramos você para chegar ao rei pirata, e conseguir colocar a mão na parte dele do mapa. Você encontrar nosso próprio mapa para nós acabou sendo um feliz acaso.

Eu o encaro, boquiaberta.

— Mas como você sabia que eu estava procurando por ele?

— Riden começou a suspeitar há muito tempo. Você realmente acha que estava sendo tão cuidadosa assim? Suas incursões noturnas pelo navio. Sua fuga falsa patética. A maneira destemida como se comportou aqui. Só uma mulher que quisesse estar aqui não demonstraria nenhum medo diante de piratas inimigos.

Isso não é inteiramente verdade. Eles não me conhecem e nem sabem o que eu faria ou deixaria de fazer em determinada situação. Mas a baixa consideração que Draxen tem por mim não é o que dói mais.

É a traição de Riden.

Eu sei que ele estava interpretando um papel. Fingindo ser meu protetor às vezes. Sei bem no fundo que esse sempre foi o papel que ele precisava desempenhar. Mesmo assim, dói. Mas será que posso chamar de traição? Como posso ser traída por alguém que nunca esteve do meu lado?

Minha missão era procurar o mapa *sem que ninguém percebesse*. Depois eu devia levar o navio até o ponto de encontro.

Fracassei totalmente na primeira parte, embora ainda esteja no caminho de completar a segunda.

— Levem-na para o meu quarto, senhores — ordena Draxen. — Já é hora de alguém se divertir de verdade com ela.

Franzo o cenho antes de perceber que isso é muito bom para mim. Lutar com Draxen sozinha enquanto os homens se acalmam é muito mais fácil do que tentar derrotar todos ao mesmo tempo.

Sou arrastada por três homens. Um em cada braço e um nas minhas pernas. Faço tentativas forçadas de escapar das mãos deles. Mas não grito. Uma promessa é uma promessa, e eu disse a Draxen que ele nunca me ouviria gritar.

Riden também está ali. Draxen lhe entrega o mapa para mantê-lo em segurança. Ele guarda o vidro em seu bolso. Então ele ajuda os homens a me escoltarem. Aposto que está adorando isso. Dar ao irmão o que ele quer é a especialidade de Riden. Primeiro o mapa, e agora eu. Draxen parou de fingir que está me mantendo presa por causa de um resgate. Não há mais necessidade de bancar o bonzinho.

Eles me jogam dentro do quarto de modo pouco gentil e com urgência. Riden fica parado na porta, aparentemente querendo alguns momentos sozinho comigo antes da chegada do irmão.

Mas eu não quero isso.

— Vá embora — digo. — Você já fez o suficiente.

A expressão dele permanece calma, focada.

— Você ainda tem aquela faca na sua bota?

Dou uma gargalhada de incredulidade.

— É claro que não.

— Ótimo. Mantenha-a por perto. Mas, por favor, só use se for necessário. Ele ainda é meu irmão. Não o mate.

— Você está tão acostumado com mentiras, não é? Consegue separar a verdade da ficção? O que está fazendo, Riden? Qual é o seu joguinho? Estou cansada de tentar entender você. Bem quando acho que consegui, você faz alguma coisa para me irritar. Para quem você está fazendo este espetáculo agora?

— Não tenho tempo para isso, Alosa. Liberte-se e dê o fora daqui se puder. É o melhor que posso fazer. O mapa para meu irmão, a liberdade para você. Por favor, eu peço mais uma vez, não o mate.

— É uma bela aposta que você está fazendo, Riden. O que acontece se Draxen me dominar? Como você vai se sentir se isso acontecer?

— Ah, por favor. Nós dois sabemos que você esconde mais do que sua intenção de conseguir o mapa. Você é habilidosa, Alosa. Mais habilidosa do que qualquer garota humana poderia ser. Nenhum homem pode levar a melhor sobre você. Não sei o que você é. Sei que, de algum modo, você entrou na minha mente. E conseguiu encantar a tripulação inteira no outro dia. Ainda estou tentando descobrir por que você não matou todos nós.

A porta se abre, e Draxen entra.

— Nos deixe — ele ordena. Apressado e forçado ao mesmo tempo.

Riden obedece, e então dá mais um olhar suplicante na minha direção. *Não o mate.*

Ainda estou surpresa com as palavras de Riden. *Garota humana.* Ele sabe. Eu sei que ele se lembra de eu ter cantado para ele dormir, mas seria esperar demais que ele explicasse isso como uma coincidência?

Mas, então, por que ele não contou para Draxen? Ou, bem, por que ele não *avisou* Draxen? Provavelmente não devia importar. Mas importa. Não sei como me sinto sobre o fato de Riden saber meu segredo, ou pelo menos adivinhar parte dele.

Ainda estou intrigada com tudo isso quando Draxen me joga contra a parede de seu quarto.

— Vou gostar disso. Se você tivesse concordado com tudo da última vez, teria se dado bem. Mas não agora. Agora vou fazer você gritar.

— Na verdade, Draxen — digo, lutando contra o peso do corpo dele —, você não vai, não.

Ele ri quando tenta me forçar na direção de sua cama.

— Penso há muito tempo em fazer isso.

— Eu também.

Draxen apoia minhas costas contra a parede. Seus braços estão em meus ombros. Consigo erguer as duas pernas, plantá-las em seu estômago e chutar, usando a parede para me equilibrar. Isso o faz cambalear vários metros para trás.

Caio dolorosamente no chão. Minha mente volta rapidamente ao momento em que Draxen me interrogou neste quarto. Um pouco do meu sangue ainda está seco no chão. Draxen me bateu várias e várias vezes, tentando conseguir a localização do esconderijo do meu pai.

Sempre vivi pela mentalidade olho por olho.

Acerto meu punho direito na lateral de seu rosto. Não tenho que me conter agora, e não me contenho. Coloco tudo o que tenho nisso. Sei que acertei em cheio quando sinto a dor aguda resultante do golpe nos nós dos meus dedos. Depois de ficar presa e retida por tanto tempo, isso é uma bênção. Uma bênção dolorosa.

Draxen grunhe com o impacto. Ele ainda não tem certeza do que está acontecendo quando o atinjo com um segundo golpe, com meu punho esquerdo.

— Que tal isso, Draxen? — eu sibilo. — Não se preocupe... não acabamos ainda.

Ele grunhe enquanto tenta me ver diante de si. E avança, tentando me acertar com seus punhos. Mas, uma desviada rápida e dois golpes mais tarde, eu o faço cair no chão.

Ele profere alguns xingamentos exaustos.

Ainda não acabei com ele.

— Você ameaçou cortar meu cabelo. Que tipo de escória imunda faz isso? Que tal se eu cortar algo que você valoriza, Draxen?

Ele inspira com força. É claro que essa ameaça o faria gritar por socorro, mas não posso permitir isso. Um chute rápido em seu rosto e ele desmaia.

Pego a faca da minha bota. O que eu devia tirar dele? Uma orelha? Um dedo? Algo mais de baixo?

Estremeço só de pensar. Nojento demais. Talvez eu deva me contentar com seu coração e acabar logo com isso.

Mas a voz de Riden fica circundando meus ouvidos de novo. *Por favor, não o mate.*

Nunca tive um irmão e não sei como me sentiria em relação a ele se tivesse um. Especialmente se ele se comportasse como Draxen. Acho que ainda o mataria.

O que me importa o que Riden pensa? Ele é o único que se machuca com o resultado. Draxen não vai sentir nada. Os piratas sob seu comando sempre podem encontrar outra embarcação para tripular. De todo modo, a maioria parece mais leal a Riden que ao capitão. Lorde Jeskor não está mais aqui para reivindicar vingança, mas Riden pode. Suponho que possa até mesmo reunir uma tripulação para se juntar a ele.

Não tenho medo.

Fico de joelhos e me pego encarando a adaga.

É a adaga que Riden me deixou manter. Ele sabe que estou com ela. Ele sabe que estou com ela há um bom tempo. Mas ele confiou que eu não abusaria. Foi um presente de proteção dele. Ele tirou de mim tudo mais que eu possuía, mas me deixou manter esse símbolo de boa-fé.

Ele confiou em mim o bastante para não matar seu irmão?

Que tolo.

Pairo sobre o peito de Draxen, visualizo a faca entrando, imagino a resistência da pele e das entranhas, ouço o som da faca deslizando entre as costelas.

No entanto, não importa de quantas maneiras eu imagine isso, não consigo fazer minha mão avançar.

Por mais que eu tente não ser afetada por Riden, com todas as minhas forças, não pareço ser capaz de cometer o ato simples de matar seu irmão cruel.

Já matei centenas de homens. Por que não este?

Maldito Riden.

Tento me sentir melhor pensando que não vale a pena perder tempo com essa morte. Claro, desperdicei mais de um minuto sentada aqui, pensando no assunto. Mas isso não importa.

Preciso pegar aquele mapa.

Preciso encontrar Riden.

CAPÍTULO
16

Coloco a cabeça para fora dos aposentos de Draxen com cuidado.

Não consigo ver ninguém daqui de onde estou, mas está ficando escuro, então é difícil ter certeza. Não é preciso ter ninguém no leme, porque não estamos nos mexendo no momento. Draxen está ganhando tempo, provavelmente reformulando algum tipo de plano para se infiltrar na fortaleza do meu pai, se é que já não fez isso. Não importa o que ele tenha planejado, não vai chegar longe. Meu pai terá batedores em todos os lugares. Pode ser que até já tenham visto o navio.

Ao longo dos últimos dias, passamos por várias ilhas pequenas e desabitadas. Essa área é repleta delas. Meu pai escolheu uma das maiores como ponto de encontro. Não podemos estar a mais do que poucas horas de distância de lá.

Chego ao convés principal e dou outra olhada ao redor. Há movimento a bombordo. Mais alguns passos e descubro que é Riden, preparando um bote.

— Você o matou? — É a primeira coisa que ele me pergunta.

— Surpreendentemente, não. De nada.

— Obrigado. Isso significa mais para mim do que consigo expressar.

Dou de ombros.

— Por acaso isso é para mim? — pergunto, apontando para o bote que ele está descendo até a água.

— Sim. Ordenei que a tripulação fosse para o porão. Você deve ter tempo suficiente para chegar à fortaleza do seu pai. A única coisa que peço é que nos dê uma vantagem antes de mandar o rei pirata atrás de nós.

— Se eu mandar meu pai atrás de vocês, não importa a vantagem que você tiver. O único motivo pelo qual vocês não estão todos mortos agora é porque ele não estava procurando por vocês.

Riden ergue os olhos da corda em suas mãos.

— O que quer dizer com isso? Está dizendo que...

— Minha captura foi um ardil.

O olhar que ele me dá é impagável.

— Mas eu pensei que você estivesse aproveitando seu sequestro para vasculhar o navio desde que chegou.

— Sinto dizer que não. Eu planejei ser sequestrada desde o início. Meu pai ordenou.

A expressão de Riden não disfarça sua confusão.

— Por que o rei pirata enviaria sua única filha em uma missão tão perigosa?

— Porque sou a única que ele acreditava que teria sucesso. Tenho certas habilidades que outros não têm.

Riden solta a corda. O bote deve ter alcançado a água.

— E você está usando essas habilidades agora? É por isso que estou fazendo isso? Ajudando você?

— Se fosse, você já teria me dado o mapa. Já que está tentando tanto escondê-lo de mim, pode ter certeza de que ainda tem controle sobre sua mente.

— Seus olhos mudaram — diz ele, de um jeito que parece aleatório.

— Como é?

— Eles eram azuis quando você chegou aqui. Agora estão verdes.

Ele é terrivelmente perspicaz. Meus olhos ficam azuis quando tenho a força do oceano comigo. Assim que ela se vai, eles mudam para verdes.

— Meus olhos são azuis-esverdeados — digo.

— Não. Tenho certeza de que eles mudaram. — Ele se recosta na amurada, parecendo surpreendentemente destemido. — O que você é?

— Até parece que vou dizer para você.

— Você é uma sereia?

Estremeço ao ouvir a palavra. É estranho ouvi-la dos lábios de Riden.

— Não exatamente.

— Sua mãe é uma sereia. Aquela história. O rumor de que seu pai é o único que foi para a cama com uma sereia e sobreviveu... é verdade.

Há algum motivo para negar? Meu pai logo vai caçar este navio mesmo.

— Sim.

— Mas por que você é desse jeito? As sereias dependem dos homens humanos para sua sobrevivência, mas elas produzem mais sereias. O que a torna mais humana do que uma criatura do mar?

— Essa é uma excelente questão. Você está certo: não sou completamente sereia, mais meio sereia, meio humana. E há algo de especial que cerca meu nascimento. Eu lhe direi o quê, se você me disser onde escondeu o mapa.

— Por mais tentador que seja, não posso lhe contar. Por que você não acaba com isso e me obriga a dizer?

— Não funciona assim.

— Então como funciona?

— Vou lhe dizer. Mas, por favor, me entregue o mapa, Riden.

— Sinto muito, Alosa.

— Está bem, mesmo assim eu o tirarei de você, mas quero que saiba que odeio fazer isso. — Alcanço minha parte sobrenatural. De repente, me sinto desconfortável em minha pele. Arrepios sobem pelos meus braços e pernas e meu cabelo parece arrepiar. Mentalmente, é exaustivo ficar ciente de tudo ao meu redor.

— Você está fazendo aquela coisa de novo — ele aponta. — Você mudou.

Nunca conheci ninguém que pudesse detectar minha mudança. Nem meu pai consegue dizer, então como Riden consegue?

— Estou acessando a parte de mim que vem da minha mãe. Odeio usá-la. Parece horrível e antinatural.

— Isso lhe dá a capacidade de ler mentes?

— Não, eu só consigo dizer o que você está sentindo.

Isso parece alarmá-lo enormemente. Suas emoções passam de um vermelho brilhante e vibrante para um cinza-claro quase de modo instantâneo.

Cinza é uma cor interessante. Quando é o cinza-escuro como o das nuvens de uma tempestade, a emoção é culpa. Em um tom mais claro, a emoção é pesar.

Uma tristeza profunda tomou conta de Riden. Mas a mudança é tão imediata que me faz acreditar que ele está pensando em algo extremamente triste de propósito, para que eu não consiga perceber nenhuma de suas outras emoções.

— Você está pensando em coisas tristes de propósito? — pergunto.

— É assustador que você saiba o que estou pensando.

— Não o que você está pensando. Não sei por que você está triste. Só que está pensando em algo que lhe causa pesar.

Agora preciso jogar com o medo dele. O medo de que eu encontre o mapa. Ele não deve ter escondido no próprio corpo. Deve saber que eu iria atrás dele. Deve ter escondido em outro lugar no navio. Vou ter que avaliar o medo dele se quiser encontrar o que procuro.

Começo a andar pelo navio, mas mantenho-o falando enquanto faço isso.

— Como você conseguiu perceber que sou... diferente? — pergunto enquanto sigo para estibordo. Estou perto da entrada para o porão. Os homens riem e falam alto. É por minha causa que estão lá embaixo. Provavelmente deviam me agradecer pelo descanso extra.

— Aquela vez que acordei e não consegui me lembrar do que aconteceu antes de eu apagar. Primeiro presumi que você tinha me batido com força, mas eu não conseguia me lembrar de nenhum tipo de luta. Na verdade, eu me lembrava de algo que era bem o contrário disso.

Sorrio para mim mesma. Sim, aquela foi uma noite divertida.

Riden ainda tenta mascarar algo com seu profundo sentimento de pesar. Se eu tivesse que adivinhar, diria que está pensando na morte do pai. Mas há clarões vermelhos que aparecem enquanto ele fala comigo. Particularmente quando ele menciona aquela noite.

— Mas então houve o dia em que você se transformou. Era como se fosse alguém completamente diferente. Você não estava criando problemas. Não estava falando como costuma fazer. Foi... irritante. Juro que sua aparência também era diferente. Se eu fixasse o olhar, podia enxergar um leve halo de luz ao seu redor.

Isso ele imaginou. Não há diferença física quando altero minhas ações e palavras – quando convoco a sereia.

— Eu sei sobre o mapa do meu pai desde que era um garotinho — ele prossegue. — Sei sobre as sereias, ainda que não as entenda completamente. Juntei o pouco que sei com o que eu sabia sobre você e seu pai. Não foi difícil fazer a conexão. Eu tinha minhas suspeitas muito antes de hoje à noite... antes de você cantar para mim.

Estou recebendo apenas lampejos de calor em meio à sua tristeza. Nada de medo. O mapa não deve estar por aqui. Começo a me mover em direção ao convés superior.

Riden me segue a uma distância segura.

— Por que não me faz dizer onde está? Você me fez dormir, não fez?

— Sim, eu o coloquei para dormir. Duas vezes. Mas eu exauri minhas — não quero chamar de poderes; isso soa estranho — habilidades. É por isso que não consegui colocá-lo para dormir profundamente na segunda vez. Estou sem nada.

— E como você as recupera?

— O mar. Ele me dá forças. Quanto mais perto estou dele, mais forte sou.

O mapa não está aqui. Caminho de volta para a escotilha e sigo para a proa do navio.

— O que mais você consegue fazer? Além de colocar as pessoas para dormir? — Riden dá um passo para trás, quase como se tivesse medo de me tocar, quando passo por ele a caminho da outra extremidade do navio.

Posso fazer os homens verem coisas que não estão aqui. Posso colocar pensamentos em suas mentes. Posso fazer promessas nas quais eles acreditarão. Posso obrigá-los a fazer qualquer coisa que eu quiser. Tudo o que preciso fazer é cantar. Mas não tenho certeza se devo contar tudo isso para Riden. Ainda que acredite que meu pai logo vai capturar este barco.

— Se eu quiser, posso sentir o que os homens querem. Sei cada um de seus desejos. E uso isso para conseguir o que eu quero. É algo que consigo ligar e desligar quando preciso. — E posso me perder nisso, se for longe demais.

Riden fica paralisado ao ouvir isso. Espere, não. Há um clarão negro. De medo. Paro onde estou e olho ao redor. Passei pelo meio do navio, onde o mastro principal se estende no ar.

— É por isso que você age do jeito que age? — ele pergunta. Acho que está tentando me distrair.

Dou alguns passos na direção de Riden, na direção do mastro principal.

— O que quer dizer?

— Todo o tempo em que você esteve neste navio. Tudo o que disse e fez. Você andou me analisando? Me dando o que eu queria? É por isso que sinto a necessidade de proteger você? Ou você entrou na minha mente? Me obrigou a sentir coisas que nunca senti antes?

Paro de supetão ao ouvir isso.

— Riden, a única coisa que fiz com você foi fazê-lo dormir. Eu não brinquei com sua mente ou agi de determinada forma para manipular você. Eu só usei isso em Draxen uma vez, para tentar achar o mapa. O que quer que você tenha pensado e sentido... veio de você. Eu não fiz nada.

A luz ao redor dele se torna azul.

— Você está confuso — digo. — Por quê?

Ele estreita os olhos.

— Porque não entendo você. E não sei no que acreditar.

— Você pode escolher acreditar no que quiser, mas eu falo a verdade. Agora, se me dá licença, tenho um mapa para encontrar. — Olho para cima. — O cesto da gávea, hein? — pergunto. Deve ter sido onde Riden o escondeu.

Riden inclina a cabeça para alguma coisa atrás de mim.

— O que você está fazendo aqui?

Estou tão concentrada na reação de Riden aos meus movimentos pelo barco que não percebi que alguém estava vindo por trás de mim. Estou prestes a me virar quando sinto uma dor aguda na nuca e caio na escuridão.

⚔

Tudo está nebuloso. Consigo distinguir algumas formas, mas basicamente sinto o balanço – o balanço de um bote no mar.

— Ela está despertando — alguém diz.

— Ela se recupera mais rápido do que eu pensei. Acerte-a novamente.

A escuridão me dá as boas-vindas mais uma vez.

⚔

Frio.

Tudo está frio. Sinto no meu rosto. Prendendo-se nos meus dedos. Atravessando minhas roupas.

Minhas pálpebras estão pesadas, mas consigo abri-las. Meus olhos encontram grades. Estou de volta à minha cela?

Não.

Além das grades, não está o interior de um navio, mas areia e árvores. Ouço o rolar das ondas não muito distante dali, mas não consigo ver a praia.

Estou sozinha.

As árvores farfalham com o vento. Estremeço com o frio. Criaturas rastejam e se arrastam pelo chão, abrindo caminho pela vegetação rasteira. Os sons da noite não me assustam.

Não, é a cela que me assusta. Estou sem meu canto. Sem minhas gazuas. Sem companhia alguma.

Pela primeira vez em muito tempo, estou assustada de verdade.

É só de manhã que alguém se aproxima de mim.

Não reconheço o homem. Ele é alto, ainda que não tão alto quanto meu pai. Calvo no alto da cabeça e com um cavanhaque castanho. Cinco argolas de ouro pendem em sua orelha esquerda. Suas roupas são boas, ainda que com um estilo provocativo. Ele tem uma espada e uma pistola na cintura. Mas não consigo imaginá-lo usando-as com muita frequência. Ele parece ter músculos sólidos, mas aposto que eu poderia derrotá-lo se não estivesse trancada.

Ele tira algo do bolso, uma espécie de orbe. Ah, é o mapa. Ele o lança no ar e o pega com a expressão preguiçosa. Um espetáculo em meu benefício.

— Você sabe quem sou eu? — ele pergunta. Sua voz soa exatamente como eu esperaria: profunda e autoritária.

— Eu devia me importar? — rebato, indiferente, como se eu não estivesse presa. Fico orgulhosa de mim mesma com meu tom de voz. Mascara completamente o emaranhado de nervos em meu estômago.

— Meu nome é Vordan Serad.

Escondo minha surpresa. Fui sequestrada pelo terceiro senhor pirata, e, desta vez, minha captura não foi planejada.

Pelo menos não por mim.

Tento fingir confiança.

— Você sabe quem *eu* sou? — pergunto de volta, com o mesmo ar de autoridade de Vordan.

— Você é Alosa Kalligan, filha de Byrronic Kalligan, o rei pirata.

— Excelente. Então você já sabe a tolice que está cometendo em me manter desse jeito.

— Tolice? Nem um pouco. Seu pai pensa que o jovem capitão Allemos está com você, então ele não virá atrás de mim. Tenho fontes confiáveis que dizem que você já esgotou o poder que o mar lhe dá, então, não pode salvar a si mesma. Eu diria que é *você* quem está sendo tola em não ter medo.

Meu estômago afunda quase até o chão, enquanto minha boca seca.

— E que fontes são essas?

— Eu — diz uma voz atrás de mim. Vários homens saem do meio das árvores. Riden está entre eles, mas não foi ele quem falou. Não, Riden tem duas pistolas apontadas em sua direção. Estão obrigando-o a andar até mim. Por que ele não está trancado como eu? Será que temos falta de grandes celas por aqui?

Minha mente esvazia assim que coloco os olhos em quem falou, o quarto homem a entrar na clareira.

É Theris.

Ele se encosta em uma das árvores e pega sua moeda, girando-a entre os dedos.

Balanço a cabeça para ele.

— Traindo meu pai? Esse será o último erro que você vai cometer. Sabe o que aconteceu com o último homem que entregou informações aos inimigos dele? Meu pai o amarrou pelos tornozelos e o serrou ao meio.

Theris não se deixa afetar pelas minhas palavras.

— Felizmente para mim, eu não o traí.

Ele não precisa que eu lhe diga que agora estou confusa.

— Eu nunca fui um homem do seu pai — ele prossegue.

Preciso de mais tempo do que seria necessário para interpretar suas palavras. Mas o símbolo – ele conhecia a marca do meu pai. Ele se identificou claramente como servo da linhagem Kalligan.

— Meu alcance é vasto — Vordan explica desta vez, guardando o mapa encapsulado no bolso novamente. — Kalligan é tolo. Ele se acha intocável. Ele não percebe que aqueles que estão mais próximos dele estão prontos para entregá-lo. E, mais importante ainda, a entregar você.

Eu me viro para Theris.

— Você não estava no navio para me ajudar.

— Não — ele responde. — Fui enviado para vigiar você.

— Então quem era o homem do meu pai a bordo do *Perigos da Noite*? — digo, mais para mim mesma.

Theris responde.

— Era o pobre Gastol. Sinto dizer que você cortou a garganta dele quando Draxen assumiu o controle do seu navio.

Quais as chances de que um dos dois homens que matei fosse alguém enviado pelo meu pai? A culpa me atinge, ainda que eu saiba que não é inteiramente minha. Meu pai devia ter tido a perspicácia de me dizer quem era seu informante a bordo do *Perigos da Noite*, antes que eu fingisse minha captura. Então, Gastol não teria morrido, e Theris não teria podido me enganar. Meu pai não leva esses pequenos detalhes em consideração. O que importa para ele se um de seus homens morre por acidente? Sempre há outra pessoa para assumir o posto. Mas, neste caso, sua insensatez pode ter custado o mapa de Draxen.

E talvez eu.

Mas talvez eu devesse ter percebido que meu pai jamais pediria para seu informante me ajudar. Ele sabe que não preciso de ajuda. Eu devia saber que Theris estava fingindo desde o início. Furiosa comigo mesma, retorno à conversa em curso.

— Por que você pediu para Theris me vigiar? — pergunto para Vordan. — O que você poderia querer comigo?

— Você não percebe seu próprio valor — responde Vordan. — Acha que Kalligan mantém você por perto porque é filha dele? Não, Alosa. É por causa dos poderes que você possui. Ele usa você em seu próprio benefício. Você não é nada mais do que uma ferramenta para ele. Ouvi tudo sobre as punições de Kalligan, seu treinamento, seus testes. Sei todas as coisas horríveis que ele fez você passar. E estou aqui para libertar você.

Por um momento, eu me pergunto como é possível que ele saiba tanto sobre mim. Então percebo que, se tem alguém do alto escalão do meu pai trabalhando com ele, ele saberia... bem, simplesmente de tudo.

Eu digo:

— Me colocar em uma jaula provavelmente não é a melhor maneira de mostrar o quanto você quer me *libertar*.

— Peço desculpas. Isso é meramente uma precaução de segurança para mim e para meus homens, enquanto eu explico as coisas.

— Já explicou. Agora, me deixe sair.

Vordan balança a cabeça calva.

— Ainda não terminei.

E não quero que ele termine. Quero sair desta gaiola. Agora. Mas fico em silêncio, para não correr o risco de deixá-lo zangado. Posso não ter minha canção para encantá-lo, mas posso analisá-lo.

Como se eu já não estivesse desconfortável o bastante por estar trancada em uma jaula, sem esperança de escapar, agora preciso convocar minha sereia. Mais uma vez. Sinto um gosto desagradável no fundo da garganta. Arrepios percorrem minha pele, e não têm nenhuma relação com o frio.

A cor dele é vermelha – a mais complexa de todas. Pode querer dizer tantas coisas: amor, luxúria, ódio, paixão. Basicamente qualquer emoção avassaladoramente forte parece vermelha para mim. Dando um palpite, eu diria que Vordan sente o brilho vermelho da paixão, mas paixão pelo quê?

Decido que basicamente Vordan está ansioso para ter êxito. Ele quer algo de mim. Seria bom se eu pudesse ser paciente o bastante para ouvir o que é.

— Continue, então — consigo dizer.

— Estou aqui para lhe oferecer um lugar na minha tripulação. Quero lhe dar a liberdade de fazer o que você desejar depois que me ajudar a encontrar a Isla de Canta.

— Sou capitã do meu próprio navio e tenho minha tripulação. Tenho liberdade para navegar para onde eu quiser. Por que eu acharia sua oferta remotamente tentadora? — Não pergunto com raiva. Meu tom de voz é simplesmente objetivo. Estou tentando argumentar com ele. Mantê-lo calmo.

— Porque, no fim das contas, você está sob as ordens do seu pai. Quando tudo isso estiver acabado, Alosa, quando você e seu pai tiverem todos os três pedaços do mapa, quando navegarem até a Isla de Canta e reivindicarem a riqueza de eras... então o quê? Vou lhe dizer: então seu pai não só terá o controle completo sobre os mares de Maneria, mas também terá toda a riqueza de que precisa para manter esse controle. E você sempre terá que servir a ele. Você nunca será verdadeiramente livre dele.

— Mas eu serei se me juntar a você? — questiono, cética.

— Sim. Me ajude a obter o que seu pai quer. Me ajude a encontrar a Isla de Canta. Me ajude a usurpar o poder de Kalligan, e eu libertarei você. Quando tivermos êxito, você será livre para ir aonde tiver vontade, fazer o que desejar, ter o que quiser. Eu não a incomodarei nem a convocarei novamente.

Vordan Serad é um tolo. Será que ele acha que eu acreditaria que manteria sua palavra? Será que ele realmente acha que eu me voltaria contra meu pai com tanta facilidade? Ele acha que é um fardo para mim servir Kalligan? Ele é meu pai. É o amor pela família que guia minhas ações. Não desejo liberdade, pois já a tenho. Tenho meu próprio navio, minha própria tripulação, e ambos são meus para fazer o que quiser. De vez em quando ajudo meu pai quando ele precisa de mim.

Afinal, ele é o rei. E eu me tornarei rainha quando o reinado do meu pai terminar. Vordan espera que eu desista disso por ele? Sem chance.

Mas não ouso dizer essas coisas. Ainda estou analisando os sentimentos e desejos de Vordan. Ele está esperançoso. Com muita esperança de... alguma coisa.

Concordar é o único jeito de sair desta gaiola e de ter uma chance de fuga.

— Você está certo — digo, em uma tentativa de responder para Vordan exatamente o que ele deseja ouvir. — Tenho medo de me libertar do meu pai. Desejo muito me ver livre dele. Não quero nada com a Isla de Canta ou com Kalligan, mas, se você jurar que me dará liberdade em troca dos meus serviços, eu o ajudarei a obter o que deseja.

Vordan olha para trás de mim. Eu me viro. Theris balança a cabeça.

— Ela está mentindo.

— Não estou — respondo, travando os dentes. Estava tão concentrada em Vordan que não me incomodei em sentir o que Theris queria ouvir. Eu não percebi que era ele, e não Vordan, que precisava ser convencido.

Theris sorri.

— Ela está usando o mesmo truque que usou com Draxen. Eu testemunhei exatamente como Alosa pode manipular os outros usando o que eles querem ouvir.

— Posso ter usado minhas habilidades em Draxen, mas isso não quer dizer que estou usando agora — digo, ainda que saiba ser inútil. Agora sei o que eu precisava ter dito, e é tarde demais para mudar minha resposta.

— Você não lutou o bastante, Alosa — diz Theris. — Eu a observei durante um mês naquele navio. Ouvi suas conversas e... interações. — Com isso, ele faz questão de olhar para Riden.

Riden ainda não falou nada. Ele observa nossos captores com atenção, tentando entender a situação para que possamos dar o fora daqui. Ao ouvir as últimas palavras de Theris, ele olha para mim.

Quanto será que Theris viu?, penso, com desgosto.

— Sei exatamente o quanto você é teimosa — prossegue Theris.

— E sei como se sente em relação ao seu pai. Você não o defendeu como costuma fazer.

Quero dar um chute nele, mas ele está fora do meu alcance, e eu não conseguiria enfiar a perna entre as grades se quisesse. Um braço sim, mas não uma perna.

— Tudo bem — digo enquanto tento pensar em um novo plano.

— E agora?

— No caso provável de você não colaborar — prossegue Vordan —, estamos preparados para usá-la de um jeito diferente.

Não gosto disso. Deixei a sereia de lado. Não tenho como me preparar para o que Vordan possa estar pensando agora.

— Tragam os suprimentos — ele ordena para os dois homens que ainda estão com as pistolas apontadas para Riden. Imediatamente eles dão meia-volta e deixam a clareira.

Posso ver a mente de Riden trabalhando. Ainda que não possa sentir o que ele está pensando, não é difícil adivinhar. Ele está tentando decidir como aproveitar ao máximo o fato de não estar sob uma segurança tão pesada.

No entanto, antes que ele possa dar um passo, Theris saca a arma e a vira para trás.

— Nem pense nisso.

— Por que ele está aqui? — pergunto. — Você já tem a mim. Por que fazer um segundo prisioneiro? Agora Draxen vai procurar por ele.

— Tudo será revelado em seu tempo — diz Vordan.

Ele está se divertindo muito, e está ansioso pelo que está por vir. Acho que não importava se eu concordava em me juntar a ele ou não.

Me pergunto se eu devia me transformar. Será que devo me tornar a mulher perfeita para Vordan, para ele desejar me libertar? É a única arma que me resta, mas será que vai adiantar? Olho de relance para Theris e sua moeda, e percebo que não vai dar certo. Se eu tentar algo com Vordan, Theris saberá e vai impedir.

Estou impotente. Nenhuma arma. Nenhum poder. Neste ponto, só posso esperar que alguém se aventure perto o suficiente da jaula ou que, de algum modo, Riden se liberte e depois me ajude. Já que Riden não está muito satisfeito comigo no momento, duvido que ele vá querer me ajudar, mesmo que consiga se libertar.

Quando os guardas de Riden retornam, não estão de mãos vazias. Cada um deles traz um balde cheio de água em uma mão e algo que parece um bastão em outra. No início, não consigo dizer do que se trata.

— Alosa — diz Vordan —, você está aqui para que eu possa descobrir todas as habilidades que você possui. Se não posso usá-la para me ajudar a encontrar a Isla de Canta, então a usarei para aprender tudo sobre as sereias, para estar protegido adequadamente assim que estiver lá.

Um pavor gelado toma conta de mim.

Sou o experimento dele.

CAPÍTULO
17

— Como é que é? — digo, porque não consigo pensar em mais nada para falar.

— Não posso esperar que você seja honesta sobre suas habilidades, então terei que determiná-las eu mesmo — responde Vordan. — Juntos, Alosa, vamos identificar todos os poderes que as sereias possuem.

Ele não percebe como acho essa perspectiva apavorante. Como ele poderia saber o quanto odeio e, às vezes, temo usar minhas habilidades? Odeio o jeito como me sinto por dentro e por fora. Odeio o preço emocional que isso cobra de mim. E depois há a maneira como mudo quando preciso reabastecer minhas habilidades. Vordan me obrigará a demonstrar tudo isso várias e várias vezes. Só de pensar nisso, a bile sobe até minha garganta. Engulo em seco.

— Sou só parcialmente sereia — alego, em desespero. — O que posso ou não posso fazer não se aplica às criaturas que você encontrará na Isla de Canta. Não tenho utilidade para você.

Vordan puxa a barbicha em seu queixo.

— Isso não é verdade. Mesmo que você não seja tão poderosa quanto uma sereia de verdade, suas habilidades me darão a informação de que preciso para me preparar para tal aventura.

Durante nossa rápida troca de palavras, os homens de Vordan se mexem. Colocam os baldes a cerca de um metro e meio da jaula, longe do meu alcance. Colocam o que parece ser um galho comprido e oco, em forma de tubo, dentro de cada balde.

— Para começar — diz Vordan —, você vai cantar para mim.

— Para o inferno que vou.

Vordan sorri.

— E é por isso que o jovem imediato está aqui. Theris, mostre para Alosa o que vai acontecer cada vez que ela se recusar a fazer o que eu peço.

Theris pega seu alfange e o passa pelo braço de Riden, cortando sua camisa e fazendo o sangue escorrer.

Riden estremece, mas, fora isso, não demonstra sinais de dor. Em vez disso, ele ri, aplicando pressão no ferimento recente.

— Vocês todos são tolos se acham que a princesa se importa se eu vivo ou morro.

Theris bufa.

— Você está errado, Riden. Alosa vive segundo suas próprias regras. Ela tem uma forte tendência para a vingança. Não suporta ver aqueles que a prejudicaram saindo ilesos. Draxen a sequestrou, a espancou, a humilhou, tentou tomar seu corpo. Ela o odeia. Mesmo assim, ele está vivo. Sabe por quê?

Riden olha para mim. Eu rapidamente baixo o olhar.

— Se ela não se importasse com sua dor, ela o teria matado. De maneira lenta e agonizante. O fato de que ele vive prova que há pelo menos uma coisa com a qual ela se importa mais do que com a própria justiça. Você.

Isso não é verdade. Eu... eu devia isso a Riden. Ele me deixou ficar com minha adaga quando podia tê-la tirado de mim. Eu pago minhas dívidas. Ele me ajudou a permanecer em segurança, então eu não matei seu irmão. Não há nada além disso.

Estou certa de que...

Espere – minha adaga!

Na posição sentada em que estou, envolvo os braços ao redor dos tornozelos, como se tentasse confortar a mim mesma. Apalpo minha bota.

Sem contar meu pé, ela está vazia.

— Está procurando por isto? — pergunta Theris, tirando a arma de seu cinturão, de onde eu não tinha notado antes.

Tento aparentar que isso não me perturba em nada. Na verdade, estou ultrajada. Não só Theris tirou minha única esperança de fuga como sou bastante apegada àquela adaga.

— Eis como a coisa vai funcionar — diz Vordan, desviando minha atenção de Theris. — Eu lhe direi o que fazer, e você fará. Se houver qualquer hesitação ou desvio das minhas palavras, Riden suportará outro ferimento. Tente usar suas habilidades para escapar e nós o mataremos e traremos outra pessoa para você encantar. Estamos entendidos?

Dou um olhar assassino para Vordan.

— Quando eu sair desta jaula, a primeira coisa que vou fazer é matar você.

Sem sequer esperar um sinal de Vordan, Theris esfaqueia o antebraço de Riden.

Meus olhos se arregalam enquanto seguro um grito.

— Eu perguntei se estamos entendidos.

Ainda que seja contra minha natureza – seja a humana ou a de sereia –, engulo meu orgulho.

— Sim.

— Ótimo. Niffon, Cromis... a cera.

Os homens de Vordan entregam para ele e para Theris dois chumaços de cera amarelo-alaranjada. Cada um deles pega dois pedaços para si. Cada homem insere a substância nas orelhas.

Tão esperto, Vordan. Você se acha infalível. Eu *vou* achar um jeito de sair dessa. Eu sempre acho. É questão de tempo. Mas eu gostaria que o medo que penetra em cada membro do meu corpo não afirmasse o contrário.

Nem tento esconder a fúria em meu rosto quando Vordan aponta para os baldes. Cada um de seus subordinados pega um dos galhos finos e o enfia no balde.

— Estenda as mãos, Alosa — Vordan manda, um pouco alto demais.

Não. Não farei isso. Não posso. Não me sujeitarei a isso. Não novamente. Minha mente retorna à masmorra do meu pai.

Algemas prendem meus pulsos, me acorrentando à parede. Meus tornozelos também estão imobilizados, tilintando com as correntes que me impedem de me afastar mais do que trinta centímetros da parede de pedra.

— Relaxe — diz meu pai antes de jogar um balde de água no meu rosto.

Eu engasgo e cuspo enquanto a água escorre ao meu redor.

— Entregue-se, Alosa. Agora, vamos ver como podemos torná-la ainda mais poderosa...

Sou trazida de volta ao presente com um grunhido alto. Riden segura o braço com a mão direita. O sangue escorre pelo novo corte, passando por seus dedos tensos.

— Estenda as mãos! — Vordan exige, desta vez gritando.

Suas lembranças são apenas lembranças, digo a mim mesma. *O pai a tornou forte. Ele a ajudou a descobrir tudo o que você consegue fazer. Se você sobreviveu à pressão e ao escrutínio do rei pirata, certamente pode sobreviver à de qualquer outro homem patético, estúpido e viscoso.*

O autoencorajamento passa por mim em menos de um segundo. Então, antes que Theris possa causar mais danos em Riden, faço o que Vordan ordena. Não olho para Riden. O que minha obediência significa para mim? O que significa para Riden?

Niffon e Cromis se ajoelham lado a lado diante de seus baldes. Niffon tampa a ponta de seu galho oco, ergue-o do balde e o segura bem alto diante de mim.

Parece que Vordan pensou em tudo.

Se Niffon abaixasse o galho só mais um palmo, eu poderia alcançá-lo. Um simples erro de cálculo de sua parte seria extremamente útil para mim agora. Mas não. Theris já viu o que consigo fazer com recursos limitados. Ele não permitirá que eu coloque as mãos em um bastão.

Fico presa na expectativa e no pavor enquanto espero o que acontecerá a seguir. Niffon remove o polegar da ponta do galho. A água do oceano que está lá dentro agora cai nas minhas mãos estendidas.

Deixo a água escorrer pelos meus dedos e cair no chão, mas espero que pareça que absorvi parte dela. Minha esperança é poder fingir que está dando certo. Na verdade, não consigo restabelecer minhas habilidades. Não desse jeito.

Mas Vordan não quer saber disso. Ele balança a cabeça, desgostoso. Theris passa a espada na pele de Riden novamente. Desta vez perto da panturrilha.

— Não deixe a água se juntar no chão — diz Vordan. — Tire tudo.

Ele está preocupado que eu junte água até que haja o suficiente para eu fazer algo realmente perigoso com isso. Enquanto Vordan e seus capangas tiverem cera nos ouvidos, não importa quanta água eu tenha à disposição.

Mas não destaco isso. Não tenho tempo a perder se quero evitar causar mais dor a Riden. Então, quando Niffon permite que mais água caia, eu pego tudo e a absorvo instantaneamente. Nada me escapa, e minhas mãos secam imediatamente.

A mudança é instantânea. A água calmante se torna parte de mim. Preenche o vazio que senti nas últimas semanas, reabastece meu canto, fortalece minha confiança, diminui meu medo. Quero sentir aquele conforto em todos os lugares ao mesmo tempo. Quero pular no oceano e nadar até o espaço mais escuro e mais profundo, para que o conforto nunca me abandone.

Por um instante, tudo no que consigo pensar é no oceano. Não tenho preocupações, exceto voltar para lá. Nada mais importa.

— Alosa — É a voz de Riden interrompendo meus pensamentos ansiosos. Tento controlar os desejos da sereia. É por isso que não posso reabastecer meu canto, a menos que tenha tempo para me orientar. Porque usar o oceano para me nutrir me abre aos instintos da sereia. E o instinto da sereia é não se importar com nada exceto ela própria, suas irmãs e o oceano.

Esse homem não é nada para mim. O que me importa se o matarem? Ele não importa. Eu importo.

— Alosa — Riden repete.

Estreito o olhar na direção dele, tentando focar meus pensamentos. *Não se torne uma criatura desalmada.* Você é uma mulher. Pense em sua tripulação, em seus amigos, em sua família. Lembre-se da vez em que você roubou um navio e o tornou seu. Lembre-se de como é ser uma capitã, como é ter ganhado o respeito e a gratidão de sua tripulação. Pense no orgulho nos olhos de seu pai quando você faz algo que o agrada.

Pense em Riden. Lembra como você se divertiu quando lutou com ele, espada contra espada? Lembre-se das provocações e das brigas. Lembre-se da adaga. Lembre-se dos beijos dele. Pense em Riden, que não merece morrer só porque você não consegue se controlar!

Isso funciona. Volto a olhar para Vordan, aguardando instruções.

— Cante para ele, Alosa. Me impressione.

Sem dúvida, Vordan quer ver Riden dançar e executar outras acrobacias ridículas. Em outras circunstâncias, acho que seria divertido fazer Riden se humilhar. Mas não agora. Não para satisfazer um homem que me enjaulou. Riden não é um macaco de circo, e eu não sou uma escrava.

Olho para Riden. Ele não parece exatamente assustado, apenas inquieto.

— Vá em frente — diz ele por fim. Já que Riden me encara, e os homens estão com cera nos ouvidos, ninguém sabe que ele está falando comigo. — Vamos sair dessa em algum momento. Faça o que precisa fazer enquanto isso.

Vordan me observa com atenção, então não arrisco fazer um aceno de cabeça para Riden. Em vez disso, começo a cantar. Começo com algo simples e indetectável. Meus lábios se abrem levemente, enquanto canto uma melodia lenta e tranquilizante. As notas não importam. É a intenção por detrás delas que dá poder à canção. É o que faz Riden fazer o que eu quero. E o que eu quero agora é tirar a dor dele.

Imediatamente, os braços e pernas tensos dele relaxam, não mais sentindo os cortes cruéis ou o ferimento profundo perto do pulso. Então, arranco uma tira de tecido da bainha da minha blusa e a jogo para Riden.

Os homens de Vordan estão preparados para intervir se eu fizer qualquer tentativa de libertar Riden ou a mim. Eu devia ficar lisonjeada por eles pensarem que consigo fazer isso com nada além de uma tira de tecido.

Mas é para o braço de Riden. Coloco mais algumas notas na canção, fazendo Riden amarrá-la no pior ferimento, para estancar o sangramento. Eu gostaria de poder curá-lo, mas minhas habilidades são limitadas. Só consigo alterar a mente, de onde descobri que a dor realmente vem. Posso aliviar o sofrimento de Riden por um tempo, mas nada mais.

Só me sobram mais algumas notas, então tento dar a Vordan o que ele quer. Riden endireita o corpo. Seus olhos não ficam vidrados nem nada. Ele parece perfeitamente normal, como se suas ações fossem suas. Mas não são. Ele não faz nada além do que eu lhe digo por meio da canção. Riden simula alguns movimentos de combate. Eu o faço chutar e socar inimigos invisíveis. Ele pula no ar, desviando e acertando seus oponentes. Por fim, ele embainha uma espada imaginária.

Eu o liberto do meu encanto assim que meus poderes são drenados. Então me sento no chão da jaula.

Riden pestaneja. Ele olha ao redor, confuso, até que me vê e tudo retorna. Não tirei suas lembranças com a canção, então ele sabe exatamente o que eu o fiz fazer. Ele puxa o ar rapidamente. A dor de seus ferimentos retorna. Não posso manter a dor afastada depois que paro de cantar. Foi só um alívio temporário, mas lhe dei o que pude. É por minha culpa que ele está aqui, antes de mais nada.

Bem, na verdade é culpa de Theris, mas não posso esperar que Riden veja dessa forma.

Vordan se aproxima da jaula, me encarando intensamente.

— Seus olhos são realmente a janela para sua alma, Alosa — diz ele em voz alta, em uma tentativa de compensar a cera em seus ouvidos. — Em menos de um minuto, eles passaram de verdes para azuis e depois para verdes de novo. Uma ferramenta bem útil para saber quando você tem o poder de sua canção e quando não tem.

Maldição.

Eu esperava que ele não conseguisse perceber quando eu ficava sem. Mas estão me observando com muita atenção. Não me sobrará segredo algum quando isso terminar.

— Mas, de volta à tarefa. Acho que você pode fazer melhor do que isso, Alosa — lança Vordan, em um tom de voz encorajador que deixa meu estômago embrulhado. — Tente de novo. — Ele aponta um dedo para o outro pirata na minha frente.

Desta vez, Cromis tapa o galho com o polegar antes de erguê-lo sobre meus braços, que pendem soltos do lado de fora da jaula.

Isso é fingimento. Quero que pensem que usar meus poderes me enfraquece momentaneamente. Isso pode me ajudar a acabar com eles mais tarde.

Absorvo a água que cai. Sinto-a correr dentro de mim, percorrendo todos os meus membros. A dúvida se torna certeza. A fraqueza se torna força. O medo se torna resolução. Esses homens não sabem com quem estão lidando. Sou poder e força. Sou morte e destruição. Não sou alguém com quem se brinca. Eles estão muito abaixo de mim. Eu devo...

— Alosa — a voz de Riden interrompe meus pensamentos alarmantes. Será que ele percebe como a sereia tenta tomar conta de mim? Ou está apenas me incentivando a ir logo porque está com medo do que Theris fará se eu não obedecer imediatamente?

Qualquer que seja o caso, estou grata por ele parecer ter a capacidade de me trazer de volta a mim mesma. E com rapidez.

— Alosa, você não precisa fazer isso — ele prossegue. Mais uma vez, ele está de costas para Vordan e seus homens, então eles não sabem que Riden está falando comigo. — Está tudo bem. Ignore-os. Concentre-se em dar o fora daqui. Você é boa em fugir. Então faça isso.

Sorrio para ele, apesar da situação.

— Cada vez que escapei, foi porque eu tinha planejado com antecedência. Eu não planejei esta captura. — Espero que Vordan presuma que o movimento dos meus lábios é o início da canção. Para manter a ilusão, misturo a última palavra na nota e começo uma nova música.

Para mim, a melodia soa acelerada, excitante, emocionante. Ela sempre parece combinar com minha intenção. Desta vez conduzo

Riden em uma demonstração impressionante de flexibilidade e destreza. Faço-o dar saltos no ar. Ele escala árvores e pula de costas. Eu o faço correr mais rápido do que seria possível com seus ferimentos. Ele executa acrobacias que tenho certeza de que não consegue fazer sozinho, mas, desde que eu saiba fazê-las, ele também será capaz.

Quando dreno todas as minhas notas, caio no fundo da jaula mais uma vez.

Vordan tira a cera dos ouvidos. Seu homens, seguindo seu exemplo, fazem o mesmo.

— Muito melhor, Alosa. — Agora Vordan tem um pedaço de pergaminho e um bastão de carvão nas mãos. Não importa que ele não tenha mais cera; minhas habilidades também se foram.

— Vamos começar a detalhar a extensão de suas habilidades. — Vordan começa a escrever com o carvão. — Se não estou enganado, você tem essencialmente três habilidades. A primeira é seu canto. Você consegue encantar os homens para fazerem basicamente qualquer coisa, desde que não desafie as leis da natureza. Por exemplo, você não pode fazer Riden voar. Quantos homens você consegue encantar por vez, Alosa?

Hesito. Será que devo dizer a verdade?

Riden arfa diante de mim. Theris puxa uma espada ensanguentada.

— Três! — eu grito. — Pelo amor das estrelas, me deixem pensar um momento, pode ser?

— Não há nada no que pensar, Alosa. Responda, e nada de ruim acontecerá com Riden. Agora, você reabastece seu canto com água do oceano. E a água do oceano só dura um certo tempo. Você não conseguiu fazer Riden executar muita coisa com a quantidade que Cromis lhe deu. Tenho certeza de que a complexidade da instrução determina quanta água é necessária.

E a mente de cada homem é diferente. Isso também afeta a quantidade, mas não me incomodo em mencionar isso. A mente de Riden é muito mais estável e firme do que estou acostumada a ver. Encantá-lo exige muito mais de mim do que a maioria dos homens exigiria normalmente.

Depois de um instante de pausa, Vordan analisa suas anotações.

— Esplêndido. Agora, o poder de sua canção afeta a mente. Mas até que ponto? Theris viu você fazer homens esquecerem. Quando você encantou o pobre Riden aqui pela primeira vez, ele não se lembrava da experiência. Theris também viu você colocar Riden para dormir. Tenho certeza de que poderia fazer facilmente um homem se matar. Mas poderia lhe dar uma realidade diferente?

— Sim — respondo rapidamente, sem querer arriscar nenhuma hesitação.

— Me mostre. — Ele recoloca a cera nos ouvidos. Seus homens o imitam, e um novo jorro de água é liberado sobre mim.

Olho para Riden enquanto absorvo tudo. Por algum motivo, olhar para ele me permite manter a mente clara enquanto sinto a força da água fluir em mim, algo que nunca experimentei antes quando reabastecia minhas habilidades.

— Odeio bancar a marionete — reclamo. — Você tem alguma ideia?

— Se alguém é a marionete aqui, sou eu — responde ele, agitado. — Você é a marionetista.

Olho para ele irritada.

— Estou trabalhando em uma — diz ele, para responder à minha pergunta. — Continue obedecendo às ordens até que eu consiga planejar tudo.

Não me permito ter esperança quando começo a cantar, fechando os olhos e imaginando o que quero que Riden veja. Imagino um mundo mágico, cheio de novas cores e sons. Borboletas com asas brilhantes flutuam ao meu redor. Estrelas cadentes se espalham pelo céu púrpura sobre nossas cabeças em rápida sucessão. Um corpo de água próximo lança jatos no ar, até alturas impossíveis. Pássaros maiores que baleias voam nos céus, com penas vermelhas e azuis. Junto os primeiros elementos aleatórios que imagino, acrescentando mais e mais detalhes, até ficar satisfeita. Então abro os olhos.

Riden tem uma expressão de completa admiração e encanto. Ele estende a mão como se fosse tocar uma das criaturas invisíveis que coloquei diante dele.

— Que lindo — ele exclama.

— Alosa — diz Vordan. — Projete essa imagem em Theris também.

Vejo agora que Theris entregou a pistola para Vordan. Ele remove a cera dos ouvidos e a coloca no bolso. Eu rapidamente expando a canção para englobá-lo também, aliviada porque agora Theris é incapaz de machucar Riden. Ele também logo parece maravilhado por tudo ao seu redor. Ele se vira, tentando ver cada parte do mundo mágico que mostro para ele.

Minha mente rodopia enquanto tento pensar em algo que posso fazer agora que tenho um dos homens de Vordan sob minha influência. Com Riden e Theris, a luta seria de dois contra três. Mas não me sobra canto suficiente depois de projetar meu mundo para conseguir que Riden e Theris façam algo substancial. Vordan toma muito cuidado para não me dar o mínimo de poder sobre ele.

Mas eu me pergunto por que ele fez questão que eu encantasse um de seus homens. Se está tão curioso com minhas habilidades, por que não oferecer a si mesmo?

— Excelente — diz Vordan, rabiscando o carvão rapidamente sobre o pergaminho. — Agora liberte Theris.

Faço o que ele manda. Theris imediatamente olha ao redor, ajustando-se à realidade, e então recoloca a cera nos ouvidos. Vordan devolve sua pistola.

— Agora me mostre algo realmente impressionante — ordena Vordan.

Olho para Theris e para Vordan, erguendo uma sobrancelha, confusa.

— Faça Riden ver algo horrível. Faça-o sentir uma dor que não existe. Me mostre como os homens ficam à sua mercê.

Cromis libera outro jato de água, e mal consigo absorvê-la a tempo.

Sinto como se agulhas geladas perfurassem meu estômago. Ele não pode esperar que eu...

Paro de cantar quando a água penetra na minha pele. Riden é libertado da falsa realidade que lhe dei. Sinto minha mente se afastar de mim.

Esses homens estão todos mortos. Assim que conseguir minha força completa, eu os reduzirei a pedaços de carne. Imagino o jeito como meu corpo se transformará. A força que terei. Eu me vejo puxar os cinco homens até o fundo do oceano, observando os olhos deles enquanto a vida se esvai. Sinto seus corpos se contorcendo até serem pegos pelo esquecimento...

— Alosa!

É como se eu despertasse de um sono, embora meus olhos estivessem abertos o tempo todo. Eu me desviei para minha própria realidade alternativa. Meu ser alternativo.

— Está tudo bem, Alosa. Volte para mim — chama Riden.

Volto meu olhar para ele.

— O que quer que disseram para você fazer, faça. — Ele não escutou a ordem, não enquanto estava preso em outro mundo. — Vamos passar por isso. Só siga em frente.

Não posso. O que importa se eu deixar cortarem Riden porque hesitei? De todo jeito ele vai sofrer.

Mas a dor não será real se você cantar para ele, tento dizer a mim mesma. *Ele sofrerá por um momento, e então estará tudo acabado. Você não pode vacilar, ou ele vai sofrer de verdade por causa de mais um ferimento de espada. É só fazer bem rápido.*

— Eu sinto muito mesmo — digo para ele.

Imediatamente, Riden grita. Ele se contorce de dor no chão enquanto atiçadores quentes imaginários penetram em sua pele.

Eu me odeio. Odeio minhas habilidades. Não é assim que meus poderes deveriam ser usados. Sou desprezível, baixa, imperdoável.

Acabo com o sofrimento de Riden o mais rápido que ouso fazê-lo, esperando que seja o suficiente para Vordan. Deixo a canção restante no ar, encerrando-a rapidamente. Não quero mais isso, não quero mais nada relacionado a isso. Tire isso de mim.

O bastardo doente ri.

— Excelente. — Vordan escreve mais alguma coisa em seu pergaminho. Eu gostaria de poder lançar atiçadores de verdade na carne *dele*.

— Estou satisfeito com suas habilidades de canto por hoje — diz Vordan, tirando a cera dos ouvidos. — Vamos falar sobre seu segundo conjunto de habilidades. Se Theris ouviu você explicar corretamente, você pode ver as emoções de uma pessoa, mas essa habilidade não precisa ser alimentada pelo mar. É algo inato que você possui.

Riden tenta recuperar o fôlego no chão, se esforçando para se recuperar da dor imaginária. Ele esfrega as mãos sobre a pele, convencendo a si mesmo de que não foi real.

— Alosa — Vordan exclama, tirando minha atenção de Riden. Theris se aproxima e chuta Riden no rosto. O sangue escorre de seu nariz, manchando a areia de vermelho. De certo modo, estou aliviada por Theris ter chutado com tanta força. Agora Riden está inconsciente e não pode mais sentir dor.

— Sim — eu respondo. — Consigo saber o que as pessoas estão sentindo, se eu quiser.

— E você não precisa cantar?

— Não.

— Excelente. — Mais rabiscos no pergaminho. — Me diga o que cada um dos meus homens está sentindo.

Já usei essa habilidade várias vezes hoje. Não posso me arriscar a usá-la muito mais, ou vou me perder. A última coisa de que preciso é esquecer de quem sou quando estou em uma situação de vida ou morte. A exposição aos poderes do mar quase me levou várias vezes. E Riden não está acordado para me trazer de volta.

Tentarei ser rápida. E então parar com isso.

Admiro as complexidades das emoções. São pinturas que consigo ver. Só preciso aguentar o sobrenatural a fim de vê-las. Enquanto a sensação doentia percorre minha pele, olho rapidamente para cada um dos homens de Vordan.

— Este aqui está com fome — digo, apontando para Niffon. — Este está entediado. — É Cromis. — Ele está excitado... não, feliz com alguma coisa. — Falo de Theris. — E você está... — Vordan é um pouco mais complicado — Contente — completo.

Vordan olha para cada um de seus homens, que confirmam com a cabeça, mostrando que estou certa.

— Quer dizer que está entediado, Cromis? — Theris pergunta. — Talvez devêssemos mandar você fazer as tarefas da cozinha.

Cromis olha com determinação para mim, sua missão.

— Estou bem, C... Theris.

Theris aperta os lábios por um instante, mas seu rosto volta ao normal rapidamente depois disso.

Um vacilo interessante, ainda que eu não devesse ficar surpresa que Theris me tenha dado um nome falso. Francamente, não me importa qual é seu nome de verdade. Seu nome deixará de existir não importa qual seja, assim que eu estiver livre e ele estiver morto.

— Calem a boca — Vordan sibila para seus homens. Seus olhos estão no pergaminho, até que ele olha para mim. — Vamos brincar um pouco mais com isso amanhã de manhã. Vamos passar agora para sua terceira e última habilidade, Alosa. Me diga, como você chama esse poder. Tive dificuldade para criar um nome conciso para ele.

Penso por um momento.

— Riden pode estar inconsciente, mas ainda posso fazer Theris machucá-lo. Então, fale logo.

Olho para a forma desprezível de Vordan.

— Posso me tornar a ideia da mulher perfeita de cada homem.

— Essencialmente, você é uma sedutora. Não podemos esperar nada menos de uma mulher, não é?

Se eu já não o tivesse marcado para morrer, ele definitivamente teria um alvo nas costas agora. Entredentes, eu digo:

— Posso me tornar o que precisar ser para conseguir que um homem faça o que quero.

— Você é uma manipuladora. Imagino que essa habilidade vá bem com a leitura das emoções. Junte os dois ao seu canto, e você é uma criatura realmente formidável... uma mestra de todos os homens. Agora, presumo que essa habilidade só funcione com um homem por vez?

— Depende. Muitos homens são atraídos pelas mesmas coisas. Só consigo discernir a mulher perfeita de um homem por vez, mas, se essas características são do gosto de muitos nas redondezas...

— Então você consegue afetar todos eles.

— Sim.

— Me dê uma demonstração. Quero que use isso em cada um dos meus homens.

De todas as minhas habilidades, essa é a que meu pai achava menos útil. Ele não a testou como fez com as outras duas. Tive que experimentar por conta própria. Ainda não descobri qualquer consequência por usá-la. Exceto o fato de me sentir uma completa prostituta quando termino. Mas não deixo de usá-la para conseguir o que quero. Ainda que, em geral, eu prefira ter alguma canção sobrando para apagar a memória das minhas vítimas depois.

No entanto, no fim do dia de hoje, parece que só terei perdido meu senso de segurança, meus segredos e minha dignidade.

CAPÍTULO
18

Vordan fez com que eu me transformasse para cada um de seus homens. Tive que interpretar o papel de prostituta (pois Niffon gosta de mulheres que sabem o que estão fazendo), de uma camponesa inocente (Cromis gosta de corromper sem consequências a inocência alheia) e de uma mulher casada (porque Theris gosta do perigo e do segredo de um caso ilícito).

Em todas essas vezes, sou mantida na jaula. Felizmente os homens não têm permissão para tocar em mim, mas quero bater em mim mesma pelos comentários sujos, tímidos e sugestivos que sou obrigada a fazer. Durante todo o tempo em que estou executando meu papel, Vordan fica parado ali com seu papel e carvão infernais, fazendo anotações enquanto observa.

Juro rasgar aquele pergaminho para que ninguém possa ler as coisas que tive que me rebaixar para dizer e fazer.

— Você pode parar — diz Vordan depois do que devem ser quinze minutos de conversas com Theris. — Não se incomode em me analisar. Já vi o bastante.

Theris olha para Vordan com ar de interrogação. Devo ter feito uma expressão similar. Se há uma coisa que me faz *querer* continuar usando meus – como Vordan elegantemente coloca – poderes sedutores, é alguém me dizer que não quer ser analisado.

Consigo ler os desejos de Vordan como se estivessem escritos em um quadro sobre sua cabeça.

— Ah — digo. — Consigo ver que você não me acharia atraente, não importa como eu aja.

Até esse momento, Vordan me observou apenas com um interesse agradável, mas agora me olha como se eu fosse uma criatura vil que ele encontrou presa do lado de fora de seu navio. Ele desembainha a espada e avança na minha direção.

— O que está fazendo? — pergunta Theris. — Capitão?

Vordan, chamado a si, embainha a espada e retorna ao seu pergaminho.

Ainda estou chocada. Não porque Vordan só gosta da companhia de homens, mas porque nunca precisei usar minhas habilidades em homens assim. Eu não imaginava que existissem homens por aí que fossem imunes a esse meu talento em particular. E saber que Vordan é um deles faz a gaiola ao meu redor de algum modo parecer mais sólida.

— Já basta por hoje — diz Vordan. — Peguem o garoto e os suprimentos.

Niffon e Cromis começam a se mexer, enquanto Theris olha para seu capitão com ar de desaprovação.

— Eu disse para pegar o garoto, Theris! — Vordan repete.

Theris se apressa em obedecer, enquanto Vordan me avalia uma última vez.

— Voltaremos amanhã. Sugiro que se prepare para outro dia difícil.

Diante do meu olhar mordaz, ele acrescenta:

— Não se preocupe. Temos semanas de diversão diante de nós, você e eu.

Mais uma vez sinto minha última refeição voltar até a garganta, mas consigo segurá-la enquanto observo os homens se recolherem, levando a forma inerte de Riden com eles.

Semanas?

Semanas?

Vordan não me deixa muito tempo para pensar em um jeito de sair dessa enquanto me faz passar por teste após teste, mas agora o desespero toma conta.

Tenho que achar um jeito de escapar.

Não consigo alcançar nenhuma das árvores ao meu redor. No chão não há nada além de mato alto e areia. Uma rocha aqui e acolá. Nada que seja útil para sair da gaiola.

Não tenho nada exceto as roupas no meu corpo. Tudo inútil.

Mas eles não podem me manter nessa gaiola para sempre, podem? Em algum momento terão que me deixar sair para... para o quê? Comer? Eles vão me alimentar pelas grades, não tenho dúvidas. Me aliviar? Sem chance. Vordan tem sido extremamente cuidadoso até agora. Certamente ele espera que eu faça minhas necessidades em um canto da gaiola.

É uma coisa estranha perceber que tudo o que você precisa é comer e beber para continuar vivo. Não é preciso interagir com outras pessoas. Não é preciso se mexer, correr, andar. Sequer é preciso dormir. Posso ficar presa aqui para sempre e continuar vivendo.

Houve alguns dias, quando eu estava acorrentada nas profundezas da fortaleza do meu pai, que pensei que aquela poderia ser minha vida. Eu viveria como uma prisioneira eterna. Eu me recusava a usar meus poderes naquela época. Fingia que eles não existiam. Foi só quando me deparei com a possibilidade de ficar presa para sempre ou me aproveitar deles para escapar que meu pai conseguiu me coagir a usá-los.

No presente – embora eu ainda esteja hesitante –, utilizarei minhas habilidades para sobreviver, mas nem isso é uma opção agora.

E o que mais eu tenho? Absolutamente nada.

Espere. Não.

Eu tenho Riden. Mas que utilidade ele tem no momento? Ferido e isolado.

Penso nisso o máximo que consigo. Minha mente trabalha tão freneticamente que nem percebo quando meus pensamentos se transformam em sonhos. Vejo a mim mesma olhando pelas grades, observando Theris fazer Riden sangrar, enquanto o ataca sem parar. Primeiro com os punhos. Depois com a espada. Finalmente, ele tira a pistola do cinturão, encosta-a na cabeça de Riden e dispara.

O tiro ecoa no ar, sacudindo todo o meu corpo. Quando meus olhos se abrem, percebo que não é o som de arma que escuto, mas alguém batendo na minha jaula com uma espada.

Assim que vê meus olhos se abrindo, Cromis se afasta de mim rapidamente.

— Alosa — diz Vordan —, está pronta para começar outro dia?

Riden está vivo, mesmo que ensanguentado dos ferimentos de ontem, deitado diante de mim no chão. Ele ergue os olhos na minha direção e sorri.

Por que esse idiota está sorrindo? Não há nada com o que se animar por aqui.

Chame como quiser: confiança ou presunção. Mas, se eu não pensei em um jeito de sair daqui, não é possível que ele tenha pensado.

— Não consegui dormir, de tão animada — digo, impassível.

— Fico feliz em ouvir isso — responde Vordan, sem se perturbar com meu sarcasmo.

O arranjo é o mesmo de ontem. Niffon e Cromis trouxeram os baldes novamente. Theris se encosta preguiçosamente em uma árvore, com uma mão na pistola apontada para Riden, e a outra girando uma moeda entre os dedos. Vordan está ereto e seguro, com os braços musculosos segurando o pergaminho e o carvão. Uma protuberância em seu bolso revela que ele está com o mapa novamente, sem dúvida para poder esfregá-lo na minha cara com sua vitória. Tenho a prova de que estou correta quando ele percebe que estou encarando e sorri.

Exausta e dolorida por ter dormido na gaiola apertada, olho para baixo enquanto esfrego os olhos. Um pedaço de fruta e uma fatia de pão estão ali, perto de um copo de madeira cheio de água. Cromis deve ter colocado tudo antes de me despertar.

— Conseguiu comer alguma coisa? — pergunto para Riden.

Vordan responde por ele.

— Temos que manter o garoto fraco. Você, no entanto, precisa da sua força. Espero um dia cheio de performances, então coma.

Cutuco a comida diante de mim com desgosto. E se ele a drogou?

— Você tem exatamente um minuto para comer antes que eu ordene que Theris atire em Riden.

— Não se apresse — acrescenta Theris. — Já faz um tempo que não atiro em alguma coisa.

Cheiro o pão. Não tem um odor estranho, mas, se a alternativa a comer é ver Riden levar um tiro, será que eu tenho muita escolha? Faço uma careta quando mordo a fruta. Não está muito madura. Engulo grandes pedaços, em uma tentativa de evitar sentir demais o gosto. Quando termino, esfrego a língua no pão enquanto mastigo, tentando limpar o paladar.

Riden me observa comer, sorrindo o tempo todo. É melhor que ele tenha um plano e não esteja simplesmente desfrutando do fato de que estou enchendo a cara de comida por causa dele. Caso contrário, deixarei que Theris atire nele.

Assim que engulo o último bocado, termino a escassa refeição com água. Como é água doce, não ajuda em nada a restaurar meu canto, mas preciso beber água tanto quanto humanos normais para poder sobreviver.

Vordan e Theris começam a discutir seus planos para o dia de hoje, desviando momentaneamente a atenção de mim e de Riden.

Riden faz um movimento rápido com as mãos, chamando minha atenção.

Está movendo os lábios.

Olho de relance para os homens perto dos baldes. Eles vigiam Riden, mas suas cabeças estão inclinadas na direção da conversa de Theris e Vordan. Não podem estar prestando muita atenção em nós.

— O que foi? — pergunto para Riden, em um tom de voz que é pouco mais que um sussurro.

Ele repete o movimento. Desta vez não tenho dificuldade em entender. *Se prepare.*

Para quê?, pergunto movendo a boca. O que ele poderia fazer?

Desta vez ele arrisca um sussurro.

— Lembra da nossa luta de espadas?

Confirmo com a cabeça. Ele foi um idiota arrogante, permitindo-se ser machucado para poder vencer. O que isso tem a ver com algum coisa?

Agora, ele faz com a boca.

Fico tensa, ainda que não saiba o que estou esperando que aconteça.

E Riden que, embora machucado, não está amarrado, dá um salto na direção do balde de Niffon. Ele coloca as mãos em concha na água no momento em que um tiro é disparado.

A fumaça sai da pistola de Theris. Riden cai no chão, segurando as mãos sob o corpo, tentando preservar a água contida com tanto cuidado.

Mas Niffon finalmente entra em ação, batendo nas mãos de Riden para obrigar a água a cair no chão. Ele seca as mãos de Riden na própria calça antes de jogá-lo novamente na minha direção, longe da água.

— Idiota — Theris diz calmamente. Ele começa a recarregar sua pistola, colocando mais pólvora na arma e inserindo mais outra bola de ferro.

— Seu idiota — repito, sem me importar em ser ouvida pelos demais. — Todo esse tempo eu me esforcei para que você *não* levasse um tiro. Eu não devia ter me incomodado.

Riden segura a perna, logo acima do joelho. A voz dele é pesada.

— Nunca levei um tiro antes. Meio que dói... para caramba.

Sei exatamente qual é a sensação de levar um tiro. É como se espera. Como se o ferro estivesse partindo sua carne na velocidade da luz e abrindo caminho entre seus ossos.

— Tente fazer isso novamente — avisa Theris — e vai levar um tiro duas vezes mais forte.

— Pelo menos eles não me mataram — diz Riden, ignorando Theris.

— Só que agora você não pode andar.

Assim que Theris termina de carregar a arma, ele se vira para Vordan como se não tivesse havido interrupção. Niffon e Cromis estão muito mais alertas, mal tendo tempo para piscar enquanto vigiam Riden e eu.

— Esse era seu plano brilhante? — pergunto. Ninguém parece se importar com o fato de estarmos conversando agora. Riden está ferido demais para ser de alguma utilidade, e eu estou trancada. Dificilmente somos uma ameaça.

— Sim — diz ele, engolindo um gemido. — Mas precisa de algum refinamento.

Antes que eu possa perguntar o que ele quer dizer com isso, Riden rasteja novamente na direção dos baldes, arrastando a perna machucada atrás de si.

Todo mundo para o que está fazendo e fica olhando para ele.

— Olhe para isso — diz Cromis.

— Ele não desiste — acrescenta Niffon.

— Riden, pare! — Eu finalmente encontro minha voz, mas Riden parece ter perdido completamente o juízo. Ele não percebe que vão matá-lo? No mínimo, ele vai levar outro tiro.

Ele me ignora, e continua avançando. Está quase alcançando os baldes.

Ouço a pistola ser engatilhada. Theris mira e atira.

Riden arfa antes que seu corpo despenque no chão, e sua cabeça caia dentro do balde.

Niffon o pega e o joga na minha direção mais uma vez.

Os olhos de Riden estão fechados. Ele não está respirando. Procuro por todo o seu corpo, tentando descobrir onde o tiro o atingiu. Por fim, vejo outro buraco cheio de sangue. Theris o atingiu na mesma perna, desta vez abaixo do joelho. Parece que o segundo tiro errou o osso, atravessando o músculo na lateral da panturrilha.

— O garoto tem um desejo de morte — comenta Theris.

— Devemos matá-lo, Capitão? — pergunta Cromis.

— Sim, matem ele.

Niffon e Cromis se levantam. Luto furiosamente com as grades, tentando dobrá-las. Não quero ver Rider morrer. Não quero...

Riden ergue a cabeça. Tento tocá-lo, mas ele está fora do alcance do meu braço.

Ele sorri.

Mas que idiota presunçoso esse... espere. Tem algo errado. O rosto dele. As bochechas estão redondas demais. Ele parece prestes a vomitar.

No entanto, quando ele abre a boca, não é vômito que sai. Não, é água do mar. Ele cospe bem na minha mão estendida.

— Não! — grita Theris, mas é tarde demais. Ele não consegue alcançar a cera mais rápido do que eu consigo cantar.

Controlo Theris, Cromis e Niffon imediatamente. *Onde está a chave?*, exijo que me digam. Theris imediatamente tira o grande pedaço de metal retorcido do bolso.

Eu lhe dou uma ilusão. Está completamente escuro. Ele não consegue ver nada além de um fósforo aceso em suas mãos. Ele precisa acender a vela se quiser se livrar da escuridão, se quiser se sentir calmo e em segurança. Sou a vela, e a chave da minha gaiola é o fósforo.

Estremeço quando Theris derruba o segundo balde de água do mar em sua pressa de chegar até mim. Se tivesse prestado mais atenção eu o teria feito desviar, mas agora estou mais concentrada na rapidez do que na precisão. A água se esvai rapidamente no solo. Quando eu conseguir sair daqui, já não haverá mais nada. Só tenho o que Riden conseguiu me dar. É melhor eu fazer valer a pena.

Enquanto Theris se aproxima, faço Cromis e Niffon manterem Vordan ocupado. Só consigo encantar três pessoas ao mesmo tempo. Vordan rapidamente enfia a cera no ouvido antes de lutar pela própria vida contra os outros dois.

Ouço a respiração ofegante e superficial de Riden caído no chão. Arranco a chave de Theris e o mando para lutar contra Vordan também enquanto destranco a gaiola.

Vordan, decidindo que não consegue derrotar três homens ao mesmo tempo, dá meia-volta e sai correndo.

Exijo a pistola de Cromis, que é quem está mais perto com uma arma carregada. Ele vem correndo, tira a arma da lateral do corpo e a entrega para mim. Eu seguro a pistola diante de mim, respiro fundo e miro nas costas de Vordan. Bem onde fica o coração, sob a pele. É difícil, porque agora tenho que fazer a bala desviar de Theris e Niffon.

Saiam da frente!, ordeno para os dois. Assim que os dois saem de lado, eu atiro.

O disparo acerta o alvo e Vordan cai.

Riden tosse.

— Isso foi impressionante, mas você estava errada. Eu ainda atiro melhor.

Jogo a arma de lado e me viro para ele. Sou incapaz de dizer uma palavra em resposta, porque tenho que manter os outros três ocupados com minha voz, mas balanço a cabeça diante dessa afirmação ridícula.

Ele pergunta:

— Podemos ir agora? Estou meio que sangrando aqui.

Balanço a cabeça novamente, desta vez com determinação. Ah, não. Ainda não terminei com estes três.

Eu rapidamente alcanço o corpo de Vordan. Assim que faço isso, pego o papel que detalha minhas habilidades de suas mãos gananciosas e o faço em pedaços. Depois tiro o mapa de seu bolso e o guardo no meu.

Feito isso, pego a espada da lateral de seu corpo e me viro na direção dos três homens que faltam. Não tenho escrúpulos em matá-los enquanto estão indefesos. Eles estavam preparados para fazer o mesmo comigo.

Mas então outro pensamento me vem. *E quanto ao mapa de Vordan?*

Volto novamente para seu corpo e o vasculho com cuidado.

O poder da minha voz está se esgotando, mas o mapa deve estar bem diante de mim. Não posso parar agora. Se eu der os *dois* mapas para meu pai ao mesmo tempo... só posso imaginar como ele vai ficar satisfeito.

Tiro o culote de Vordan e o sacudo, rezando para as estrelas para que o papel caia dele.

— O que você está fazendo? — Riden pergunta, sem forças, bem distante de onde estou.

Meu palpite é que ele sabe o que estou fazendo, mas está surpreso pela maneira como estou fazendo. Não tenho tempo para vasculhar o corpo de Vordan com cuidado, e não vejo por que alguém sentiria a necessidade de fazê-lo. Espero que os animais selvagens se banqueteiem com sua carne podre.

Quando não encontro o mapa com ele, chuto seu corpo inerte.

O bastardo deve ter escondido em seu navio.

É quando o resto da minha canção me deixa.

Com a espada de Vordan nas mãos, eu me viro na direção dos três homens que recobraram o juízo.

— Isso vai ser divertido — falo.

CAPÍTULO 19

TRÊS ESPADAS SÃO DESEMBAINHADAS. ATACO O HOMEM MAIS PRÓXIMO, Niffon. Ele desvia do golpe enquanto Cromis tenta vir por trás de mim. Pulo de lado de modo a ter ambos claramente na mira.

— Mantenha-a ocupada — diz Theris. — Vou buscar o restante da tripulação. *Não* a deixem escapar.

— Fique — digo para ele. Empurro Niffon enquanto deslizo por baixo de um golpe da espada de Cromis. — Deixarei os três de cara na areia em pouco tempo.

Ele não diminui a velocidade, correndo pela praia na direção de onde o navio de Vordan deve estar ancorado.

Tudo bem, então. Cuidarei dele na próxima vez que nos encontrarmos.

Os dois piratas diante de mim são bons em me manter alerta. Atacam ao mesmo tempo, na esperança de que um deles consiga acertar o alvo. Os movimentos que preciso fazer para desviar deles são atordoantes, mas não diminuo o ritmo. Revido com minha espada e pernas, mas conseguir acertar um deles pode significar ser atingida pelo outro se eu não tiver cuidado. Preciso esperar uma abertura.

E ela chega quando eles cometem o erro de se afastarem de mim ao mesmo tempo. Um para recuperar o equilíbrio depois do meu último golpe, e o outro para conseguir mais força em um golpe ensaiado. Avanço com minha espada em Niffon, que estava se preparando para atacar. Mal tenho tempo de ver minha espada acertar o pescoço dele antes de me voltar para Cromis, que ainda está desequilibrado. Meu punho cerrado acerta seu estômago. Quando ele dobra o corpo de dor, tiro a espada dele e a uso para ajudá-lo a dar o último suspiro.

Quando os dois homens estão mortos aos meus pés, tento encontrar Theris, mas ele já sumiu. Não sei quanto tempo tenho, mas sei que Theris trará reforços. Não conseguirei lutar contra uma tripulação inteira.

Com um suspiro zangado, corro novamente para o lado de Riden.

— Não se importe comigo — diz ele, com a respiração ofegante. — Só estou sangrando até a morte.

— Você está bem — garanto. — A menos que não consigamos sair imediatamente desta ilha.

Riden não é pesado demais para que eu consiga segurá-lo, mas seus ferimentos tornam a jornada até a água insuportavelmente lenta. Estamos correndo contra Theris e o resto da tripulação de Vordan. Não consigo ouvir o barulho de pegadas por sobre o vento, mas não quer dizer que não estejam ali.

Quando, por fim, atravessamos as árvores e avistamos a praia, apresso o passo, apesar dos grunhidos de dor de Riden. Estamos muito perto agora.

Mas é claro que não há botes ou outros meios de nos fazer boiar à vista.

— Teremos que nadar — diz Riden.

— Não podemos — respondo, e a ansiedade escapa em meu tom de voz. Uso a manga da camisa do meu braço livre para limpar o suor da testa. Todo aquele canto e aquela luta estão cobrando um preço. — Não posso submergir na água. É demais. Não vou conseguir resistir.

— É nossa única opção. Logo eles estarão de volta.

Mesmo assim eu hesito.

— Não consigo nadar sem ajuda, Alosa — diz Riden.

Olho para ele. Por algum motivo, ele foi o suficiente para eu me manter sã durante meu interrogatório com Vordan. Espero que seja o suficiente para isso também.

— Você não vai precisar. Eu farei todo o trabalho. Só espero ainda me lembrar de você enquanto faço isso. — Examino seus cortes. — Isso vai arder.

Riden e eu entramos na arrebentação, caminhando até que a água alcance nossos joelhos. Riden sibila entredentes quando a água salgada atinge seu primeiro ferimento de bala.

— Respire fundo — digo, enquanto a água começa a me preencher. Sinto que estou mudando, por dentro e por fora.

E, sem mais hesitação, eu o puxo para baixo comigo e começo a nadar.

Meu coração acelera. Uma alegria pura toma conta de mim por me sentir tão repleta, tão cercada pelo mar. Para um humano, seria um frio congelante. Mas não para mim. É tranquilizador, revitalizante e refrescante. Posso sentir a força e a saúde fluindo através de mim quando começo a nadar em um ritmo extremamente rápido.

E posso sentir meu corpo mudar.

Meu cabelo cresce e ganha vida própria enquanto ondula e ricocheteia na água. Minha pele embranquece, deixando de ter o tom bronzeado que o sol me deu para ganhar uma cor branca perolada. Minhas unhas também crescem e ficam ligeiramente afiadas. Posso respirar mesmo enquanto estou embaixo d'água. Posso me mover por ela sem esforço algum. Posso ver tão bem quanto se estivesse em terra firme, noite ou dia. Sinto a conexão com a vida marítima ao meu redor. Os caracóis nas rochas bem embaixo de mim. Os peixes nadando à minha direita. As plantas balançando na leve correnteza abaixo. Mesmo as criaturas minúsculas que não consigo ver com meus olhos. Mesmo assim consigo senti-las.

Não quero nada mais do que nadar e simplesmente desfrutar da sensação da água fluindo por mim conforme me propulsiono adiante.

Mas um peso atrapalha meu nado.

Quase esqueci. Há um homem comigo. Seus olhos estão abertos, ainda que sob a água salgada. Ele me observa com claro espanto.

Como deveria fazer. Sou poder e beleza. Sou canção e água. Eu governo o mar e todas as criaturas nele.

O homem aponta para cima. Então gesticula na direção de sua garganta. Uma trilha de sangue se mistura à água, flutuando atrás de nós. Uma enguia-acura que está por perto sente o cheio, mas também percebe minha presença, e nada na outra direção.

O homem me sacode, agarrando meu braço. Volto minha atenção para ele. Ah, ele está se afogando. Ele precisa de ar se quiser sobreviver.

Vou adorar vê-lo se contorcer e se afogar. Será um espetáculo agradável, enquanto eu continuo a nadar e me torno uma só com as águas calmas. Talvez eu dance com o corpo sem vida dele depois.

Ele começa a bater os pés, tentando alcançar a superfície sozinho, mas seus ferimentos são grandes demais para que ele consiga, e eu o seguro com força demais para que ele possa escapar.

Por fim, ele para de lutar. Em vez disso, coloca uma mão em cada lado do meu rosto, esforçando-se para me olhar nos olhos. Ele pressiona os lábios nos meus uma vez antes de ficar imóvel.

Com esse simples movimento, alguma coisa desperta dentro de mim. *Riden*. Esse é o homem que levou um tiro para me ajudar a escapar de Vordan, e agora estou deixando que ele se afogue.

Imediatamente, nado até a superfície. Ele não está respirando, mesmo acima da água. Preciso levá-lo até terra firme. Sinto ao meu redor em busca de alguma interrupção na água, procurando algo maior que resista ao fluxo das correntes naturais por perto. Há um navio não muito distante daqui. O navio de Riden. Devem estar procurando por ele.

Mais rápida do que qualquer outra criatura na água, eu nado até o navio. Como um pássaro no ar, eu avanço sem esforço, ganhando quilômetro após quilômetro.

Nado na direção dos meus primeiros captores, mas não posso me entregar para eles sem um plano de fuga. O pânico toma conta. Não há tempo. Cada segundo que passa é um segundo que leva Riden mais próximo da morte. Preciso alcançar aquele navio agora.

Não diminuo meus movimentos na direção do navio, mas submerjo a cabeça e começo a cantar. Debaixo d'água minha voz é mais clara. Clara e nítida como um sino. O som viaja rápido, alcançando os ouvidos dos que estão no *Perigos da Noite*. O poder do meu canto é ilimitado quando estou no oceano. O mar continua me nutrindo, me alimentando, de modo que nunca me canso.

Quando alcanço o navio, preparo os homens para o que está por vir. Eles precisam estar prontos para nós. Não podemos desperdiçar um segundo. Eu ainda só consigo controlar três homens por vez, então alcanço primeiro Kearan, dizendo-lhe para mover o navio na nossa direção. Depois encontro Enwen e Draxen. Trago os dois até a amurada no barco e levanto Riden, então será ele que Draxen verá primeiro.

— Abaixem uma corda! — Draxen ordena imediatamente.

Enquanto seus homens se apressam em obedecer, solto mais um verso. Desta vez chego ainda mais longe.

Sou obrigada a nadar para a direita, desviando da grande corda com nós que espirra água em mim quando chega ao fim. Meu corpo muda assim que sou retirada da água, tão rápido que ninguém consegue perceber. Ninguém consegue ver minha forma de sereia, a menos que espie pela água, e acho que é seguro dizer que todos estão distantes demais para perceber. Mas isso não é uma preocupação que tenho no momento.

Os homens de Draxen nos erguem rapidamente. Deve haver pelo menos cinco deles puxando a corda. Preciso segurar a borda da amurada assim que chego ao topo – e é difícil fazer isso ao mesmo tempo que seguro o peso de Riden. Caso contrário, eles teriam me puxado por sobre a amurada, e eu provavelmente teria quebrado um dedo ou o pulso no processo.

Draxen pega Riden e o deita no convés do navio. Estou prestes a dar um passo adiante para ajudar quando sou agarrada pelo que parecem ser vinte homens.

— Busquem Holdin! — ele ordena. Alguém corre para o porão.

— O médico do navio não pode ajudá-lo — eu retruco.

Sou momentaneamente distraída pelos dedos imundos em meu corpo. Eles cutucam e empurram, desviando-se para lugares que não deveriam. Lugares dificilmente necessários para me conter. Meus músculos doem com a tensão. Meu orgulho dói com a cena toda.

— O que você fez com ele? — Draxen quer saber.

Já chega. Não me importa se toda a tripulação testemunhar isso. Eles estão prestes a morrer, de toda forma. Atinjo Draxen com minhas habilidades, ordenando-lhe que faça seus homens me soltarem.

Sua tripulação me escuta cantar; ficam perplexos o bastante com isso. Porém, assim que Draxen ordena que eles me soltem, todos ficam pasmos.

Ele precisa repetir a ordem, mais alto desta vez, antes que eles obedeçam. Devem ter decidido que não estou por trás da mudança se ainda obedecem às ordens de Draxen. Ótimo.

Corro até Riden, me sento no convés frio e coloco uma mão de cada lado de sua cabeça. Abaixo minha cabeça como se fosse beijá-lo. Preciso forçar o ar para dentro de seus pulmões. Seguro seu nariz com os dedos da mão direita e sopro em sua boca, desejando que o ar alcance seus pulmões.

Espero um momento e tento de novo. Faço isso cinco vezes, e nada muda.

— Não — digo baixinho, apenas um sussurro. Deito em cima de seu corpo, colocando minha cabeça contra seu peito, um pedido silencioso para que ele comece a subir e descer, para que seus pulmões funcionem, para que seu corpo mantenha a vida dentro dele.

Isso não pode estar acontecendo. Não depois que ele me resgatou. Não depois que ele levou um tiro para me ajudar. Ele não pode morrer agora.

Mas há água em seus pulmões. Posso sentir embaixo do meu rosto. Se eu conseguisse tirá-la...

Apoio as mãos em seu peito para dar a impressão de que vou usá-las para obrigar a água a sair de seus pulmões, mas sei que, a essa altura, isso é inútil.

Eu canto, tão suavemente que somente Riden poderia ouvir se estivesse acordado. Digo a sua mente para permanecer alerta. Imploro aos seus órgãos que continuem firmes. Não posso curar suas feridas. Não posso acelerar ou mudar nada. Só posso alcançar sua mente. Dizer para ele não desistir. Não ainda. Ele não tem permissão para morrer.

Depois de usar um pouco da canção que tenho em mim, alcanço a água sob mim, a água nos pulmões de Riden. Não posso tocá-la, mas posso senti-la. E *exijo* que ela venha até mim.

Ela não se mexe.

Enfio os dedos no peito de Riden e empurro – tanto física quanto mentalmente. Eu o trarei de volta à vida com toda a minha essência.

E, finalmente, a água oscila para cima. Ela sai dos pulmões, atravessa sua carne, como se fosse o suor de sua pele, e vem até mim.

— Agora respire! — eu digo e canto ao mesmo tempo. Sopro ar em sua boca mais uma vez. Exijo que seus pulmões comecem a funcionar. O coração de Riden ainda bate, então, se eu conseguir convencer seus pulmões a trabalharem sozinhos, ele ficará bem. Ele *tem* que ficar bem.

Riden engasga e arfa, soltando a respiração mais barulhenta que já ouvi. Me lembra um recém-nascido respirando pela primeira vez. É o som da vida.

Eu me afasto dele e uso um momento para respirar.

Em segundos, eles estão sobre mim. Draxen deve ter recuperado o juízo. Uma lâmina é colocada sob minha garganta. Outra é pressionada contra meu estômago, afundando o suficiente para raspar a pele. Não consigo nem reunir forças para me importar. Riden está vivo. É tudo o que importa. Os olhos dele estão fechados e seus ferimentos ainda sangram. Mas ele vai sobreviver.

— O que gostaria de fazer com ela, Capitão? — um dos piratas ofensores pergunta.

— Leve-a de volta à carceragem. Quero cinco homens lá embaixo, vigiando-a o tempo todo. Ela não receberá comida nem água. E não falem com ela.

Sou trancada como um pássaro engaiolado. De novo.

Estou começando realmente a odiar isso.

CAPÍTULO
20

Não há uma palavra para descrever o frio que sinto na carceragem. Agora que posso me dar ao luxo de pensar em mim mesma, registro o efeito das roupas molhadas e do ar fresco da manhã. Pequenas frestas na madeira permitem que uma brisa fraca entre no navio. Ela raspa minha pele, causando-me arrepios.

Minhas outras mudas de roupa não estão mais aqui. Não tenho ideia do que Riden fez com elas. Talvez os outros piratas as tenham levado assim que minha cela foi destrancada. O tecido pode ser vendido por um bom preço, e piratas estão sempre procurando meios de lucrar.

Eu me sento no chão, com os braços ao redor das pernas. Meus dedos dos pés estão entorpecidos. Removo as botas e esfrego-os com força com as mãos.

Os homens do lado de fora da minha cela não fazem nada. Eles mal se dignam a me olhar. Draxen obviamente foi responsável pela escolha desse grupo para me vigiar. Eles não respondem a nenhum dos meus comentários.

— A intenção de Draxen é que eu morra, ou posso pedir um cobertor?

— Oi, feioso, estou falando com você.

Um homem olha. Seu rosto fica vermelho, e então ele volta a encarar as paredes.

— Como Draxen conseguiu encontrar um grupo inteiro de homens surdos para serem meus guardas?

"Me tragam um maldito cobertor, ou arrancarei suas cabeças!

"Imagino que nenhum de vocês gostaria de me jogar sua camisa, certo?" — Neste ponto eu aceitaria qualquer peça de roupa com cheiro ruim, desde que estivesse seca.

Depois de um tempo, tento me obrigar a me secar. Corro em círculos, balanço os braços – qualquer coisa para fazer o sangue circular. Mas cada coisa que faço traz mais ar até minha pele sensível. Eu gostaria de estar de volta à água.

Removo o máximo de roupas que ouso com estes homens por perto.

Como é possível que ainda haja água na minha pele? Como pode haver tanta? A parte verdadeiramente terrível é que eu poderia absorvê-la, mas não sei quais seriam as consequências. Será que eu me perderia e me tornaria uma sereia? Ou conseguiria manter minha cabeça como fiz naquelas poucas vezes com a ajuda de Riden? Não sei, mas nesse momento não posso arriscar. Não com o que está por vir.

Não sei quanto tempo passa antes que eu desista de ser tão cautelosa. Canto uma canção baixa para o homem que me olhou quando eu o provoquei. Ele parece ser o mais fraco do grupo. *Me traga um cobertor!* Lanço as palavras para ele na forma de uma canção áspera. Só ele pode ouvir a intenção da canção. Para os demais, estou fazendo ruídos sem significado.

Ele se levanta e sai abruptamente.

— Aonde você vai? — o outro capanga pergunta. Não recebe resposta.

O homem encantado retorna em pouco tempo. Me passa um cobertor por entre as grades.

— Só para que você cale a boca — faço-o dizer, para afastar qualquer suspeita que os demais possam ter.

— Já não era sem tempo — respondo. Arranco o tecido das mãos dele e uso para secar a água da minha pele. Depois me envolvo nele. É tão melhor. Na verdade, até consigo pensar com clareza.

Tudo de que preciso agora é esperar o resto do dia. Possivelmente a noite também. Não sei quanto tempo mais vai levar.

O dia de ontem e esta manhã me deixaram completamente exausta. Caio várias vezes no sono. Na primeira vez, sonho com Riden. Ele está saudável e bem. Ele me diz novamente que é um atirador melhor do que eu. Nós nos revezamos atirando em bonecos de tiro. No final, ele vence. Mas isso me faz perceber que é um sonho. Na realidade, ele não conseguiria me derrotar.

Depois, sonho com meu pai. Ele exige o mapa. Grita comigo de onde estou deitada atrás das grades e se recusa a me deixar sair antes que eu lhe entregue o que ele quer. Reviro minhas roupas, onde sei que coloquei o mapa, mas, misteriosamente, não está ali. Ele me diz que nunca mais verei o lado de fora da cela. As grades começam a se mover para mais perto, até esmagarem minha pele.

Dou uma arfada alta. Os homens do outro lado das grades bufam antes de voltarem para os dados e a bebida.

Alguns instantes depois, caio em um abençoado sono mais uma vez, pensando na última canção que pronunciei antes de ser puxada para dentro do navio.

Não vai demorar muito agora.

Desperto com o som de tiros. Um imenso sorriso se estende em meu rosto.

Chegou a hora.

— Todos ao convés! — Draxen grita lá de cima. Meus guardas se apressam a subir as escadas, me deixando sozinha aqui embaixo.

Depois de virar a mesa da cela, verifico se minhas gazuas ainda estão em uma das pernas. Ainda estão. Todo esse tempo e Riden não conseguiu descobrir como eu saía.

A luta lá em cima é barulhenta. Há gritos e gemidos. Membros balançando e metal ressoando. Xingamentos e corpos caindo.

Depois de um tempo, escuto um rápido estampido; é diferente do resto da batalha em curso. Provavelmente porque estão mais perto. Se eu tivesse que adivinhar, diria que é alguém rolando escada abaixo. Uma pena isso. Provavelmente vai doer como o inferno no dia seguinte se o pobre idiota já não estiver morto.

— Capitã, você está aqui embaixo?

— Estou aqui! — grito em resposta.

O rosto de Niridia aparece, seguido por mais duas integrantes da minha tripulação. Eu poderia pular de alegria em vê-las.

— Pegue seus pertences. Wallov veio até mim no instante em que ouviu você cantar — diz ela. Ela me olha de cima a baixo. — Você não deve estar de bom humor. Está com uma aparência terrível.

Eu estremeço.

— Nem me lembre.

Niridia sorri. Ela é uma das mulheres mais bonitas que já vi, mas não é por isso que é minha imediata. Nós nos conhecemos há cinco anos, ambas filhas de piratas. Niridia é um ano mais velha do que eu, mas segue ordens e luta quase tão bem quanto eu. Com o cabelo da cor do sol e brilhantes olhos azuis, ela é uma contradição completa, como qualquer um que a viu lutar pode atestar.

— Como está a situação lá em cima? — pergunto.

— Tudo em ordem, Capitã — garante Niridia. — Os homens de Tylon já derrubaram quase metade deles.

— Tylon está aqui? — A ira se infiltra em minha voz.

— Desculpe. Ele me pegou partindo. Eu não disse para onde ia, mas ele me seguiu.

— Maldição. Esse homem precisa aprender a cuidar da própria vida.

— Você sabe como ele é.

Sim, mesmo assim terei uma longa conversa com ele quando tudo isso estiver acabado. Tylon é capitão de um dos navios da frota do meu pai. E ultimamente colocou na cabeça que nós dois precisamos... nos envolver. Uma ideia para a qual meu pai sem dúvida o persuadiu. Eu, no entanto, não quero nada com o panaca arrogante.

— Não seja muito dura com ele, Capitã. Seus homens ajudaram algumas das garotas lá em cima quando elas ficaram em apuros.

— Tenho certeza disso. E quantas vezes as garotas tiveram que ajudar sua tripulação de idiotas?

— Várias.

— Foi o que pensei.

— Vamos nos juntar à luta, então? — Mandy pergunta, ansiosa, parada entre Niridia e Sorinda.

— Minha espada? — pergunto.

— Aqui, Capitã. — Quem responde é Sorinda. A garota de cabelos negros tira uma espada aparentemente de lugar nenhum. Sorinda esconde mais armas consigo do que qualquer espião faz com segredos.

Ah, meu alfange. Um dos primeiros presentes que meu pai me deu. Pedi que Sorinda o guardasse para mim enquanto eu estava fora, em missão. Posso ver que ela cuidou muito bem dele. Não há ninguém em quem eu confiaria mais minha arma do que Sorinda.

Ver o alfange novamente me aquece. Agora tudo o que eu quero é voltar ao meu navio, mas as prioridades primeiro.

— Vamos ajudar os rapazes e as garotas lá cima?

— Sim — todas respondem em uníssono.

Corremos para o convés e entramos na batalha. É um completo caos. Só tenho um momento para separar os amigos dos inimigos enquanto tento me lembrar dos rostos de todos os homens do *Perigos da Noite*. Seria muito mais fácil se os homens de Tylon não estivessem misturados aos de Draxen. Em vez de simplesmente matar todos os homens do navio, agora tenho que ter cuidado com os piratas que servem ao meu pai na tripulação de Tylon. Para ser justa, alguns dos homens são meus. Mas conheço cada membro da minha tripulação tão bem que seria impossível confundi-los com mais alguém.

Ainda há pessoas tentando embarcar no navio, ansiosas para se juntar à batalha. Draxen e seus homens não têm chance, mas estão lutando bravamente. Pelo menos a maioria deles. Vejo Kearan sentado no convés, bebendo, sem uma preocupação na vida. Esse aí não é exatamente um guerreiro.

Localizo Draxen. Ele está lutando com dois homens de Tylon de uma só vez. Por um instante, desejo que um deles o mate. Riden não pode me culpar por isso, e eu quero muito vê-lo morto. Mas sei que, independentemente de quem seja a mão que o mate, Riden ainda ficará sentido com a perda. Odeio continuar provando que Vordan está certo. Eu me importo com a dor de Riden. Não sei por quê, mas me importo.

Diante dos meus olhos, Draxen mata um dos homens de Tylon. O outro recua alguns passos. Então avança com nova fúria. Uma péssima decisão. O pobre homem não está pensando com clareza. Ele só se juntará ao amigo.

Draxen o mata também. O pirata cai no convés quando Tylon sobe no navio. Ver alguém matar um de seus homens é uma visão terrível. Ajuda você a escolher alvos durante uma batalha. E Tylon corre imediatamente na direção de Draxen.

Isso precisa parar. Agora.

Tylon é um excelente combatente. Vem atuando como pirata durante uns bons seis anos de sua vida, desde que era um rapaz de doze. Agora é um dos homens em quem meu pai mais confia e um bom páreo para qualquer capitão pirata. Eu não poderia dizer quem venceria a luta.

Isso me deixa inexplicavelmente nervosa. Não posso arriscar uma vitória de Tylon, mas como pareceria se eu interferisse?

Ah, pelo amor das estrelas!

Corro na direção deles, pulando entre os dois homens que ainda estão a uns bons três metros um do outro.

— Alosa — ouço Tylon dizer atrás de mim.

Eu o ignoro por enquanto.

— Draxen, você precisa parar isso. Diga para seus homens se renderem, ou mais morrerão.

Draxen olha para mim, os olhos cheios de sede de sangue. Rendição é a última coisa que ele levará em consideração, mesmo à custa da vida de todos os seus homens. Ele avança na minha direção, determinado a acabar comigo de uma vez por todas.

Só preciso nocauteá-lo de novo. Mas como vai parecer para os demais se eu não o matar?

De repente, os olhos de Draxen não estão mais em mim, e ouço espadas sendo largadas no convés.

Mas o que...

Eu me viro, embora já tenha uma suspeita do que vou encontrar.

O rei pirata chegou.

Olho ao redor do navio, encontro Niridia e capto seu olhar. A mensagem disfarçada no olhar que lhe dou é óbvia. *Você fez isso?* Ela balança a cabeça uma vez. *Não.*

Minha ação seguinte é chutar Tylon na canela.

— Ai — diz ele.

— Você o trouxe até aqui?

— É claro. Você obviamente pediu ajuda. Por que eu não o traria para cá?

— Porque não precisamos da ajuda dele. — Faço um som que parece um rosnado. Então avanço até a ponta do navio. — Olá, pai.

— Conseguiu? — ele pergunta. Não parece satisfeito. Meu pai é um urso em forma de homem. Cabelos e barba castanhos. Ombros largos. Mais de um metro e oitenta de altura. Você não precisa conhecê-lo antes para saber quem ele é. Meu pai comanda a atenção do mesmo modo que o vento comanda as ondas.

— É claro — respondo.

Enfio a mão no único bolso do meu culote e pego o pequeno orbe. Draxen estava tão preocupado com a vida do irmão que não pensou em verificar se eu estava com o mapa novamente. Talvez ele nem tenha percebido que não estava mais em sua posse.

De maneira muito profissional, coloco o mapa na mão estendida do meu pai. Ele olha pelo vidro, confirmando que lhe entreguei o que ele quer.

— Agora, explique-se. Por que você chamou Niridia?

Tudo está em silêncio, parado. Todos os homens e mulheres mantêm a tripulação de Draxen na ponta da espada ou na mira de uma arma. Meu pai não se importa com o desconforto deles. Levará o tempo que julgar necessário para me questionar. É como se tudo parasse para ele. Sempre foi desse jeito.

— Eu precisava dar o fora do navio. Eu estava com o mapa e precisava de um jeito de transportá-lo.

Ele olha para mim, levemente descrente.

— Por que você não levou este navio até mim? — Antes que eu possa responder, ele ergue uma mão para me silenciar. — Niridia?

— Sim, senhor! — Niridia grita de onde está mantendo dois homens na mira de sua arma.

— Me diga, onde você encontrou minha filha quando embarcou no navio?

— Ela estava...

— Na carceragem — eu a interrompo. Niridia mentiria por mim. Ela morreria por mim, também. E, neste caso, isso seria a mesma coisa. Meu pai pode fazer muitas coisas comigo, mas sei que ele jamais me mataria. No entanto, ele não demonstraria a mesma cortesia para alguém que mentisse para ele.

— Foi um revés de menor importância — digo. — Eu fui sequestrada deste navio. Vordan Serad veio atrás de mim.

— Vordan? — O rosto do meu pai fica sombrio. Ele tem um ódio profundo por seus competidores. — Como ele sabia que você estava aqui?

— Ele tinha um espião no navio.

— O que ele queria com você?

— Ele estava curioso a respeito das minhas... habilidades. Ele me trancou e me obrigou a fazer coisas para ele. — Tento manter a conversa o menos reveladora possível, já que temos ouvidos por perto.

— O que ele descobriu?

— Sinto dizer que muita coisa, mas ele já sabia a maioria. Disse que tinha um espião no seu alto escalão.

Os olhos do meu pai passam por seus homens rapidamente.

— Se for o caso, eu cuidarei disso mais tarde. Sua fuga foi difícil?

Eu me mantenho ereta.

— Eu me virei bem.

— E Vordan?

— Morto.

— Vasculhou o cadáver dele em busca do mapa?

— Sim. Não estava lá, e as circunstâncias da minha fuga não me permitiram tempo para fazer uma busca na área.

— É mesmo? — meu pai pergunta, em dúvida. Ele tem dificuldade em ver como os demais são incapazes de completar até a mais difícil das tarefas. — E por que isso?

Porque eu tinha que tirar Riden de lá em segurança.

— A tripulação toda dele estava por perto. Tinham sido alertados sobre a minha fuga. Eu não tinha tempo ao meu lado.

— Tempo?

Estou realmente começando a odiar suas perguntas curiosas. Elas sempre me enervam, mas tento manter meu temperamento sob controle. Meu pai é um bom homem. Precisa manter uma expressão durona diante da tripulação, mesmo quando lida comigo.

— Já foi difícil o bastante derrubar um homem imenso como Vordan e escapar. Eu precisava dar o fora dali.

Agora Kalligan me olha com uma expressão estranha; não consigo imaginar o motivo para isso.

— Descreva Vordan para mim.

— Ele era alto — digo. — Mais de um metro e oitenta. Muito musculoso. Careca e com barba castanha. Tinha cinco argolas de ouro na orelha esquerda...

— Esse não era Vordan.

— O que quer dizer?

— Vordan é um homem normal. Aparência e constituição medianas. Cabelo castanho. Roupas comuns. Gosta de se misturar na multidão. Embora ele tenha um hábito um tanto óbvio: gosta de girar uma moeda entre os dedos.

Sinto como se minha mente se expandisse fisicamente conforme a informação entra pelos meus ouvidos. Fico boquiaberta.

— Bastardo esperto! — exclamo.

— O que foi? — meu pai pergunta.

— Ele estava lá. *Ele estava lá*. Ele era o espião no navio. Ele queria me observar com seus próprios olhos, mas não queria que eu soubesse quem ele era, então deixou que um de seus homens fingisse ser ele. Ele garantiu que toda a atenção fosse desviada de si.

— Por isso que era ele quem tinha a chave da minha cela. E era ele quem devia levar o pedaço final do mapa.

Meu pai ergue os olhos de repente. Me segura pelo braço e me puxa para o lado bem quando Draxen pula no lugar em que estávamos, com a espada apontada para o rei pirata. Ele deve ter subido pela rede enquanto todas as atenções estavam no meu pai e em mim.

Maldito idiota! Se eu me incomodei de salvar sua pele, Draxen pelo menos poderia facilitar para mim!

Os homens do meu pai se mexem rapidamente, preparados para proteger seu rei.

— Não — o rei pirata diz para eles, levantando a mão para detê-los. — Eu cuidarei do garoto. — Ele desembainha a espada e se prepara para o duelo.

— Pai — digo apressadamente.

— O que foi? — Ele mantém os olhos em Draxen, mas posso ver a expressão de irritação em seu rosto.

— Uma morte pelas suas mãos é algo bom demais para ele e sua tripulação. Deixe-me levá-los cativos. — Dou um sorriso que espero parecer convincente agora que meu pai olha de relance na minha direção. — Eu gostaria de devolver a cortesia que eles me demonstraram enquanto eu estava a bordo deste navio. — Eu não devia me importar se Draxen ou alguém da sua tripulação morre, mas me importo.

Eu gostaria de adoçar o acordo com um pouco do meu canto. Mas meus poderes de persuasão não funcionam com meu pai, infelizmente. Na verdade, nenhuma das minhas habilidades funciona nele. Ele é o único homem que conheci que é imune a todas as minhas habilidades (embora eu agora saiba que meus poderes de sedução não funcionam em homens como Vordan – ou quem quer que fosse o homem fingindo ser Vordan). Provavelmente tem a ver com o fato de ele ser meu pai. Seu sangue corre em minhas veias.

Kalligan finalmente olha para mim com ar de aprovação, e me aquece ver essa expressão em seu rosto.

— Muito bem. Pegue dois que você desejar. Mate o resto. Não quero nenhum deles livre. Jogue os corpos ao mar e me traga seu navio.

— Sim, senhor.

— E, quando tiver acabado e tiver se limpado, venha me ver. Espero um relatório completo. — O rei pirata deixa o navio, levando seus homens consigo. Tyron e seus homens o seguem.

Minha tripulação já tirou todas as armas dos homens de Draxen. Eles agora são trazidos em fila diante de mim e obrigados a ficar de joelhos. Várias das minhas garotas têm que lutar para tirar a espada de Draxen. Mesmo cercado, ele não desiste sem uma batalha. Mas é obrigado a ficar de joelhos na fila com todos os demais.

Eu os examino lentamente, deixando o medo tomar conta deles. Experimentei muitas coisas neste navio que prefiro esquecer. Esses homens não sofrerão os mesmos infortúnios. Eles só encararão a morte ou o aprisionamento. Então, um pouco de medo é saudável para eles agora.

— Isso parece estranhamente familiar — digo para os piratas que agora estão à minha mercê. Eu sabia que esse dia chegaria; só não esperava que eu fosse me sentir tão bem. — Quem quer viver?

Devo ser misericordiosa? Ou devo matar todos vocês como tentaram fazer com minha tripulação quando me capturaram? — Endereço essa última parte especificamente para Draxen.

— Faça o que quiser, mulher — responde Draxen, cuspindo no convés.

Eu não esperava que ele enfrentasse a morte com tanta nobreza.

— Seus homens devem estar desapontados por você sequer tentar barganhar pelas vidas deles.

— Se der na mesma — um dos piratas se intromete —, eu prefiro viver. — É Kearan quem fala.

Eu dou um sorriso.

— Muito bem. Wallov, Deros, levem este pirata para a carceragem. — Wallov e Deros são os únicos dois homens na minha tripulação. Ambos são musculosos e muito habilidosos em lidar com prisioneiros. Em especial, prisioneiros grandes, como Kearan. Mas seus músculos não são as únicas coisas que os tornam úteis. Preciso de pelo menos um homem no meu navio o tempo todo. Os homens são os únicos que conseguem ouvir meu canto. Ou pelo menos ser afetados por ele. Quando me separo da minha tripulação, é bom sempre ter um modo de entrar em contato rapidamente quando estão ao alcance da minha canção.

— Levem este também — ordeno, apontando para Enwen. — E o capitão. Além disso, vocês encontrarão um homem machucado, que sofreu dois ferimentos a bala nos aposentos perto do convés principal. Leve-o para o navio também. Mandsy?

— Sim, Capitã?

— Cuide dele, sim?

— É claro.

Ordeno que vários outros sejam levados, alguns deles realmente jovens. É difícil permitir que tamanha juventude seja tirada do mundo com tanta facilidade. Eu os deixarei no próximo porto, e Kalligan jamais saberá.

Mas os demais, aqueles que foram cruéis comigo, aqueles que são verdadeiros canalhas desprezíveis, como Ulgin – esses eu quero ver apodrecer no fundo do mar.

— Matem o resto — digo.

Sorinda é a primeira a desembainhar a espada. Ela começa a caminhar atrás dos homens, cortando suas gargantas um após o outro. Matar é praticamente uma arte para ela. O jeito como ela se move é mágico.

Todos se apressam em seguir as ordens. Os prisioneiros são levados para o navio. Deixo alguns membros da minha tripulação a bordo do *Perigos da Noite* para levarem o barco até o ponto de encontro. Os corpos são jogados ao mar, e todos retornam às suas posições.

É só quando tudo está resolvido que posso voltar para meu próprio navio. Quando finalmente subo no convés do *Ava-lee*, o gosto da liberdade me atinge. É claro que nunca fui realmente uma prisioneira enquanto estive no *Perigos da Noite*, mas há algo realmente doce em estar em casa de novo.

CAPÍTULO
21

Passo as mãos pela amurada de madeira enquanto caminho. Ela foi danificada uma vez, durante uma batalha contra um navio que tentou desertar da frota do meu pai. Um dos meus canhões destruiu o mastro da mezena da embarcação inimiga, e a coisa toda acabou caindo em cima do meu barco, arrebentando a amurada e afundando o convés. A tripulação e eu navegamos rapidamente para a ilha de Butana, onde roubamos tábuas de madeira dos melhores madeireiros da ilha. Quase perdi um membro da tripulação também. Homens com machados e serrotes nos expulsaram, mas, mesmo carregando as pesadas tábuas, ainda conseguimos sair com vida. Reconstruímos a amurada nós mesmas e substituímos as tábuas danificadas no convés.

Cada pedaço desse navio tem uma história. Cada pedaço foi conquistado com muita luta. Isso torna tudo muito mais gratificante, porque montar tudo isso exigiu muito esforço.

Amo meu navio quase tanto quanto amo minha tripulação.

Vejo a porta dos meus aposentos, e sinto uma forte atração naquela direção, mas a ignoro. Terei tempo para ficar confortável mais tarde.

— Olá, Capitã — uma vozinha fala de cima. Roslyn desce por uma corda até que seus pés alcancem o chão. A garota é mais estável balançando no ar do que quando está com os dois pés no chão.

Bagunço o cabelo da garota enquanto observo os rostos de toda a minha tripulação, prometendo a mim mesma que dedicarei um tempo para conversar com cada uma delas mais tarde. Mas há algumas coisas que precisam ser resolvidas antes.

— Niridia — chamo. Não importa onde eu esteja no navio, minha imediata sempre consegue me escutar. Juro que, se eu sussurrasse para ela do porão, ela seria capaz de me ouvir do cesto da gávea. É uma habilidade fantástica que ela possui.

— Sim, Capitã? — ela pergunta, se materializando diante de mim.

— Quantos mortos na escaramuça?

— Não se culpe por isso. Sempre que houver um combate a ser encarado, bons homens e mulheres serão perdidos. E não há uma alma neste navio que não esteja disposta a morrer por você.

— Quantos? — repito.

— Dois.

— Quem?

— Zimah e Mim.

Fecho os olhos e imagino seus rostos. Zimah foi uma das três que se voluntariaram para vir comigo na jornada para ser sequestrada por Draxen. Era uma excelente rastreadora e uma ótima pessoa para conversar. Tinha todo tipo de história para contar sobre os lugares em que esteve. Eu adorava escutá-la. Mim tinha um bom par de mãos. Sempre disposta a fazer o que eu pedia, feliz não importava o que fosse. Uma pirata poderosa. Sentirei muita falta de ambas. Odeio pensar que foi porque pedi ajuda que as duas morreram. Percebo que todos os homens e mulheres sabem os riscos que correm quando se juntam à tripulação, mas mesmo assim. Odeio as perdas constantes que ocorrem no ramo da pirataria.

— Acenderemos velas para elas esta noite — digo.

— Já dei as ordens para Roslyn.

— Ótimo. — Como capitã, tenho que deixar as perdas de lado e me concentrar no que é melhor para minha tripulação. Odeio essa parte também. — Vamos precisar de um novo navegador. Alguém que possa rastrear e que conheça bem as terras firmes e as águas.

Niridia confirma com a cabeça.

Tenho uma ideia maluca.

— Acho que conheço o homem para isso.

— Homem? — pergunta Niridia. — Você não jurou, depois de Ralin, que nunca mais chamaria outro homem para a tripulação, desde que já tivéssemos um?

— Ah, não me lembre de Ralin. Não conseguia manter as mãos afastadas da tripulação, aquele lá. Criatura desprezível.

— Ele ficou um pouco mais tolerável depois que você cortou aquilo de que ele não precisava.

— Sim, uma pena que ele tenha decidido nos deixar depois disso. Não consigo imaginar o motivo.

Niridia sorri.

— Alguns homens não têm estômago para serem piratas.

— Esse, se estiver disposto, seria bem adequado para o trabalho. É mais interessado na bebida do que em garotas. E é tão lento que não seria capaz de pegar nenhuma das mulheres.

— Parece um belo espécime. Como poderíamos rejeitar um homem tão saudável?

Dou uma gargalhada.

— Senti sua falta, Niridia.

— Também senti a sua, Capitã.

— Preciso ir até o porão, mas devo voltar logo. Nos coloque no caminho, sim? Quero chegar ao ponto de encontro o mais rápido possível.

— É claro.

Não parece certo que o primeiro lugar aonde eu vá depois de embarcar no meu navio, o *Ava-lee*, seja a carceragem. Passei tempo demais em jaulas, celas e outras formas de aprisionamento ao longo do último mês. Dificilmente essa é uma visão com a qual desejo me deparar agora.

Mas há muito o que fazer, e por que desperdiçar tempo?

Além disso, Draxen está na minha carceragem, e quero me gabar.

Sigo para o porão. O som dos meus pés descendo os degraus de madeira é muito mais doce do que quando Riden estava me arrastando para o porão do *Perigos da Noite*. A liberdade é um som diferente de todos os outros. E meu navio é muito mais bonito. Duvido que consiga encontrar algo assim em algum lugar.

As celas estão todas cheias. Gosto de manter os prisioneiros o mais separados possível. Menos chance de escapar desse jeito. Do jeito que está, alguns precisam compartilhar espaço, dois homens em uma cela. Não Draxen, no entanto. É preciso ter cautela especial com ele. Por isso ele está sozinho.

É provável que eu tenha ficado com mais integrantes da tripulação de Draxen do que devia. Mas haverá várias oportunidades para me livrar deles. De preferência antes que Trianne fique sem comida em sua cozinha. Homens são mais caros para alimentar.

Wallov e Deros ficam em posição de sentido assim que entro na carceragem. Draxen faz questão de desviar o olhar de mim.

— Por que está tão mal-humorado, Draxen? — pergunto. — Você ficou com a melhor cela.

Ele me ignora. Sorrio e olho para meus homens.

— É bom vê-la, Capitã — diz Wallov. — Já faz um tempo que Roslyn vem perguntando por você.

— Como ela está indo com as letras?

— Muito bem. Gosta de ler tudo o que aparece diante dela.

— Fico feliz em ouvir isso. É bom ver vocês dois novamente. Infelizmente, não posso ficar para conversar. Teremos bastante tempo para celebrar a descoberta do mapa e colocar o papo em dia mais tarde, esta noite. Neste momento, vocês poderiam me fazer a gentileza de me trazer aquele ali? — pergunto, apontando para a cela do meio.

— O grandão, Capitã?

— Sim.

— É claro.

Os dois se aproximam da cela. Deros fica parado perto da porta enquanto Wallov entra. Há dois piratas na cela. O mais jovem se levanta e tenta causar problemas para Wallov, mas Wallov o empurra para trás, fazendo-o cair no chão e abrindo caminho para Kearan.

Kearan está largado no chão, mas se levanta rapidamente.

— Não é preciso usar a força, amigo. Não tenho motivo para não ir por vontade própria.

Wallov o deixa sair sozinho, mas fica de olho em Kearan. Wallov tem braços fortes e olhos afiados.

Deros tranca a cela novamente enquanto Wallov traz Kearan até mim. Estou parada perto da entrada da carceragem. Não preciso que todos os piratas escutem o que estou prestes a oferecer para ele. Poderia dar a impressão errada, pois Kearan é um dos dois únicos homens que pretendo recrutar.

— Kearan?

— Sim? — ele pergunta, sem se preocupar em acrescentar qualquer tipo de título. Mesmo em uma situação tão terrível, ele tem essa atitude despreocupada, de quem vai enfrentar o que tiver que ser enfrentado.

— Uma das minhas boas mulheres morreu na escaramuça. Uma vaga se abriu na minha tripulação. Eu preciso das habilidades de um navegador como você. Está interessado?

— Só faz um mês que você tentou me matar. Agora quer me contratar? — Ele não parece confuso, assustado nem grato. Apenas entediado.

— Eu sei. Também estou me questionando.

— O que acontece se eu disser não?

— Você vai continuar aqui embaixo até que eu mate você ou... bem, matar você é provavelmente a única opção. — Não quero dizer que eu o deixaria ir. Ele não pode achar que tem muitas escolhas. Além disso, assim que ele passar algum tempo no meu barco, não vai lamentar a decisão.

— Com opções tão graciosas, como posso escolher?

Cruzo os braços.

— Acho que estou sendo mais do que justa. Você é preguiçoso e não vai precisar contribuir com tanta frequência.

— Enquanto isso, eu vou ficar aqui embaixo?

— Não, você estará em liberdade condicional. Livre para vagar pelo navio com um guarda vigiando. Só quando eu sentir que posso confiar em você, removerei a segurança.

Kearan coça a barba que começa a crescer em seu rosto, pensando no assunto.

Eu acrescento:

— Tenho um estoque de rum bem grande.

— Eu aceito.

— Imaginei que fosse dizer isso. Agora, vá lá para cima. Vá se apresentar para a timoneira.

— Sim. — Ele começa a se afastar.

— Kearan. — Eu o chamo.

— Sim?

— Você se dirigirá a mim como "capitã" de agora em diante.

Ele olha para o chão por um momento, como se isso pudesse fazê-lo mudar de ideia. Por fim, responde:

— Sim, Capitã.

— Ótimo.

Ele parte, e eu chamo a atenção de Wallov mais uma vez.

— Agora preciso daquele ali. Aquele com as pérolas.

Enwen é o único na cela. Ele sai assim que a porta se abre.

— Senhorita Alosa — diz ele. — Vejo que a pulseira trouxe sorte para você, no fim das contas.

— Como é?

Ele aponta para o meu pé. Eu me esqueci completamente de que ele tinha amarrado o "encanto da sereia" ali.

— Conseguiu liberdade para você, não foi? E eu sei que minhas pérolas ainda funcionam porque estou aqui são e salvo no seu navio. Já se tornou uma crente também?

— Sinto dizer que não acredito em sorte. Apenas em habilidade.

— Às vezes eu acho que são a mesma coisa.

Não tenho certeza do que ele quer dizer com isso, mas não me importa no momento.

— Acontece que eu preciso de um bom ladrão. Estaria disposto a se juntar à minha tripulação?

Ele sorri.

— É claro. Não me importa muito para onde eu navegue, desde que haja moedas suficientes a serem encontradas.

— Não se preocupe. Prometo que, para onde estamos indo, haverá mais dinheiro do que você consegue imaginar.

Enwen lambe os lábios.

— Neste caso, prometo ser o melhor ladrão que você já viu.

— Ótimo. Apresente-se no convés, então.

— Sim, sim.

Quando ele desaparece pela escada, percebo que devia ter mencionado para ele deixar os roubos para quando estiver fora do navio. Melhor não esquecer na próxima vez que eu o encontrar.

Observo o restante dos prisioneiros antes de falar:

— O restante de vocês permanecerá aqui até que eu decida o que fazer com vocês. Não precisam temer por suas vidas, a menos que tentem escapar. — Olho para Draxen durante a última parte. — Neste caso vocês terão muito com o que se preocupar.

Draxen se levanta.

— E quanto ao meu irmão?

— Minha melhor curandeira está cuidando de seus ferimentos.

— Se alguma coisa acontecer com ele, eu matarei você.

— Draxen, ameaças vazias são inúteis. Seu irmão está sob meus cuidados, e o que quer que eu decida fazer com ele será feito. Não há nada que você possa fazer para mudar isso. Entendido?

Posso ter feito parecer um pouco pior do que é, mas não me importo. Depois de tanto tempo que passei perto de Draxen, ele devia ficar feliz por eu deixá-lo continuar vivo.

Começo a subir as escadas, indo atrás dos dois novos membros da minha tripulação.

Embora a dor da nossa perda seja grande, acho que Kearan e Enwen serão belas aquisições. Tenho várias boas guerreiras no navio, mas ladrões e navegadores habilidosos são difíceis de encontrar.

Chego ao convés e sou recebida pela luz do sol. É um belo dia, com poucas nuvens no céu. O vento sopra meu cabelo por sobre o ombro. É perfeito para navegar.

Paro de repente quando encontro Kearan paralisado, virado para a popa.

— Kearan? — pergunto, cutucando-o nas costas. Ele não se mexe.

Dou a volta para poder olhar seu rosto. Ele está encarando alguma coisa adiante. Tento seguir seu olhar, e só consigo perceber que ele está olhando para o castelo de popa.

— Kearan? — tento mais uma vez.

Ele abre a boca, fecha-a novamente para engolir em seco, e tenta de novo.

— Quem é aquela?

Ah, ele está olhando para uma pessoa. Olho novamente.

— Niridia? É minha imediata no leme.

Ele balança a cabeça.

— Não ela. A beleza negra nas sombras.

Olho novamente. Eu não havia notado Sorinda escondida na sombra lançada pela vela.

— Aquela é Sorinda.

Ele não afasta o olhar. Até onde posso ver, ele sequer pestanejou.

— E qual a função dela no navio?

Dou um sorriso.

— Ela é minha assassina.

— Quero que seja ela quem vai me supervisionar.

— O quê?

— Você disse que eu estava em liberdade condicional, e que seria supervisionado por um tempo. Quero que seja ela.

Nunca ouvi Kearan falar com tanta clareza. Em geral suas palavras são acompanhadas pela má pronúncia que vem com a embriaguez constante.

— Você ouviu a parte em que eu disse que ela é minha assassina? Não mexa com ela. Ela o matará antes que você tenha tempo de pestanejar.

— Então isso não será um problema. Ela pode garantir que eu não sairei da linha.

Há menos de vinte minutos, eu garanti para Niridia que Kearan estava mais interessado na bebida do que em garotas. Parece que falei cedo demais.

Mas, para ser honesta, estou morrendo de vontade de ver como isso vai acabar.

— Sorinda! — eu grito.

Ela não se mexe do lugar, mas posso ver seus olhos se voltando na minha direção.

— Venha até aqui. — Aceno para ela.

Como um gato, ela sai das sombras. Em vez de descer as escadas, ela salta sobre a amurada e aterrissa sem fazer um som.

Ela é, como Kearan descreveu, uma beleza negra. Cabelos compridos e negros. Magra, com feições elegantemente marcadas. Ainda que esteja o tempo todo tentando se esconder, quando ela vem à luz, há poucos que se destacam mais. Niridia tem uma beleza óbvia, com feições que parecem quase pintadas. Sorinda é como algo forjado pela natureza. Uma das belezas que só saem à noite.

Ela não responde quando se aproxima de nós. Simplesmente espera que eu diga algo.

Kearan a encara abertamente. Sorinda finge não perceber.

— Este é Kearan. Ele se juntou à nossa tripulação. Será nosso novo navegador. Mas neste momento está em liberdade condicional. Você pode ficar de olho nele para mim?

— Eu sempre estou de olho em todo mundo.

Dou um sorriso.

— Eu sei, mas este aqui é oficialmente sua responsabilidade.

Ela analisa Kearan. Sua expressão nunca muda muito. É sempre impossível dizer o que ela está sentindo. Mas agora seus lábios se curvam ligeiramente para baixo. Kearan pode ser grande e feio, mas não dá para negar que é bom no que faz – desde que esteja adequadamente motivado.

— Muito bem — diz ela por fim.

— Ótimo. Agora, se me dão licença, tenho mais um prisioneiro para ver.

Ainda que o navio de Draxen seja maior que o meu, optei por mais quartos em cima em vez de um aposento do capitão maior para mim. Já que eu realmente me importo com minha tripulação, tenho um quarto preparado para tratar feridos.

É por ele que começo.

No caminho, vejo Enwen na amurada de bombordo, analisando a tripulação. Estou menos preocupada com ele do que com Kearan. Pedirei para alguém ficar de olho nele, mas isso pode ser resolvido depois.

Mandsy se inclina sobre uma mesa acolchoada no quarto, na qual Riden está deitado de costas, dormindo. O culote dele foi rasgado na altura das coxas, para permitir fácil acesso aos ferimentos da pistola. O quarto cheira a unguentos e sangue.

— Como ele está? — pergunto.

— As coisas parecem estar indo realmente bem, Capitã. A bala já foi removida da coxa. O tiro na panturrilha passou direto. Eu o enfaixei o melhor que pude, incluindo os cortes e facadas nos braços.

Algo dentro de mim relaxa, e a respiração fica mais fácil.

— Ótimo. Ele recuperou a consciência?

— Sim. Ele acordou uma vez e me olhou de um jeito estranho.

— Ele falou alguma coisa?

— Ele disse: "Você não tem cabelo ruivo". Então voltou a dormir. — Ela dá um sorriso compreensivo. — Ele ficou muito desapontado por eu não ser você, Capitã.

— Bobagem. Existem várias mulheres ruivas.

— Se é o que você diz.

— Alosa? — a voz é fraca e instável.

— Riden. — Eu me aproximo da cabeceira da mesa, de modo a estar em sua linha de visão.

— Deixarei vocês dois sozinhos por um momento — diz Mandsy.

— Sim, obrigada, Mands.

Ela fecha a porta atrás de si.

O rosto dele está pálido, mas seu peito sobe e desce, enchendo e soltando o ar. Eu nunca apreciei realmente esse movimento até agora. Os braços e pernas dele estão cobertos de curativos. Quase há mais faixas de tecido do que pele.

— Como você se sente? — pergunto.

— Como se tivesse sido baleado. Duas vezes.

— Se você já não estivesse machucado, eu espancaria você pelo que você fez lá.

— Nos libertar?

Balanço a cabeça.

— Não, seu idiota. Ser baleado! Duas vezes!

— A dor vai sumir em algum momento — diz ele. — A morte é permanente.

— Você está horrivelmente lúcido para um homem que foi baleado.

Ele sorri antes que sua expressão fique séria.

— Sinto muito pelo que aqueles homens fizeram com você. Não tenho como saber como aquilo foi horrível para você, mas imagino que tenha sido terrível.

Olho para ele sem acreditar.

— O que foi?

— Você me vê? — pergunto.

— Sim. O que...

— Estou em pé. Não tenho ferimentos. Nenhum *ferimento a bala*, e você acha que *eu* passei por momentos terríveis? Estou bem.
— Embora esteja furiosa com o fato de Theris, o Vordan verdadeiro, ainda estar vivo.

— Como está meu irmão? — Riden pergunta.

— Está na minha carceragem.

— Vivo?

— Sim, vivo! Você acha que eu quero um cadáver empesteando o lugar?

— Obrigado, Alosa.

Aceno para ele como se não fosse nada.

— Acredito que tenha achado suas acomodações satisfatórias — digo, quando o silêncio se estende demais.

— Estou em uma mesa.

— Sim, mas é a única coisa no quarto fora a caixa de suprimentos médicos de Mandsy. Nenhuma bagunça à vista. Não há nada com o que ficar obcecado.

Ele começa a rir. Quando termina, pergunta:

— O que acontece agora?

— Honestamente, eu não sei. Meu pai e eu temos que planejar algumas coisas. Vou deixar os homens de sua tripulação que ainda estão vivos em algum porto. Não posso deixar Draxen livre. Ele claramente não aceita a derrota, então vai continuar meu prisioneiro por enquanto. Mas nada de mal acontecerá com ele ou com você se eu puder evitar.

Ele captura meu olhar. Sua expressão é tão grata, tão aliviada – daria para pensar que eu o fiz rei de sua própria ilha.

— Você salvou minha vida, Riden. Estou simplesmente devolvendo o favor.

— É só isso mesmo?

— Sim.

Ele respira fundo.

— Quando estávamos na ilha, aprendi muito sobre você. Acusei você de ter me encantado, de ter brincado com a minha mente. Agora sei como realmente é estar sob seu controle. Percebi que você estava sendo honesta comigo antes, e o que eu pensei... o que eu senti... não tinha relação alguma com suas habilidades, mas tudo a ver com você.

— Riden — eu digo, interrompendo-o.

— Sim?

— Você perdeu muito sangue, e tenho quase certeza de que esteve morto por um tempo. Talvez seja bom esperar um pouco para recuperar suas forças... e sua cabeça... antes que diga ou faça algo louco.

— Como ser baleado duas vezes? — ele pergunta, aliviando a tensão do ambiente.

Dou uma risada.

— Sim, por exemplo.

— Está bem, mas, já que eu sei tanto sobre suas habilidades e do que você é capaz, faria algum mal se eu fizesse uma pergunta?

— Pode perguntar. — Não quer dizer que eu vá responder.

— O que há de tão especial no seu nascimento? Como você possui os poderes das sereias sem ser completamente uma? Você disse que me contaria em troca do mapa. Ainda que eu não o tenha oferecido livremente, você está com ele agora, e eu ainda gostaria de saber.

Riden realmente sabe muito sobre mim. Ele testemunhou em primeira mão todas as coisas horríveis que eu poderia fazer com ele se quisesse. Mesmo assim, ele conversa comigo como se fôssemos... amigos, quase. Eu não me importo que ele saiba mais. É notável que ele me aceite como eu sou. Não que eu me importe se ele me aceita ou não.

— Meu pai seguiu sua parte do mapa há quase dezenove anos. Ele queria ver quão longe conseguia chegar com o que tinha. Ele e dois navios de sua frota chegaram em uma ilha que não havia sido mapeada por nenhum cartógrafo de Maneria, exceto por aquele que fez o mapa para a Isla de Canta, tantos anos atrás. — Conheço a história de memória. Quando eu era pequena, pedia para meu pai me contar repetidas vezes. Agora que sou mais velha, percebo que é um pouco inapropriada para uma garotinha. Mas meu pai sempre me tratou como se eu fosse mais velha do que realmente sou.

— Que ilha era? — Riden pergunta.

— Não sabemos o nome. Só que está localizada no caminho para a Isla de Canta. Mas o nome não é importante. O que é importante é o que eles descobriram quando chegaram lá.

— O que eles descobriram?

— Uma lagoa. Uma lagoa com lindas mulheres se banhando em suas águas. Pensando que podiam aproveitar e se divertir um pouco, vários homens pularam do navio, incluindo meu pai. Mas, em vez de as mulheres fugirem, gritando pelo caminho, foram os homens quem berraram até que suas cabeças desapareceram sob a superfície da água.

— Mas seu pai sobreviveu. Como?

Dou um sorriso e me lembro de quando ele me contou a história de como ele e Draxen assumiram o controle do *Perigos da Noite*.

— Não interrompa. Estou chegando lá.

— Desculpe.

— A sereia é uma criatura forte. Mais forte do que qualquer homem. Quando encontra sua presa, ela o agarra pelos ombros e o obriga a ir para o fundo do oceano, onde ela se aproveita dele.

Riden engole em seco.

— Que romântico.

Inclino a cabeça para o lado.

— Você diria que é mais terrível do que as intenções dos homens que foram atrás delas em primeiro lugar?

Riden fica em silêncio.

Eu prossigo.

— Um homem lutará e se debaterá para salvar sua vida, mas a sereia sempre vencerá. E as sereias que concebem enquanto estão submersas darão à luz à crianças sereias. Sempre garotas, é claro. Porque sereias são sempre fêmeas. Meu pai foi agarrado pela mais bonita delas. A rainha, ele afirma. Ela, como as demais, o puxou para o fundo do oceano.

— E?

— Meu pai se debateu no início. Lutou com toda a sua força, mas foi inútil. Ele sabia que ia morrer. Então, em vez de lutar até que a falta de ar fosse demais para ele, ele decidiu que se tornaria parceiro no que estava acontecendo.

— Você quer dizer que...

— Em vez de lutar, ele retribuiu os abraços e beijos. E, por alguma razão, isso salvou sua vida. Porque ela o trouxe de volta à superfície. O levou até terra firme. E uma criança que é concebida em terra firme será mais humana do que sereia.

— Pelas estrelas — diz Riden, como se todas as demais palavras o tivessem abandonado.

— Meu pai, e aqueles que ficaram no navio, deixaram a ilha, tendo ido o mais longe que podiam sem os outros dois terços do mapa, e voltaram para casa. Tiveram permissão para partir devido ao encontro do meu pai com a rainha sereia. Ela permitiu que eles continuassem vivos em vez de mandar todas as suas súditas acabarem com eles. Meu pai retornou àquela ilha várias vezes desde então. Só que nunca mais viu outra sereia.

Riden não diz mais nada. Está totalmente perdido em seus pensamentos, tentando absorver tudo. Depois de um tempo, seus olhos se fecham, e presumo que tenha dormido. Fico olhando para suas pálpebras fechadas. Para sua respiração profunda e estável. Seus lábios cheios. Ele é um homem estranho. Estranho por ter me salvado. Estranho por lutar tanto para salvar seu irmão horrível. Estranho por não lutar pelo que quer – o que quer que possa ser.

Suponho que terei tempo suficiente para compreendê-lo no futuro. Ainda há um terço do mapa que precisa ser encontrado.

AGRADECIMENTOS

Este romance não teria sido publicado sem a ajuda de muitas pessoas. Primeiro quero agradecer à minha agente, Rachel Brooks, que me deu uma chance, encontrou uma casa para este livro e continua a trabalhar para garantir seu sucesso. Você é uma super-heroína e fada madrinha ao mesmo tempo, Rachel. Obrigada por ser incrível.

Um agradecimento imenso à equipe da Feiwel and Friends, em especial para Holly West, minha incrível editora. Suas sugestões para a trama e para os personagens foram inestimáveis. Você realmente me ajudou a entrar na mente de Alosa e fazer este romance brilhar. Também agradeço os esforços de Starr Baer e Kaitlin Severini, que trabalharam como editora de produção e copidesque, respectivamente.

A todos os demais nos bastidores, com quem não trabalhei diretamente, mas que ajudaram neste livro – eu já fui uma dessas pessoas e sei que vocês existem –, obrigada.

Alek Rose, minha colega de quarto na faculdade, você sofreu com meu despertador tocando uma hora mais cedo para que eu pudesse escrever e editar. Você me deixou tagarelar sobre ideias para um livro novo e nunca parou de torcer por mim. Obrigada, Eerpud.

Sarah Talley, Megan Gadd e Taralyn Johnson, vocês são as melhores amigas, críticas e parceiras que uma escritora poderia ter. Nunca mudem.

Sou muito grata aos meus leitores beta: Gwen Cole, Kyra Nelson, Shanna Sexton, Jennifer Jamieson, Elizabeth Anne Taggart, Juliet Safier, Tyler Wolf, Samantha Lee, Erica Bell, Kyra Pierce, Grace Talley e Candace Hooper.

Preciso dar um alô rápido para os Swanky Seventeens, em especial para minha agente irmã, Gwen Cole, por me manter sã e por partilhar essa jornada louca comigo.

Agradecimentos também precisam ir para Elana Johnson, que foi inestimável durante o processo de pesquisa para este livro, a Brandon Sanderson, cujas aulas de escrita criativa tanto me ensinaram sobre sistemas mágicos bem-sucedidos; a Rick Walton, que me ensinou mais do que eu jamais teria esperado aprender sobre o mercado editorial; e para Kathleen Strasser, sem cuja ajuda eu talvez jamais tivesse sequer começado a escrever.

Também preciso agradecer à minha tia Krista e ao meu tio Tim. Escrevi a maior parte deste livro enquanto terminava meu último semestre da faculdade e morava com vocês. Obrigada por abrirem sua casa para mim. Obrigada, Audrey, por me ajudar a inventar o nome dos personagens. Obrigada, Emmy, por me deixar roubar seu quarto e ler para você. Nathan e Jared, obrigada por garantir que eu nunca ficasse entediada.

E, é claro, sou eternamente grata à minha família, que me apoiou em cada passo do caminho. Obrigada, mãe, pai, Jacob, Becki, Alisa e Johnny, por seu encorajamento e pelo sofrimento sem fim enquanto me ouviam falar sobre a longa estrada até a publicação.

LEIA TAMBÉM, DE TRICIA LEVENSELLER

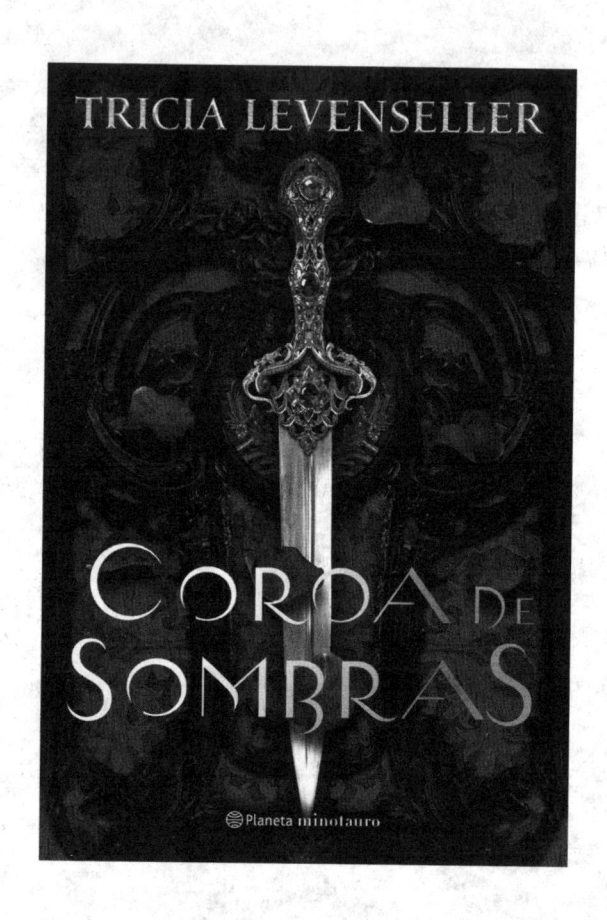

TRICIA LEVENSELLER

COROA DE SOMBRAS

Planeta minotauro

ELA NÃO É A TÍPICA MOCINHA.
ELE NÃO É O TÍPICO VILÃO.

Se prepare para mergulhar nas intrigas da corte (e do coração) neste enemies to lovers – inimigos que se tornam amantes, que conquistou o TikTok. Alessandra Stathos está cansada de ser subestimada, mas ela tem o plano perfeito para conquistar mais poder:

1. cortejar o Rei das Sombras,
2. se casar com ele,
3. matá-lo e tomar o reino para si mesma.

Ninguém sabe qual é a dimensão do poder do Rei das Sombras. Alguns dizem que consegue comandar as sombras que dançam em volta de si para que façam seus desejos. Outros dizem que elas falam com ele, sussurrando os pensamentos de seus inimigos. De qualquer maneira, Alessandra é uma garota que sabe o que merece, e ela está disposta a tudo para alcançar seu objetivo.

Mas ela não é a única pessoa que tenta assassinar o rei. Enquanto o soberano sofre atentados que vêm de todas as partes, Alessandra se vê tendo de protegê-lo por tempo suficiente para que ele faça dela sua rainha... Mas ela não contava que a proximidade entre os dois poderia colocar o próprio coração em risco. Afinal, quem melhor para o Rei das Sombras do que uma rainha ardilosa?

Editora Planeta Brasil | 20 ANOS

Acreditamos nos livros

Este livro foi composto em Century Old Style Std e impresso pela Geográfica para a Editora Planeta do Brasil em junho de 2023.